GEORG TRAKL

Werke · Entwürfe · Briefe

HERAUSGEGEBEN VON
HANS-GEORG KEMPER UND
FRANK RAINER MAX

NACHWORT UND BIBLIOGRAPHIE
VON HANS-GEORG KEMPER

PHILIPP RECLAM JUN. STUTTGART

Universal-Bibliothek Nr. 8251 [4]

Gesamtherstellung: Reclam, Ditzingen. Printed in Germany 1987
ISBN 3-15-008251-X (kart.) ISBN 3-15-028251-9 (geb.)

Inhaltsübersicht

Gedichte

Die Raben

Über den schwarzen Winkel hasten
Am Mittag die Raben mit hartem Schrei.
Ihr Schatten streift an der Hirschkuh vorbei
Und manchmal sieht man sie mürrisch rasten.

O wie sie die braune Stille stören,
In der ein Acker sich verzückt,
Wie ein Weib, das schwere Ahnung berückt,
Und manchmal kann man sie keifen hören

Um ein Aas, das sie irgendwo wittern,
Und plötzlich richten nach Nord sie den Flug
Und schwinden wie ein Leichenzug
In Lüften, die von Wollust zittern.

Die junge Magd

Ludwig von Ficker zugeeignet

1

Oft am Brunnen, wenn es dämmert,
Sieht man sie verzaubert stehen
Wasser schöpfen, wenn es dämmert.
Eimer auf und nieder gehen.

In den Buchen Dohlen flattern
Und sie gleichet einem Schatten.
Ihre gelben Haare flattern
Und im Hofe schrein die Ratten.

Und umschmeichelt von Verfalle
Senkt sie die entzundenen Lider.

Dürres Gras neigt im Verfalle
Sich zu ihren Füßen nieder.

2

Stille schafft sie in der Kammer
Und der Hof liegt längst verödet.
Im Hollunder vor der Kammer
Kläglich eine Amsel flötet.

Silbern schaut ihr Bild im Spiegel
Fremd sie an im Zwielichtscheine
Und verdämmert fahl im Spiegel
Und ihr graut vor seiner Reine.

Traumhaft singt ein Knecht im Dunkel
Und sie starrt von Schmerz geschüttelt.
Röte träufelt durch das Dunkel.
Jäh am Tor der Südwind rüttelt.

3

Nächtens übern kahlen Anger
Gaukelt sie in Fieberträumen.
Mürrisch greint der Wind im Anger
Und der Mond lauscht aus den Bäumen.

Balde rings die Sterne bleichen
Und ermattet von Beschwerde
Wächsern ihre Wangen bleichen.
Fäulnis wittert aus der Erde.

Traurig rauscht das Rohr im Tümpel
Und sie friert in sich gekauert.
Fern ein Hahn kräht. Übern Tümpel
Hart und grau der Morgen schauert.

4

In der Schmiede dröhnt der Hammer
Und sie huscht am Tor vorüber.
Glührot schwingt der Knecht den Hammer
Und sie schaut wie tot hinüber.

Wie im Traum trifft sie ein Lachen;
Und sie taumelt in die Schmiede,
Scheu geduckt vor seinem Lachen,
Wie der Hammer hart und rüde.

Hell versprühn im Raum die Funken
Und mit hilfloser Geberde
Hascht sie nach den wilden Funken
Und sie stürzt betäubt zur Erde.

5

Schmächtig hingestreckt im Bette
Wacht sie auf voll süßem Bangen
Und sie sieht ihr schmutzig Bette
Ganz von goldnem Licht verhangen,

Die Reseden dort am Fenster
Und den bläulich hellen Himmel.
Manchmal trägt der Wind ans Fenster
Einer Glocke zag Gebimmel.

Schatten gleiten übers Kissen,
Langsam schlägt die Mittagsstunde
Und sie atmet schwer im Kissen
Und ihr Mund gleicht einer Wunde.

6

Abends schweben blutige Linnen,
Wolken über stummen Wäldern,
Die gehüllt in schwarze Linnen.
Spatzen lärmen auf den Feldern.

Und sie liegt ganz weiß im Dunkel.
Unterm Dach verhaucht ein Girren.
Wie ein Aas in Busch und Dunkel
Fliegen ihren Mund umschwirren.

Traumhaft klingt im braunen Weiler
Nach ein Klang von Tanz und Geigen,
Schwebt ihr Antlitz durch den Weiler,
Weht ihr Haar in kahlen Zweigen.

Romanze zur Nacht

Einsamer unterm Sternenzelt
Geht durch die stille Mitternacht.
Der Knab aus Träumen wirr erwacht,
Sein Antlitz grau im Mond verfällt.

Die Närrin weint mit offnem Haar
Am Fenster, das vergittert starrt.
Im Teich vorbei auf süßer Fahrt
Ziehn Liebende sehr wunderbar.

Der Mörder lächelt bleich im Wein,
Die Kranken Todesgrausen packt.
Die Nonne betet wund und nackt
Vor des Heilands Kreuzespein.

Die Mutter leis' im Schlafe singt.
Sehr friedlich schaut zur Nacht das Kind
Mit Augen, die ganz wahrhaft sind.
Im Hurenhaus Gelächter klingt.

Beim Talglicht drunt' im Kellerloch
Der Tote malt mit weißer Hand
Ein grinsend Schweigen an die Wand.
Der Schläfer flüstert immer noch.

Im roten Laubwerk voll Guitarren …

Im roten Laubwerk voll Guitarren
Der Mädchen gelbe Haare wehen
Am Zaun, wo Sonnenblumen stehen.
Durch Wolken fährt ein goldner Karren.

In brauner Schatten Ruh verstummen
Die Alten, die sich blöd umschlingen.
Die Waisen süß zur Vesper singen.
In gelben Dünsten Fliegen summen.

Am Bache waschen noch die Frauen.
Die aufgehängten Linnen wallen.
Die Kleine, die mir lang gefallen,
Kommt wieder durch das Abendgrauen.

Vom lauen Himmel Spatzen stürzen
In grüne Löcher voll Verwesung.
Dem Hungrigen täuscht vor Genesung
Ein Duft von Brot und herben Würzen.

Musik im Mirabell

2. Fassung

Ein Brunnen singt. Die Wolken stehn
Im klaren Blau, die weißen, zarten.
Bedächtig stille Menschen gehn
Am Abend durch den alten Garten.

Der Ahnen Marmor ist ergraut.
Ein Vogelzug streift in die Weiten.
Ein Faun mit toten Augen schaut
Nach Schatten, die ins Dunkel gleiten.

Das Laub fällt rot vom alten Baum
Und kreist herein durchs offne Fenster.
Ein Feuerschein glüht auf im Raum
Und malet trübe Angstgespenster.

Ein weißer Fremdling tritt ins Haus.
Ein Hund stürzt durch verfallene Gänge.
Die Magd löscht eine Lampe aus,
Das Ohr hört nachts Sonatenklänge.

Melancholie des Abends

– Der Wald, der sich verstorben breitet –
Und Schatten sind um ihn, wie Hecken.
Das Wild kommt zitternd aus Verstecken,
Indes ein Bach ganz leise gleitet

Und Farnen folgt und alten Steinen
Und silbern glänzt aus Laubgewinden.
Man hört ihn bald in schwarzen Schlünden –
Vielleicht, daß auch schon Sterne scheinen.

Der dunkle Plan scheint ohne Maßen,
Verstreute Dörfer, Sumpf und Weiher,
Und etwas täuscht dir vor ein Feuer.
Ein kalter Glanz huscht über Straßen.

Am Himmel ahnet man Bewegung,
Ein Heer von wilden Vögeln wandern
Nach jenen Ländern, schönen, andern.
Es steigt und sinkt des Rohres Regung.

Winterdämmerung

An Max von Esterle

Schwarze Himmel von Metall.
Kreuz in roten Stürmen wehen
Abends hungertolle Krähen
Über Parken gram und fahl.

Im Gewölk erfriert ein Strahl;
Und vor Satans Flüchen drehen
Jene sich im Kreis und gehen
Nieder siebenfach an Zahl.

In Verfaultem süß und schal
Lautlos ihre Schnäbel mähen.
Häuser dräu'n aus stummen Nähen;
Helle im Theatersaal.

Kirchen, Brücken und Spital
Grauenvoll im Zwielicht stehen.
Blutbefleckte Linnen blähen
Segel sich auf dem Kanal.

Rondel

Verflossen ist das Gold der Tage,
Des Abends braun und blaue Farben:
Des Hirten sanfte Flöten starben
Des Abends blau und braune Farben
Verflossen ist das Gold der Tage.

Frauensegen

Schreitest unter deinen Frau'n
Und du lächelst oft beklommen:
Sind so bange Tage kommen.
Weiß verblüht der Mohn am Zaun.

Wie dein Leib so schön geschwellt
Golden reift der Wein am Hügel.
Ferne glänzt des Weihers Spiegel
Und die Sense klirrt im Feld.

In den Büschen rollt der Tau,
Rot die Blätter niederfließen.
Seine liebe Frau zu grüßen
Naht ein Mohr dir braun und rauh.

Die schöne Stadt

Alte Plätze sonnig schweigen.
Tief in Blau und Gold versponnen
Traumhaft hasten sanfte Nonnen
Unter schwüler Buchen Schweigen.

Aus den braun erhellten Kirchen
Schaun des Todes reine Bilder,
Großer Fürsten schöne Schilder.
Kronen schimmern in den Kirchen.

Rösser tauchen aus dem Brunnen.
Blütenkrallen drohn aus Bäumen.
Knaben spielen wirr von Träumen
Abends leise dort am Brunnen.

Mädchen stehen an den Toren,
Schauen scheu ins farbige Leben.
Ihre feuchten Lippen beben
Und sie warten an den Toren.

Zitternd flattern Glockenklänge,
Marschtakt hallt und Wacherufen.
Fremde lauschen auf den Stufen.
Hoch im Blau sind Orgelklänge.

Helle Instrumente singen.
Durch der Gärten Blätterrahmen
Schwirrt das Lachen schöner Damen.
Leise junge Mütter singen.

Heimlich haucht an blumigen Fenstern
Duft von Weihrauch, Teer und Flieder.
Silbern flimmern müde Lider
Durch die Blumen an den Fenstern.

In einem verlassenen Zimmer

Fenster, bunte Blumenbeeten,
Eine Orgel spielt herein.

Schatten tanzen an Tapeten.
Wunderlich ein toller Reihn.

Lichterloh die Büsche wehen
Und ein Schwarm von Mücken schwingt.
Fern im Acker Sensen mähen
Und ein altes Wasser singt.

Wessen Atem kommt mich kosen?
Schwalben irre Zeichen ziehn.
Leise fließt im Grenzenlosen
Dort das goldne Waldland hin.

Flammen flackern in den Beeten.
Wirr verzückt der tolle Reihn
An den gelblichen Tapeten.
Jemand schaut zur Tür herein.

Weihrauch duftet süß und Birne
Und es dämmern Glas und Truh.
Langsam beugt die heiße Stirne
Sich den weißen Sternen zu.

An den Knaben Elis

Elis, wenn die Amsel im schwarzen Wald ruft,
Dieses ist dein Untergang.
Deine Lippen trinken die Kühle des blauen Felsenquells.

Laß, wenn deine Stirne leise blutet
Uralte Legenden
Und dunkle Deutung des Vogelflugs.

Du aber gehst mit weichen Schritten in die Nacht,
Die voll purpurner Trauben hängt
Und du regst die Arme schöner im Blau.

Ein Dornenbusch tönt,
Wo deine mondenen Augen sind.
O, wie lange bist, Elis, du verstorben.

Dein Leib ist eine Hyazinthe,
In die ein Mönch die wächsernen Finger taucht.
Eine schwarze Höhle ist unser Schweigen,

Daraus bisweilen ein sanftes Tier tritt
Und langsam die schweren Lider senkt.
Auf deine Schläfen tropft schwarzer Tau,

Das letzte Gold verfallener Sterne.

Der Gewitterabend

O die roten Abendstunden!
Flimmernd schwankt am offenen Fenster
Weinlaub wirr ins Blau gewunden,
Drinnen nisten Angstgespenster.

Staub tanzt im Gestank der Gossen.
Klirrend stößt der Wind in Scheiben.
Einen Zug von wilden Rossen
Blitze grelle Wolken treiben.

Laut zerspringt der Weiherspiegel.
Möven schrein am Fensterrahmen.
Feuerreiter sprengt vom Hügel
Und zerschellt im Tann zu Flammen.

Kranke kreischen im Spitale.
Bläulich schwirrt der Nacht Gefieder.
Glitzernd braust mit einem Male
Regen auf die Dächer nieder.

Abendmuse

Ans Blumenfenster wieder kehrt des Kirchturms Schatten
Und Goldnes. Die heiße Stirn verglüht in Ruh und Schweigen.
Ein Brunnen fällt im Dunkel von Kastanienzweigen –
Da fühlst du: es ist gut! in schmerzlichem Ermatten.

Der Markt ist leer von Sommerfrüchten und Gewinden.
Einträchtig stimmt der Tore schwärzliches Gepränge.
In einem Garten tönen sanften Spieles Klänge,
Wo Freunde nach dem Mahle sich zusammenfinden.

Des weißen Magiers Märchen lauscht die Seele gerne.
Rund saust das Korn, das Mäher nachmittags geschnitten.
Geduldig schweigt das harte Leben in den Hütten;
Der Kühe linden Schlaf bescheint die Stallaterne.

Von Lüften trunken sinken balde ein die Lider
Und öffnen leise sich zu fremden Sternenzeichen.
Endymion taucht aus dem Dunkel alter Eichen
Und beugt sich über trauervolle Wasser nieder.

Traum des Bösen

1. Fassung

Verhallend eines Gongs braungoldne Klänge –
Ein Liebender erwacht in schwarzen Zimmern
Die Wang' an Flammen, die im Fenster flimmern.
Am Strome blitzen Segel, Masten, Stränge.

Ein Mönch, ein schwangres Weib dort im Gedränge.
Guitarren klimpern, rote Kittel schimmern.
Kastanien schwül in goldnem Glanz verkümmern;
Schwarz ragt der Kirchen trauriges Gepränge.

Aus bleichen Masken schaut der Geist des Bösen.
Ein Platz verdämmert grauenvoll und düster;
Am Abend regt auf Inseln sich Geflüster.

Des Vogelfluges wirre Zeichen lesen
Aussätzige, die zur Nacht vielleicht verwesen.
Im Park erblicken zitternd sich Geschwister.

Geistliches Lied

Zeichen, seltne Stickerein
Malt ein flatternd Blumenbeet.
Gottes blauer Odem weht
In den Gartensaal herein,
Heiter ein.
Ragt ein Kreuz im wilden Wein.

Hör' im Dorf sich viele freun,
Gärtner an der Mauer mäht,
Leise eine Orgel geht,

Mischet Klang und goldenen Schein,
Klang und Schein.
Liebe segnet Brot und Wein.

Mädchen kommen auch herein
Und der Hahn zum letzten kräht.
Sacht ein morsches Gitter geht
Und in Rosen Kranz und Reihn,
Rosenreihn
Ruht Maria weiß und fein.

Bettler dort am alten Stein
Scheint verstorben im Gebet,
Sanft ein Hirt vom Hügel geht
Und ein Engel singt im Hain,
Nah im Hain
Kinder in den Schlaf hinein.

Im Herbst

Die Sonnenblumen leuchten am Zaun,
Still sitzen Kranke im Sonnenschein.
Im Acker mühn sich singend die Frau'n,
Die Klosterglocken läuten darein.

Die Vögel sagen dir ferne Mär',
Die Klosterglocken läuten darein.
Vom Hof tönt sanft die Geige her.
Heut keltern sie den braunen Wein.

Da zeigt der Mensch sich froh und lind.
Heut keltern sie den braunen Wein.
Weit offen die Totenkammern sind
Und schön bemalt vom Sonnenschein.

Zu Abend mein Herz

Am Abend hört man den Schrei der Fledermäuse.
Zwei Rappen springen auf der Wiese.
Der rote Ahorn rauscht.
Dem Wanderer erscheint die kleine Schenke am Weg.
Herrlich schmecken junger Wein und Nüsse.
Herrlich: betrunken zu taumeln in dämmernden Wald.
Durch schwarzes Geäst tönen schmerzliche Glocken.
Auf das Gesicht tropft Tau.

Die Bauern

Vorm Fenster tönendes Grün und Rot.
Im schwarzverräucherten, niederen Saal
Sitzen die Knechte und Mägde beim Mahl;
Und sie schenken den Wein und sie brechen das Brot.

Im tiefen Schweigen der Mittagszeit
Fällt bisweilen ein karges Wort.
Die Äcker flimmern in einem fort
Und der Himmel bleiern und weit.

Fratzenhaft flackert im Herd die Glut
Und ein Schwarm von Fliegen summt.
Die Mägde lauschen blöd und verstummt
Und ihre Schläfen hämmert das Blut.

Und manchmal treffen sich Blicke voll Gier,
Wenn tierischer Dunst die Stube durchweht.
Eintönig spricht ein Knecht das Gebet
Und ein Hahn kräht unter der Tür.

Und wieder ins Feld. Ein Grauen packt
Sie oft im tosenden Ährengebraus
Und klirrend schwingen ein und aus
Die Sensen geisterhaft im Takt.

Allerseelen

An Karl Hauer

Die Männlein, Weiblein, traurige Gesellen,
Sie streuen heute Blumen blau und rot
Auf ihre Grüfte, die sich zag erhellen.
Sie tun wie arme Puppen vor dem Tod.

O! wie sie hier voll Angst und Demut scheinen,
Wie Schatten hinter schwarzen Büschen stehn.
Im Herbstwind klagt der Ungebornen Weinen,
Auch sieht man Lichter in der Irre gehn.

Das Seufzen Liebender haucht in Gezweigen
Und dort verwest die Mutter mit dem Kind.
Unwirklich scheinet der Lebendigen Reigen
Und wunderlich zerstreut im Abendwind.

Ihr Leben ist so wirr, voll trüber Plagen.
Erbarm' dich Gott der Frauen Höll' und Qual,
Und dieser hoffnungslosen Todesklagen.
Einsame wandeln still im Sternensaal.

Melancholie

3. Fassung

Bläuliche Schatten. O ihr dunklen Augen,
Die lang mich anschaun im Vorübergleiten.
Guitarrenklänge sanft den Herbst begleiten
Im Garten, aufgelöst in braunen Laugen.
Des Todes ernste Düsternis bereiten
Nymphische Hände, an roten Brüsten saugen
Verfallne Lippen und in schwarzen Laugen
Des Sonnenjünglings feuchte Locken gleiten.

Seele des Lebens

Verfall, der weich das Laub umdüstert,
Es wohnt im Wald sein weites Schweigen.
Bald scheint ein Dorf sich geisterhaft zu neigen.
Der Schwester Mund in schwarzen Zweigen flüstert.

Der Einsame wird bald entgleiten,
Vielleicht ein Hirt auf dunklen Pfaden.
Ein Tier tritt leise aus den Baumarkaden,
Indes die Lider sich vor Gottheit weiten.

Der blaue Fluß rinnt schön hinunter,
Gewölke sich am Abend zeigen;
Die Seele auch in engelhaftem Schweigen.
Vergängliche Gebilde gehen unter.

Verklärter Herbst

Gewaltig endet so das Jahr
Mit goldnem Wein und Frucht der Gärten.
Rund schweigen Wälder wunderbar
Und sind des Einsamen Gefährten.

Da sagt der Landmann: Es ist gut.
Ihr Abendglocken lang und leise
Gebt noch zum Ende frohen Mut.
Ein Vogelzug grüßt auf der Reise.

Es ist der Liebe milde Zeit.
Im Kahn den blauen Fluß hinunter
Wie schön sich Bild an Bildchen reiht –
Das geht in Ruh und Schweigen unter.

Winkel am Wald

An Karl Minnich

Braune Kastanien. Leise gleiten die alten Leute
In stilleren Abend; weich verwelken schöne Blätter.
Am Friedhof scherzt die Amsel mit dem toten Vetter,
Angelen gibt der blonde Lehrer das Geleite.

Des Todes reine Bilder schaun von Kirchenfenstern;
Doch wirkt ein blutiger Grund sehr trauervoll und düster.
Das Tor blieb heut verschlossen. Den Schlüssel hat der Küster.
Im Garten spricht die Schwester freundlich mit Gespenstern.

In alten Kellern reift der Wein ins Goldne, Klare.
Süß duften Äpfel. Freude glänzt nicht allzu ferne.
Den langen Abend hören Kinder Märchen gerne;
Auch zeigt sich sanftem Wahnsinn oft das Goldne, Wahre.

Das Blau fließt voll Reseden; in Zimmern Kerzenhelle.
Bescheidenen ist ihre Stätte wohl bereitet.
Den Saum des Walds hinab ein einsam Schicksal gleitet;
Die Nacht erscheint, der Ruhe Engel, auf der Schwelle.

Im Winter

Der Acker leuchtet weiß und kalt.
Der Himmel ist einsam und ungeheuer.
Dohlen kreisen über dem Weiher
Und Jäger steigen nieder vom Wald.

Ein Schweigen in schwarzen Wipfeln wohnt.
Ein Feuerschein huscht aus den Hütten.
Bisweilen schellt sehr fern ein Schlitten
Und langsam steigt der graue Mond.

Ein Wild verblutet sanft am Rain
Und Raben plätschern in blutigen Gossen.
Das Rohr bebt gelb und aufgeschossen.
Frost, Rauch, ein Schritt im leeren Hain.

In ein altes Stammbuch

Immer wieder kehrst du Melancholie,
O Sanftmut der einsamen Seele.
Zu Ende glüht ein goldener Tag.

Demutsvoll beugt sich dem Schmerz der Geduldige
Tönend von Wohllaut und weichem Wahnsinn.
Siehe! es dämmert schon.

Wieder kehrt die Nacht und klagt ein Sterbliches
Und es leidet ein anderes mit.

Schaudernd unter herbstlichen Sternen
Neigt sich jährlich tiefer das Haupt.

Verwandlung

2. Fassung

Entlang an Gärten, herbstlich, rotversengt:
Hier zeigt im Stillen sich ein tüchtig Leben.
Des Menschen Hände tragen braune Reben,
Indes der sanfte Schmerz im Blick sich senkt.

Am Abend: Schritte gehn durch schwarzes Land
Erscheinender in roter Buchen Schweigen.
Ein blaues Tier will sich vorm Tod verneigen
Und grauenvoll verfällt ein leer Gewand.

Geruhiges vor einer Schenke spielt,
Ein Antlitz ist berauscht ins Gras gesunken.
Hollunderfrüchte, Flöten weich und trunken,
Resedenduft, der Weibliches umspült.

Kleines Konzert

Ein Rot, das traumhaft dich erschüttert –
Durch deine Hände scheint die Sonne.
Du fühlst dein Herz verrückt vor Wonne
Sich still zu einer Tat bereiten.

In Mittag strömen gelbe Felder.
Kaum hörst du noch der Grillen Singen,
Der Mäher hartes Sensenschwingen.
Einfältig schweigen goldene Wälder.

Im grünen Tümpel glüht Verwesung.
Die Fische stehen still. Gotts Odem
Weckt sacht ein Saitenspiel im Brodem.
Aussätzigen winkt die Flut Genesung.

Geist Dädals schwebt in blauen Schatten,
Ein Duft von Milch in Haselzweigen.
Man hört noch lang den Lehrer geigen,
Im leeren Hof den Schrei der Ratten.

Im Krug an scheußlichen Tapeten
Blühn kühlere Violenfarben.
Im Hader dunkle Stimmen starben,
Narziß im Endakkord von Flöten.

Menschheit

Menschheit vor Feuerschlünden aufgestellt,
Ein Trommelwirbel, dunkler Krieger Stirnen,
Schritte durch Blutnebel; schwarzes Eisen schellt,
Verzweiflung, Nacht in traurigen Gehirnen:
Hier Evas Schatten, Jagd und rotes Geld.
Gewölk, das Licht durchbricht, das Abendmahl.
Es wohnt in Brot und Wein ein sanftes Schweigen
Und jene sind versammelt zwölf an Zahl.
Nachts schrein im Schlaf sie unter Ölbaumzweigen;
Sankt Thomas taucht die Hand ins Wundenmal.

Der Spaziergang

1

Musik summt im Gehölz am Nachmittag.
Im Korn sich ernste Vogelscheuchen drehn.
Hollunderbüsche sacht am Weg verwehn;
Ein Haus zerflimmert wunderlich und vag.

In Goldnem schwebt ein Duft von Thymian,
Auf einem Stein steht eine heitere Zahl.
Auf einer Wiese spielen Kinder Ball,
Dann hebt ein Baum vor dir zu kreisen an.

Du träumst: die Schwester kämmt ihr blondes Haar,
Auch schreibt ein ferner Freund dir einen Brief.
Ein Schober flieht durchs Grau vergilbt und schief
Und manchmal schwebst du leicht und wunderbar.

2

Die Zeit verrinnt. O süßer Helios!
O Bild im Krötentümpel süß und klar;
Im Sand versinkt ein Eden wunderbar.
Goldammern wiegt ein Busch in seinem Schoß.

Ein Bruder stirbt dir in verwunschnem Land
Und stählern schaun dich deine Augen an.
In Goldnem dort ein Duft von Thymian.
Ein Knabe legt am Weiler einen Brand.

Die Liebenden in Faltern neu erglühn
Und schaukeln heiter hin um Stein und Zahl.
Aufflattern Krähen um ein ekles Mahl
Und deine Stirne tost durchs sanfte Grün.

Im Dornenstrauch verendet weich ein Wild.
Nachgleitet dir ein heller Kindertag,
Der graue Wind, der flatterhaft und vag.
Verfallne Düfte durch die Dämmerung spült.

3

Ein altes Wiegenlied macht dich sehr bang.
Am Wegrand fromm ein Weib ihr Kindlein stillt.
Traumwandelnd hörst du wie ihr Bronnen quillt.
Aus Apfelzweigen fällt ein Weiheklang.

Und Brot und Wein sind süß von harten Mühn.
Nach Früchten tastet silbern deine Hand.
Die tote Rahel geht durchs Ackerland.
Mit friedlicher Geberde winkt das Grün.

Gesegnet auch blüht armer Mägde Schoß,
Die träumend dort am alten Brunnen stehn.
Einsame froh auf stillen Pfaden gehn
Mit Gottes Kreaturen sündelos.

De profundis

Es ist ein Stoppelfeld, in das ein schwarzer Regen fällt.
Es ist ein brauner Baum, der einsam dasteht.
Es ist ein Zischelwind, der leere Hütten umkreist.
Wie traurig dieser Abend.

Am Weiler vorbei
Sammelt die sanfte Waise noch spärliche Ähren ein.
Ihre Augen weiden rund und goldig in der Dämmerung
Und ihr Schoß harrt des himmlischen Bräutigams.

Bei der Heimkehr
Fanden die Hirten den süßen Leib
Verwest im Dornenbusch.

Ein Schatten bin ich ferne finsteren Dörfern.
Gottes Schweigen
Trank ich aus dem Brunnen des Hains.

Auf meine Stirne tritt kaltes Metall
Spinnen suchen mein Herz.
Es ist ein Licht, das in meinem Mund erlöscht.

Nachts fand ich mich auf einer Heide,
Starrend von Unrat und Staub der Sterne.
Im Haselgebüsch
Klangen wieder kristallne Engel.

Trompeten

Unter verschnittenen Weiden, wo braune Kinder spielen
Und Blätter treiben, tönen Trompeten. Ein Kirchhofsschauer.
Fahnen von Scharlach stürzen durch des Ahorns Trauer,
Reiter entlang an Roggenfeldern, leeren Mühlen.

Oder Hirten singen nachts und Hirsche treten
In den Kreis ihrer Feuer, des Hains uralte Trauer,
Tanzende heben sich von einer schwarzen Mauer;
Fahnen von Scharlach, Lachen, Wahnsinn, Trompeten.

Dämmerung

Im Hof, verhext von milchigem Dämmerschein,
Durch Herbstgebräuntes weiche Kranke gleiten.
Ihr wächsern-runder Blick sinnt goldner Zeiten,
Erfüllt von Träumerei und Ruh und Wein.

Ihr Siechentum schließt geisterhaft sich ein.
Die Sterne weiße Traurigkeit verbreiten.
Im Grau, erfüllt von Täuschung und Geläuten,
Sieh, wie die Schrecklichen sich wirr zerstreun.

Formlose Spottgestalten huschen, kauern
Und flattern sie auf schwarz-gekreuzten Pfaden.
O! trauervolle Schatten an den Mauern.

Die andern fliehn durch dunkelnde Arkaden;
Und nächtens stürzen sie aus roten Schauern
Des Sternenwinds, gleich rasenden Mänaden.

Mänade, sich wild gebärdende rasende weibliche Person

Heiterer Frühling

2. Fassung

1

Am Bach, der durch das gelbe Brachfeld fließt,
Zieht noch das dürre Rohr vom vorigen Jahr.
Durchs Graue gleiten Klänge wunderbar,
Vorüberweht ein Hauch von warmem Mist.

An Weiden baumeln Kätzchen sacht im Wind,
Sein traurig Lied singt träumend ein Soldat.

Ein Wiesenstreifen saust verweht und matt,
Ein Kind steht in Konturen weich und lind.

Die Birken dort, der schwarze Dornenstrauch,
Auch fliehn im Rauch Gestalten aufgelöst.
Hell Grünes blüht und anderes verwest
Und Kröten schliefen durch den jungen Lauch.

2

Dich lieb ich treu du derbe Wäscherin.
Noch trägt die Flut des Himmels goldene Last.
Ein Fischlein blitzt vorüber und verblaßt;
Ein wächsern Antlitz fließt durch Erlen hin.

In Gärten sinken Glocken lang und leis
Ein kleiner Vogel trällert wie verrückt.
Das sanfte Korn schwillt leise und verzückt
Und Bienen sammeln noch mit ernstem Fleiß.

Komm Liebe nun zum müden Arbeitsmann!
In seine Hütte fällt ein lauer Strahl.
Der Wald strömt durch den Abend herb und fahl
Und Knospen knistern heiter dann und wann.

3

Wie scheint doch alles Werdende so krank!
Ein Fieberhauch um einen Weiler kreist;
Doch aus Gezweigen winkt ein sanfter Geist
Und öffnet das Gemüte weit und bang.

Ein blühender Erguß verrinnt sehr sacht
Und Ungebornes pflegt der eignen Ruh.
Die Liebenden blühn ihren Sternen zu
Und süßer fließt ihr Odem durch die Nacht.

So schmerzlich gut und wahrhaft ist, was lebt;
Und leise rührt dich an ein alter Stein:
Wahrlich! Ich werde immer bei euch sein.
O Mund! der durch die Silberweide bebt.

Vorstadt im Föhn

Am Abend liegt die Stätte öd und braun,
Die Luft von gräulichem Gestank durchzogen.
Das Donnern eines Zugs vom Brückenbogen –
Und Spatzen flattern über Busch und Zaun.

Geduckte Hütten, Pfade wirr verstreut,
In Gärten Durcheinander und Bewegung,
Bisweilen schwillt Geheul aus dumpfer Regung,
In einer Kinderschar fliegt rot ein Kleid.

Am Kehricht pfeift verliebt ein Rattenchor.
In Körben tragen Frauen Eingeweide,
Ein ekelhafter Zug voll Schmutz und Räude,
Kommen sie aus der Dämmerung hervor.

Und ein Kanal speit plötzlich feistes Blut
Vom Schlachthaus in den stillen Fluß hinunter.
Die Föhne färben karge Stauden bunter
Und langsam kriecht die Röte durch die Flut.

Ein Flüstern, das in trübem Schlaf ertrinkt.
Gebilde gaukeln auf aus Wassergräben,
Vielleicht Erinnerung an ein früheres Leben,
Die mit den warmen Winden steigt und sinkt.

Aus Wolken tauchen schimmernde Alleen,
Erfüllt von schönen Wägen, kühnen Reitern.

Dann sieht man auch ein Schiff auf Klippen scheitern
Und manchmal rosenfarbene Moscheen.

Die Ratten

In Hof scheint weiß der herbstliche Mond.
Vom Dachrand fallen phantastische Schatten.
Ein Schweigen in leeren Fenstern wohnt;
Da tauchen leise herauf die Ratten

Und huschen pfeifend hier und dort
Und ein gräulicher Dunsthauch wittert
Ihnen nach aus dem Abort,
Den geisterhaft der Mondschein durchzittert

Und sie keifen vor Gier wie toll
Und erfüllen Haus und Scheunen,
Die von Korn und Früchten voll.
Eisige Winde im Dunkel greinen.

Trübsinn

1. Fassung

Weltunglück geistert durch den Nachmittag.
Baraken fliehn durch Gärtchen braun und wüst.
Lichtschnuppen gaukeln um verbrannten Mist,
Zwei Schläfer schwanken heimwärts, grau und vag.

Auf der verdorrten Wiese läuft ein Kind
Und spielt mit seinen Augen schwarz und glatt.
Das Gold tropft von den Büschen trüb und matt.
Ein alter Mann dreht traurig sich im Wind.

Am Abend wieder über meinem Haupt
Saturn lenkt stumm ein elendes Geschick.
Ein Baum, ein Hund tritt hinter sich zurück
Und schwarz schwankt Gottes Himmel und entlaubt.

Ein Fischlein gleitet schnell hinab den Bach;
Und leise rührt des toten Freundes Hand
Und glättet liebend Stirne und Gewand.
Ein Licht ruft Schatten in den Zimmern wach.

In den Nachmittag geflüstert

Sonne, herbstlich dünn und zag,
Und das Obst fällt von den Bäumen.
Stille wohnt in blauen Räumen
Einen langen Nachmittag.

Sterbeklänge von Metall;
Und ein weißes Tier bricht nieder.
Brauner Mädchen rauhe Lieder
Sind verweht im Blätterfall.

Stirne Gottes Farben träumt,
Spürt des Wahnsinns sanfte Flügel.
Schatten drehen sich am Hügel
Von Verwesung schwarz umsäumt.

Dämmerung voll Ruh und Wein;
Traurige Guitarren rinnen.
Und zur milden Lampe drinnen
Kehrst du wie im Traume ein.

Psalm

2. Fassung

Karl Kraus zugeeignet

Es ist ein Licht, das der Wind ausgelöscht hat.
Es ist ein Heidekrug, den am Nachmittag ein Betrunkener verläßt.
Es ist ein Weinberg, verbrannt und schwarz mit Löchern voll Spinnen.
Es ist ein Raum, den sie mit Milch getüncht haben.
Der Wahnsinnige ist gestorben. Es ist eine Insel der Südsee,
Den Sonnengott zu empfangen. Man rührt die Trommeln.
Die Männer führen kriegerische Tänze auf.
Die Frauen wiegen die Hüften in Schlinggewächsen und Feuerblumen,
Wenn das Meer singt. O unser verlorenes Paradies.

Die Nymphen haben die goldenen Wälder verlassen.
Man begräbt den Fremden. Dann hebt ein Flimmerregen an.
Der Sohn des Pan erscheint in Gestalt eines Erdarbeiters,
Der den Mittag am glühenden Asphalt verschläft.
Es sind kleine Mädchen in einem Hof in Kleidchen voll herzzerreißender Armut!
Es sind Zimmer, erfüllt von Akkorden und Sonaten.
Es sind Schatten, die sich vor einem erblindeten Spiegel umarmen.
An den Fenstern des Spitals wärmen sich Genesende.
Ein weißer Dampfer am Kanal trägt blutige Seuchen herauf.

Die fremde Schwester erscheint wieder in jemands bösen Träumen.
Ruhend im Haselgebüsch spielt sie mit seinen Sternen.
Der Student, vielleicht ein Doppelgänger, schaut ihr lange vom Fenster nach.

Hinter ihm steht sein toter Bruder, oder er geht die alte Wendeltreppe herab.
Im Dunkel brauner Kastanien verblaßt die Gestalt des jungen Novizen.
Der Garten ist im Abend. Im Kreuzgang flattern die Fledermäuse umher.
Die Kinder des Hausmeisters hören zu spielen auf und suchen das Gold des Himmels.
Endakkorde eines Quartetts. Die kleine Blinde läuft zitternd durch die Allee,
Und später tastet ihr Schatten an kalten Mauern hin, umgeben von Märchen und heiligen Legenden.

Es ist ein leeres Boot, das am Abend den schwarzen Kanal heruntertreibt.
In der Düsternis des alten Asyls verfallen menschliche Ruinen.
Die toten Waisen liegen an der Gartenmauer.
Aus grauen Zimmern treten Engel mit kotgefleckten Flügeln.
Würmer tropfen von ihren vergilbten Lidern.
Der Platz vor der Kirche ist finster und schweigsam, wie in den Tagen der Kindheit.
Auf silbernen Sohlen gleiten frühere Leben vorbei
Und die Schatten der Verdammten steigen zu den seufzenden Wassern nieder.
In seinem Grab spielt der weiße Magier mit seinen Schlangen.

Schweigsam über der Schädelstätte öffnen sich Gottes goldene Augen.

Rosenkranzlieder

An die Schwester

Wo du gehst wird Herbst und Abend,
Blaues Wild, das unter Bäumen tönt,
Einsamer Weiher am Abend.

Leise der Flug der Vögel tönt,
Die Schwermut über deinen Augenbogen.
Dein schmales Lächeln tönt.

Gott hat deine Lider verbogen.
Sterne suchen nachts, Karfreitagskind,
Deinen Stirnenbogen.

Nähe des Todes

2. Fassung

O der Abend, der in die finsteren Dörfer der Kindheit geht.
Der Weiher unter den Weiden
Füllt sich mit den verpesteten Seufzern der Schwermut.

O der Wald, der leise die braunen Augen senkt,
Da aus des Einsamen knöchernen Händen
Der Purpur seiner verzückten Tage hinsinkt.

O die Nähe des Todes. Laß uns beten.
In dieser Nacht lösen auf lauen Kissen
Vergilbt von Weihrauch sich der Liebenden schmächtige
Glieder.

Amen

Verwestes gleitend durch die morsche Stube;
Schatten an gelben Tapeten; in dunklen Spiegeln wölbt
Sich unserer Hände elfenbeinerne Traurigkeit.

Braune Perlen rinnen durch die erstorbenen Finger.
In der Stille
Tun sich eines Engels blaue Mohnaugen auf.

Blau ist auch der Abend;
Die Stunde unseres Absterbens, Azraels Schatten,
Der ein braunes Gärtchen verdunkelt.

Verfall

Am Abend, wenn die Glocken Frieden läuten,
Folg ich der Vögel wundervollen Flügen,
Die lang geschart, gleich frommen Pilgerzügen,
Entschwinden in den herbstlich klaren Weiten.

Hinwandelnd durch den dämmervollen Garten
Träum ich nach ihren helleren Geschicken
Und fühl der Stunden Weiser kaum mehr rücken.
So folg ich über Wolken ihren Fahrten.

Da macht ein Hauch mich von Verfall erzittern.
Die Amsel klagt in den entlaubten Zweigen.
Es schwankt der rote Wein an rostigen Gittern,

Indes wie blasser Kinder Todesreigen
Um dunkle Brunnenränder, die verwittern,
Im Wind sich fröstelnd blaue Astern neigen.

In der Heimat

Resedenduft durchs kranke Fenster irrt;
Ein alter Platz, Kastanien schwarz und wüst.
Das Dach durchbricht ein goldener Strahl und fließt
Auf die Geschwister traumhaft und verwirrt.

Im Spülicht treibt Verfallnes, leise girrt
Der Föhn im braunen Gärtchen; sehr still genießt
Ihr Gold die Sonnenblume und zerfließt.
Durch blaue Luft der Ruf der Wache klirrt.

Resedenduft. Die Mauern dämmern kahl.
Der Schwester Schlaf ist schwer. Der Nachtwind wühlt
In ihrem Haar, das mondner Glanz umspült.

Der Katze Schatten gleitet blau und schmal
Vom morschen Dach, das nahes Unheil säumt,
Die Kerzenflamme, die sich purpurn bäumt.

Ein Herbstabend

An Karl Röck

Das braune Dorf. Ein Dunkles zeigt im Schreiten
Sich oft an Mauern, die im Herbste stehn,
Gestalten: Mann wie Weib, Verstorbene gehn
In kühlen Stuben jener Bett bereiten.

Hier spielen Knaben. Schwere Schatten breiten
Sich über braune Jauche. Mägde gehn
Durch feuchte Bläue und bisweilen sehn
Aus Augen sie, erfüllt von Nachtgeläuten.

Für Einsames ist eine Schenke da;
Das säumt geduldig unter dunklen Bogen,
Von goldenem Tabaksgewölk umzogen.

Doch immer ist das Eigne schwarz und nah.
Der Trunkne sinnt im Schatten alter Bogen
Den wilden Vögeln nach, die ferngezogen.

Menschliches Elend

Menschliche Trauer *2. Fassung*

Die Uhr, die vor der Sonne fünfe schlägt –
Einsame Menschen packt ein dunkles Grausen,
Im Abendgarten kahle Bäume sausen.
Des Toten Antlitz sich am Fenster regt.

Vielleicht, daß diese Stunde stille steht.
Vor trüben Augen blaue Bilder gaukeln
Im Takt der Schiffe, die am Flusse schaukeln.
Am Kai ein Schwesternzug vorüberweht.

Im Hasel spielen Mädchen blaß und blind,
Wie Liebende, die sich im Schlaf umschlingen.
Vielleicht, daß um ein Aas dort Fliegen singen,
Vielleicht auch weint im Mutterschoß ein Kind.

Aus Händen sinken Astern blau und rot,
Des Jünglings Mund entgleitet fremd und weise;
Und Lider flattern angstverwirrt und leise;
Durch Fieberschwärze weht ein Duft von Brot.

Es scheint, man hört auch gräßliches Geschrei;
Gebeine durch verfallne Mauern schimmern.

Ein böses Herz lacht laut in schönen Zimmern;
An einem Träumer läuft ein Hund vorbei.

Ein leerer Sarg im Dunkel sich verliert.
Dem Mörder will ein Raum sich bleich erhellen,
Indes Laternen nachts im Sturm zerschellen.
Des Edlen weiße Schläfe Lorbeer ziert.

Im Dorf

1

Aus braunen Mauern tritt ein Dorf, ein Feld.
Ein Hirt verwest auf einem alten Stein.
Der Saum des Walds schließt blaue Tiere ein,
Das sanfte Laub, das in die Stille fällt.

Der Bauern braune Stirnen. Lange tönt
Die Abendglocke; schön ist frommer Brauch,
Des Heilands schwarzes Haupt im Dornenstrauch,
Die kühle Stube, die der Tod versöhnt.

Wie bleich die Mütter sind. Die Bläue sinkt
Auf Glas und Truh, die stolz ihr Sinn bewahrt;
Auch neigt ein weißes Haupt sich hochbejahrt
Aufs Enkelkind, das Milch und Sterne trinkt.

2

Der Arme, der im Geiste einsam starb,
Steigt wächsern über einen alten Pfad.
Die Apfelbäume sinken kahl und stad
Ins Farbige ihrer Frucht, die schwarz verdarb.

Noch immer wölbt das Dach aus dürrem Stroh
Sich übern Schlaf der Kühe. Die blinde Magd
Erscheint im Hof; ein blaues Wasser klagt;
Ein Pferdeschädel starrt vom morschen Tor.

Der Idiot spricht dunklen Sinns ein Wort
Der Liebe, das im schwarzen Busch verhallt,
Wo jene steht in schmaler Traumgestalt.
Der Abend tönt in feuchter Bläue fort.

3

Ans Fenster schlagen Äste föhnentlaubt.
Im Schoß der Bäurin wächst ein wildes Weh.
Durch ihre Arme rieselt schwarzer Schnee;
Goldäugige Eulen flattern um ihr Haupt.

Die Mauern starren kahl und grauverdreckt
Ins kühle Dunkel. Im Fieberbette friert
Der schwangere Leib, den frech der Mond bestiert.
Vor ihrer Kammer ist ein Hund verreckt.

Drei Männer treten finster durch das Tor
Mit Sensen, die im Feld zerbrochen sind.
Durchs Fenster klirrt der rote Abendwind;
Ein schwarzer Engel tritt daraus hervor.

Abendlied

Am Abend, wenn wir auf dunklen Pfaden gehn,
Erscheinen unsere bleichen Gestalten vor uns.

Wenn uns dürstet,
Trinken wir die weißen Wasser des Teichs,
Die Süße unserer traurigen Kindheit.

Erstorbene ruhen wir unterm Hollundergebüsch,
Schaun den grauen Möven zu.

Frühlingsgewölke steigen über die finstere Stadt,
Die der Mönche edlere Zeiten schweigt.

Da ich deine schmalen Hände nahm
Schlugst du leise die runden Augen auf,
Dieses ist lange her.

Doch wenn dunkler Wohllaut die Seele heimsucht,
Erscheinst du Weiße in des Freundes herbstlicher
Landschaft.

Drei Blicke in einen Opal

An Erhard Buschbeck

1

Blick in Opal: ein Dorf umkränzt von dürrem Wein,
Der Stille grauer Wolken, gelber Felsenhügel
Und abendlicher Quellen Kühle: Zwillingsspiegel
Umrahmt von Schatten und von schleimigem Gestein.

Des Herbstes Weg und Kreuze gehn in Abend ein,
Singende Pilger und die blutbefleckten Linnen.
Des Einsamen Gestalt kehrt also sich nach innen
Und geht, ein bleicher Engel, durch den leeren Hain.

Aus Schwarzem bläst der Föhn. Mit Satyrn im Verein
Sind schlanke Weiblein; Mönche der Wollust bleiche Priester,
Ihr Wahnsinn schmückt mit Lilien sich schön und düster
Und hebt die Hände auf zu Gottes goldenem Schrein.

2

Der ihn befeuchtet, rosig hängt ein Tropfen Tau
Im Rosmarin: hinfließt ein Hauch von Grabgerüchen,
Spitälern, wirr erfüllt von Fieberschrein und Flüchen.
Gebein steigt aus dem Erbbegräbnis morsch und grau.

In blauem Schleim und Schleiern tanzt des Greisen Frau,
Das schmutzstarrende Haar erfüllt von schwarzen Tränen,
Die Knaben träumen wirr in dürren Weidensträhnen
Und ihre Stirnen sind von Aussatz kahl und rauh.

Durchs Bogenfenster sinkt ein Abend lind und lau.
Ein Heiliger tritt aus seinen schwarzen Wundenmalen.
Die Purpurschnecken kriechen aus zerbrochenen Schalen
Und speien Blut in Dorngewinde starr und grau.

3

Die Blinden streuen in eiternde Wunden Weiherauch.
Rotgoldene Gewänder; Fackeln; Psalmensingen;
Und Mädchen, die wie Gift den Leib des Herrn umschlingen.
Gestalten schreiten wächsernstarr durch Glut und Rauch.

Aussätziger mitternächtigen Tanz führt an ein Gauch
Dürrknöchern. Garten wunderlicher Abenteuer;
Verzerrtes; Blumenfratzen, Lachen; Ungeheuer
Und rollendes Gestirn im schwarzen Dornenstrauch.

O Armut, Bettelsuppe, Brot und süßer Lauch;
Des Lebens Träumerei in Hütten vor den Wäldern.
Grau härtet sich der Himmel über gelben Feldern
Und eine Abendglocke singt nach altem Brauch.

Nachtlied

Des Unbewegten Odem. Ein Tiergesicht
Erstarrt vor Bläue, ihrer Heiligkeit.
Gewaltig ist das Schweigen im Stein;

Die Maske eines nächtlichen Vogels. Sanfter Dreiklang
Verklingt in einem. Elai! dein Antlitz
Beugt sich sprachlos über bläuliche Wasser.

O! ihr stillen Spiegel der Wahrheit.
An des Einsamen elfenbeinerner Schläfe
Erscheint der Abglanz gefallener Engel.

Helian

In den einsamen Stunden des Geistes
Ist es schön, in der Sonne zu gehn
An den gelben Mauern des Sommers hin.
Leise klingen die Schritte im Gras; doch immer schläft
Der Sohn des Pan im grauen Marmor.

Abends auf der Terrasse betranken wir uns mit braunem Wein.
Rötlich glüht der Pfirsich im Laub;
Sanfte Sonate, frohes Lachen.

Schön ist die Stille der Nacht.
Auf dunklem Plan
Begegnen wir uns mit Hirten und weißen Sternen.

Wenn es Herbst geworden ist
Zeigt sich nüchterne Klarheit im Hain.
Besänftigte wandeln wir an roten Mauern hin

Und die runden Augen folgen dem Flug der Vögel.
Am Abend sinkt das weiße Wasser in Graburnen.

In kahlen Gezweigen feiert der Himmel.
In reinen Händen trägt der Landmann Brot und Wein
Und friedlich reifen die Früchte in sonniger Kammer.

O wie ernst ist das Antlitz der teueren Toten.
Doch die Seele erfreut gerechtes Anschaun.

Gewaltig ist das Schweigen des verwüsteten Gartens,
Da der junge Novize die Stirne mit braunem Laub bekränzt,
Sein Odem eisiges Gold trinkt.

Die Hände rühren das Alter bläulicher Wasser
Oder in kalter Nacht die weißen Wangen der Schwestern.

Leise und harmonisch ist ein Gang an freundlichen Zimmern hin,
Wo Einsamkeit ist und das Rauschen des Ahorns,
Wo vielleicht noch die Drossel singt.

Schön ist der Mensch und erscheinend im Dunkel,
Wenn er staunend Arme und Beine bewegt,
Und in purpurnen Höhlen stille die Augen rollen.

Zur Vesper verliert sich der Fremdling in schwarzer Novemberzerstörung,
Unter morschem Geäst, an Mauern voll Aussatz hin,
Wo vordem der heilige Bruder gegangen,
Versunken in das sanfte Saitenspiel seines Wahnsinns,

O wie einsam endet der Abendwind.
Ersterbend neigt sich das Haupt im Dunkel des Ölbaums.

Erschütternd ist der Untergang des Geschlechts.
In dieser Stunde füllen sich die Augen des Schauenden
Mit dem Gold seiner Sterne.

Am Abend versinkt ein Glockenspiel, das nicht mehr tönt,
Verfallen die schwarzen Mauern am Platz,
Ruft der tote Soldat zum Gebet.

Ein bleicher Engel
Tritt der Sohn ins leere Haus seiner Väter.

Die Schwestern sind ferne zu weißen Greisen gegangen.
Nachts fand sie der Schläfer unter den Säulen im Hausflur,
Zurückgekehrt von traurigen Pilgerschaften.

O wie starrt von Kot und Würmern ihr Haar,
Da er darein mit silbernen Füßen steht,
Und jene verstorben aus kahlen Zimmern treten.

O ihr Psalmen in feurigen Mitternachtsregen,
Da die Knechte mit Nesseln die sanften Augen schlugen,
Die kindlichen Früchte des Hollunders
Sich staunend neigen über ein leeres Grab.

Leise rollen vergilbte Monde
Über die Fieberlinnen des Jünglings,
Eh dem Schweigen des Winters folgt.

Ein erhabenes Schicksal sinnt den Kidron hinab,
Wo die Zeder, ein weiches Geschöpf,
Sich unter den blauen Brauen des Vaters entfaltet,
Über die Weide nachts ein Schäfer seine Herde führt.
Oder es sind Schreie im Schlaf,
Wenn ein eherner Engel im Hain den Menschen antritt,
Das Fleisch des Heiligen auf glühendem Rost hinschmilzt.

Um die Lehmhütten rankt purpurner Wein,
Tönende Bündel vergilbten Korns,
Das Summen der Bienen, der Flug des Kranichs.
Am Abend begegnen sich Auferstandene auf Felsenpfaden.

In schwarzen Wassern spiegeln sich Aussätzige;
Oder sie öffnen die kotbefleckten Gewänder
Weinend dem balsamischen Wind, der vom rosigen Hügel weht.

Schlanke Mägde tasten durch die Gassen der Nacht,
Ob sie den liebenden Hirten fänden.
Sonnabends tönt in den Hütten sanfter Gesang.

Lasset das Lied auch des Knaben gedenken,
Seines Wahnsinns, und weißer Brauen und seines Hingangs,
Des Verwesten, der bläulich die Augen aufschlägt.
O wie traurig ist dieses Wiedersehn.

Die Stufen des Wahnsinns in schwarzen Zimmern,
Die Schatten der Alten unter der offenen Tür,
Da Helians Seele sich im rosigen Spiegel beschaut
Und Schnee und Aussatz von seiner Stirne sinken.

An den Wänden sind die Sterne erloschen
Und die weißen Gestalten des Lichts.

Dem Teppich entsteigt Gebein der Gräber,
Das Schweigen verfallener Kreuze am Hügel,
Des Weihrauchs Süße im purpurnen Nachtwind.

O ihr zerbrochenen Augen in schwarzen Mündern,
Da der Enkel in sanfter Umnachtung
Einsam dem dunkleren Ende nachsinnt,
Der stille Gott die blauen Lider über ihn senkt.

Sebastian im Traum

Sebastian im Traum

Kindheit

Voll Früchten der Hollunder; ruhig wohnte die Kindheit
In blauer Höhle. Über vergangenen Pfad,
Wo nun bräunlich das wilde Gras saust,
Sinnt das stille Geäst; das Rauschen des Laubs

Ein gleiches, wenn das blaue Wasser im Felsen tönt.
Sanft ist der Amsel Klage. Ein Hirt
Folgt sprachlos der Sonne, die vom herbstlichen Hügel rollt.

Ein blauer Augenblick ist nur mehr Seele.
Am Waldsaum zeigt sich ein scheues Wild und friedlich
Ruhn im Grund die alten Glocken und finsteren Weiler.

Frömmer kennst du den Sinn der dunklen Jahre,
Kühle und Herbst in einsamen Zimmern;
Und in heiliger Bläue läuten leuchtende Schritte fort.

Leise klirrt ein offenes Fenster; zu Tränen
Rührt der Anblick des verfallenen Friedhofs am Hügel,
Erinnerung an erzählte Legenden; doch manchmal erhellt
sich die Seele,
Wenn sie frohe Menschen denkt, dunkelgoldene
Frühlingstage.

Stundenlied

Mit dunklen Blicken sehen sich die Liebenden an,
Die Blonden, Strahlenden. In starrender Finsternis
Umschlingen schmächtig sich die sehnenden Arme.

Purpurn zerbrach der Gesegneten Mund. Die runden Augen
Spiegeln das dunkle Gold des Frühlingsnachmittags,
Saum und Schwärze des Walds, Abendängste im Grün;
Vielleicht unsäglichen Vogelflug, des Ungeborenen
Pfad an finsteren Dörfern, einsamen Sommern hin
Und aus verfallener Bläue tritt bisweilen ein Abgelebtes.

Leise rauscht im Acker das gelbe Korn.
Hart ist das Leben und stählern schwingt die Sense der
Landmann,
Fügt gewaltige Balken der Zimmermann.

Purpurn färbt sich das Laub im Herbst; der mönchische Geist
Durchwandelt heitere Tage; reif ist die Traube
Und festlich die Luft in geräumigen Höfen.
Süßer duften vergilbte Früchte; leise ist das Lachen
Des Frohen, Musik und Tanz in schattigen Kellern;
Im dämmernden Garten Schritt und Stille des verstorbenen
Knaben.

Unterwegs

Am Abend trugen sie den Fremden in die Totenkammer;
Ein Duft von Teer; das leise Rauschen roter Platanen;
Der dunkle Flug der Dohlen; am Platz zog eine Wache auf.
Die Sonne ist in schwarze Linnen gesunken; immer wieder
kehrt dieser vergangene Abend.

Im Nebenzimmer spielt die Schwester eine Sonate von Schubert.
Sehr leise sinkt ihr Lächeln in den verfallenen Brunnen,
Der bläulich in der Dämmerung rauscht. O, wie alt ist unser Geschlecht.
Jemand flüstert drunten im Garten; jemand hat diesen schwarzen Himmel verlassen.
Auf der Kommode duften Äpfel. Großmutter zündet goldene Kerzen an.

O, wie mild ist der Herbst. Leise klingen unsere Schritte im alten Park
Unter hohen Bäumen. O, wie ernst ist das hyazinthene Antlitz der Dämmerung.
Der blaue Quell zu deinen Füßen, geheimnisvoll die rote Stille deines Munds,
Umdüstert vom Schlummer des Laubs, dem dunklen Gold verfallener Sonnenblumen.
Deine Lider sind schwer von Mohn und träumen leise auf meiner Stirne.
Sanfte Glocken durchzittern die Brust. Eine blaue Wolke
Ist dein Antlitz auf mich gesunken in der Dämmerung.

Ein Lied zur Guitarre, das in einer fremden Schenke erklingt,
Die wilden Hollunderbüsche dort, ein lang vergangener Novembertag,
Vertraute Schritte auf der dämmernden Stiege, der Anblick gebräunter Balken,
Ein offenes Fenster, an dem ein süßes Hoffen zurückblieb –
Unsäglich ist das alles, o Gott, daß man erschüttert ins Knie bricht.

O, wie dunkel ist diese Nacht. Eine purpurne Flamme
Erlosch an meinem Mund. In der Stille
Erstirbt der bangen Seele einsames Saitenspiel.
Laß, wenn trunken von Wein das Haupt in die Gosse sinkt.

Landschaft

2. Fassung

Septemberabend; traurig tönen die dunklen Rufe der Hirten
Durch das dämmernde Dorf; Feuer sprüht in der Schmiede.
Gewaltig bäumt sich ein schwarzes Pferd; die hyazinthenen Locken der Magd
Haschen nach der Inbrunst seiner purpurnen Nüstern.
Leise erstarrt am Saum des Waldes der Schrei der Hirschkuh
Und die gelben Blumen des Herbstes
Neigen sich sprachlos über das blaue Antlitz des Teichs.
In roter Flamme verbrannte ein Baum; aufflattern mit dunklen Gesichtern die Fledermäuse.

An den Knaben Elis

Elis, wenn die Amsel im schwarzen Wald ruft,
Dieses ist dein Untergang.
Deine Lippen trinken die Kühle des blauen Felsenquells.

Laß, wenn deine Stirne leise blutet
Uralte Legenden
Und dunkle Deutung des Vogelflugs.

Du aber gehst mit weichen Schritten in die Nacht,
Die voll purpurner Trauben hängt,
Und du regst die Arme schöner im Blau.

Ein Dornenbusch tönt,
Wo deine mondenen Augen sind.
O, wie lange bist, Elis, du verstorben.

Dein Leib ist eine Hyazinthe,
In die ein Mönch die wächsernen Finger taucht.
Eine schwarze Höhle ist unser Schweigen,

Daraus bisweilen ein sanftes Tier tritt
Und langsam die schweren Lider senkt.
Auf deine Schläfen tropft schwarzer Tau,

Das letzte Gold verfallener Sterne.

Elis

3. Fassung

1

Vollkommen ist die Stille dieses goldenen Tags.
Unter alten Eichen
Erscheinst du, Elis, ein Ruhender mit runden Augen.

Ihre Bläue spiegelt den Schlummer der Liebenden.
An deinem Mund
Verstummten ihre rosigen Seufzer.

Am Abend zog der Fischer die schweren Netze ein.
Ein guter Hirt
Führt seine Herde am Waldsaum hin.
O! wie gerecht sind, Elis, alle deine Tage.

Leise sinkt
An kahlen Mauern des Ölbaums blaue Stille,
Erstirbt eines Greisen dunkler Gesang.

Ein goldener Kahn
Schaukelt, Elis, dein Herz am einsamen Himmel.

2

Ein sanftes Glockenspiel tönt in Elis' Brust
Am Abend,
Da sein Haupt ins schwarze Kissen sinkt.

Ein blaues Wild
Blutet leise im Dornengestrüpp.

Ein brauner Baum steht abgeschieden da;
Seine blauen Früchte fielen von ihm.

Zeichen und Sterne
Versinken leise im Abendweiher.

Hinter dem Hügel ist es Winter geworden.

Blaue Tauben
Trinken nachts den eisigen Schweiß,
Der von Elis' kristallener Stirne rinnt.

Immer tönt
An schwarzen Mauern Gottes einsamer Wind.

Hohenburg

2. Fassung

Es ist niemand im Haus. Herbst in Zimmern;
Mondeshelle Sonate
Und das Erwachen am Saum des dämmernden Walds.

Immer denkst du das weiße Antlitz des Menschen
Ferne dem Getümmel der Zeit;
Über ein Träumendes neigt sich gerne grünes Gezweig,

Kreuz und Abend;
Umfängt den Tönenden mit purpurnen Armen sein Stern,
Der zu unbewohnten Fenstern hinaufsteigt.

Also zittert im Dunkel der Fremdling,
Da er leise die Lider über ein Menschliches aufhebt,
Das ferne ist; die Silberstimme des Windes im Hausflur.

Sebastian im Traum

Für Adolf Loos

Mutter trug das Kindlein im weißen Mond,
Im Schatten des Nußbaums, uralten Hollunders,
Trunken vom Safte des Mohns, der Klage der Drossel;
Und stille
Neigte in Mitleid sich über jene ein bärtiges Antlitz

Leise im Dunkel des Fensters; und altes Hausgerät
Der Väter
Lag im Verfall; Liebe und herbstliche Träumerei.

Also dunkel der Tag des Jahrs, traurige Kindheit,
Da der Knabe leise zu kühlen Wassern, silbernen
Fischen hinabstieg,
Ruh und Antlitz;
Da er steinern sich vor rasende Rappen warf,
In grauer Nacht sein Stern über ihn kam;

Oder wenn er an der frierenden Hand der Mutter
Abends über Sankt Peters herbstlichen Friedhof ging,
Ein zarter Leichnam stille im Dunkel der Kammer lag
Und jener die kalten Lider über ihn aufhob.

Er aber war ein kleiner Vogel im kahlen Geäst,
Die Glocke lang im Abendnovember,
Des Vaters Stille, da er im Schlaf die dämmernde
Wendeltreppe hinabstieg.

2

Frieden der Seele. Einsamer Winterabend,
Die dunklen Gestalten der Hirten am alten Weiher;
Kindlein in der Hütte von Stroh; o wie leise
Sank in schwarzem Fieber das Antlitz hin.
Heilige Nacht.

Oder wenn er an der harten Hand des Vaters
Stille den finstern Kalvarienberg hinanstieg
Und in dämmernden Felsennischen
Die blaue Gestalt des Menschen durch seine Legende ging,
Aus der Wunde unter dem Herzen purpurn das Blut rann.
O wie leise stand in dunkler Seele das Kreuz auf.

Liebe; da in schwarzen Winkeln der Schnee schmolz,
Ein blaues Lüftchen sich heiter im alten Hollunder fing,
In dem Schattengewölbe des Nußbaums;
Und dem Knaben leise sein rosiger Engel erschien.

Freude; da in kühlen Zimmern eine Abendsonate erklang,
Im braunen Holzgebälk
Ein blauer Falter aus der silbernen Puppe kroch.

O die Nähe des Todes. In steinerner Mauer
Neigte sich ein gelbes Haupt, schweigend das Kind,
Da in jenem März der Mond verfiel.

3

Rosige Osterglocke im Grabgewölbe der Nacht
Und die Silberstimmen der Sterne,
Daß in Schauern ein dunkler Wahnsinn von der Stirne des Schläfers sank.

O wie stille ein Gang den blauen Fluß hinab
Vergessenes sinnend, da im grünen Geäst
Die Drossel ein Fremdes in den Untergang rief.

Oder wenn er an der knöchernen Hand des Greisen
Abends vor die verfallene Mauer der Stadt ging
Und jener in schwarzem Mantel ein rosiges Kindlein trug,
Im Schatten des Nußbaums der Geist des Bösen erschien.

Tasten über die grünen Stufen des Sommers. O wie leise
Verfiel der Garten in der braunen Stille des Herbstes,
Duft und Schwermut des alten Hollunders,
Da in Sebastians Schatten die Silberstimme des Engels erstarb.

Am Moor

3. Fassung

Wanderer im schwarzen Wind; leise flüstert das dürre Rohr
In der Stille des Moors. Am grauen Himmel
Ein Zug von wilden Vögeln folgt;
Quere über finsteren Wassern.

Aufruhr. In verfallener Hütte
Aufflattert mit schwarzen Flügeln die Fäulnis;
Verkrüppelte Birken seufzen im Wind.

Abend in verlassener Schenke. Den Heimweg umwittert
Die sanfte Schwermut grasender Herden,
Erscheinung der Nacht: Kröten tauchen aus silbernen
Wassern.

Im Frühling

Leise sank von dunklen Schritten der Schnee,
Im Schatten des Baums
Heben die rosigen Lider Liebende.

Immer folgt den dunklen Rufen der Schiffer
Stern und Nacht;
Und die Ruder schlagen leise im Takt.

Balde an verfallener Mauer blühen
Die Veilchen,
Ergrünt so stille die Schläfe des Einsamen.

Abend in Lans

2. Fassung

Wanderschaft durch dämmernden Sommer
An Bündeln vergilbten Korns vorbei. Unter getünchten
Bogen,
Wo die Schwalbe aus und ein flog, tranken wir feurigen
Wein.

Schön: o Schwermut und purpurnes Lachen.
Abend und die dunklen Düfte des Grüns
Kühlen mit Schauern die glühende Stirne uns.

Silberne Wasser rinnen über die Stufen des Walds,
Die Nacht und sprachlos ein vergessenes Leben.
Freund; die belaubten Stege ins Dorf.

Am Mönchsberg

2. Fassung

Wo im Schatten herbstlicher Ulmen der verfallene Pfad
hinabsinkt,
Ferne den Hütten von Laub, schlafenden Hirten,
Immer folgt dem Wandrer die dunkle Gestalt der Kühle

Über knöchernen Steg, die hyazinthene Stimme des Knaben,
Leise sagend die vergessene Legende des Walds,
Sanfter ein Krankes nun die wilde Klage des Bruders.

Also rührt ein spärliches Grün das Knie des Fremdlings,
Das versteinerte Haupt;
Näher rauscht der blaue Quell die Klage der Frauen.

Kaspar Hauser Lied

Für Bessie Loos

Er wahrlich liebte die Sonne, die purpurn den Hügel
hinabstieg,
Die Wege des Walds, den singenden Schwarzvogel
Und die Freude des Grüns.

Ernsthaft war sein Wohnen im Schatten des Baums
Und rein sein Antlitz.
Gott sprach eine sanfte Flamme zu seinem Herzen:
O Mensch!

Stille fand sein Schritt die Stadt am Abend;
Die dunkle Klage seines Munds:
Ich will ein Reiter werden.

Ihm aber folgte Busch und Tier,
Haus und Dämmergarten weißer Menschen
Und sein Mörder suchte nach ihm.

Frühling und Sommer und schön der Herbst
Des Gerechten, sein leiser Schritt
An den dunklen Zimmern Träumender hin.
Nachts blieb er mit seinem Stern allein;

Sah, daß Schnee fiel in kahles Gezweig
Und im dämmernden Hausflur den Schatten des Mörders.

Silbern sank des Ungebornen Haupt hin.

Nachts

Die Bläue meiner Augen ist erloschen in dieser Nacht,
Das rote Gold meines Herzens. O! wie stille brannte das Licht.
Dein blauer Mantel umfing den Sinkenden;
Dein roter Mund besiegelte des Freundes Umnachtung.

Verwandlung des Bösen

2. Fassung

Herbst: schwarzes Schreiten am Waldsaum; Minute stummer Zerstörung; auflauscht die Stirne des Aussätzigen unter dem kahlen Baum. Langvergangener Abend, der nun über die Stufen von Moos sinkt; November. Eine Glocke läutet und der Hirt führt eine Herde von schwarzen und roten Pferden ins Dorf. Unter dem Haselgebüsch weidet der grüne Jäger ein Wild aus. Seine Hände rauchen von Blut und der Schatten des Tiers seufzt im Laub über den Augen des Mannes, braun und schweigsam; der Wald. Krähen, die sich zerstreuen; drei. Ihr Flug gleicht einer Sonate, voll verblichener Akkorde und männlicher Schwermut; leise löst sich eine goldene Wolke auf. Bei der Mühle zünden Knaben ein Feuer an. Flamme ist des Bleichsten Bruder und jener lacht vergraben in sein purpurnes Haar; oder es ist ein Ort des Mordes, an dem ein steiniger Weg vorbeiführt. Die Berberitzen sind verschwunden, jahrlang träumt es in bleierner Luft unter den Föhren; Angst, grünes Dunkel, das Gurgeln eines Ertrinkenden: aus dem Sternenweiher zieht der Fischer einen großen, schwarzen Fisch, Antlitz voll Grausamkeit und Irrsinn. Die Stimmen des Rohrs, hadernder Männer im Rücken schaukelt jener auf rotem Kahn über frierende Herbstwasser, lebend in dunklen Sagen seines Geschlechts und die Augen steinern über Nächte und jungfräuliche Schrecken aufgetan. Böse.

Was zwingt dich still zu stehen auf der verfallenen Stiege, im Haus deiner Väter? Bleierne Schwärze. Was hebst du mit silberner Hand an die Augen; und die Lider sinken wie trunken von Mohn? Aber durch die Mauer von Stein siehst du den Sternenhimmel, die Milchstraße, den Saturn; rot. Rasend an die Mauer von Stein klopft der kahle Baum. Du auf verfallenen Stufen: Baum, Stern, Stein! Du, ein blaues Tier, das leise zittert; du, der bleiche Priester, der es hinschlachtet am schwarzen Altar. O dein Lächeln im Dunkel, traurig und böse, daß ein Kind im Schlaf erbleicht. Eine rote Flamme sprang aus deiner Hand und ein Nachtfalter verbrannte daran. O die Flöte des Lichts; o die Flöte des Tods. Was zwang dich still zu stehen auf verfallener Stiege, im Haus deiner Väter? Drunten ans Tor klopft ein Engel mit kristallnem Finger.

O die Hölle des Schlafs; dunkle Gasse, braunes Gärtchen. Leise läutet im blauen Abend der Toten Gestalt. Grüne Blümchen umgaukeln sie und ihr Antlitz hat sie verlassen. Oder es neigt sich verblichen über die kalte Stirne des Mörders im Dunkel des Hausflurs; Anbetung, purpurne Flamme der Wollust; hinsterbend stürzte über schwarze Stufen der Schläfer ins Dunkel.

Jemand verließ dich am Kreuzweg und du schaust lange zurück. Silberner Schritt im Schatten verkrüppelter Apfelbäumchen. Purpurn leuchtet die Frucht im schwarzen Geäst und im Gras häutet sich die Schlange. O! das Dunkel; der Schweiß, der auf die eisige Stirne tritt und die traurigen Träume im Wein, in der Dorfschenke unter schwarzverrauchtem Gebälk. Du, noch Wildnis, die rosige Inseln zaubert aus dem braunen Tabaksgewölk und aus dem Innern den wilden Schrei eines Greifen holt, wenn er um schwarze Klippen jagt in Meer, Sturm und Eis. Du, ein grünes Metall und innen ein feuriges Gesicht, das hingehen will und singen vom Beinerhügel finstere Zeiten und den flammenden Sturz des Engels. O! Verzweiflung, die mit stummem Schrei ins Knie bricht.

Ein Toter besucht dich. Aus dem Herzen rinnt das selbstvergossene Blut und in schwarzer Braue nistet unsäglicher Augenblick; dunkle Begegnung. Du – ein purpurner Mond, da jener im grünen Schatten des Ölbaums erscheint. Dem folgt unvergängliche Nacht.

Der Herbst des Einsamen

Im Park

Wieder wandelnd im alten Park,
O! Stille gelb und roter Blumen.
Ihr auch trauert, ihr sanften Götter,
Und das herbstliche Gold der Ulme.
Reglos ragt am bläulichen Weiher
Das Rohr, verstummt am Abend die Drossel.
O! dann neige auch du die Stirne
Vor der Ahnen verfallenem Marmor.

Ein Winterabend

2. Fassung

Wenn der Schnee ans Fenster fällt,
Lang die Abendglocke läutet,
Vielen ist der Tisch bereitet
Und das Haus ist wohlbestellt.

Mancher auf der Wanderschaft
Kommt ans Tor auf dunklen Pfaden.
Golden blüht der Baum der Gnaden
Aus der Erde kühlem Saft.

Wanderer tritt still herein;
Schmerz versteinerte die Schwelle.
Da erglänzt in reiner Helle
Auf dem Tische Brot und Wein.

Die Verfluchten

1

Es dämmert. Zum Brunnen gehn die alten Fraun.
Im Dunkel der Kastanien lacht ein Rot.
Aus einem Laden rinnt ein Duft von Brot
Und Sonnenblumen sinken übern Zaun.

Am Fluß die Schenke tönt noch lau und leis.
Guitarre summt; ein Klimperklang von Geld.
Ein Heiligenschein auf jene Kleine fällt,
Die vor der Glastür wartet sanft und weiß.

O! blauer Glanz, den sie in Scheiben weckt,
Umrahmt von Dornen, schwarz und starrverzückt.
Ein krummer Schreiber lächelt wie verrückt
Ins Wasser, das ein wilder Aufruhr schreckt.

2

Am Abend säumt die Pest ihr blau Gewand
Und leise schließt die Tür ein finstrer Gast.
Durchs Fenster sinkt des Ahorns schwarze Last;
Ein Knabe legt die Stirn in ihre Hand.

Oft sinken ihre Lider bös und schwer.
Des Kindes Hände rinnen durch ihr Haar
Und seine Tränen stürzen heiß und klar
In ihre Augenhöhlen schwarz und leer.

Ein Nest von scharlachfarbnen Schlangen bäumt
Sich träg in ihrem aufgewühlten Schoß.
Die Arme lassen ein Erstorbenes los,
Das eines Teppichs Traurigkeit umsäumt.

3

Ins braune Gärtchen tönt ein Glockenspiel.
Im Dunkel der Kastanien schwebt ein Blau,
Der süße Mantel einer fremden Frau.
Resedenduft; und glühendes Gefühl

Des Bösen. Die feuchte Stirn beugt kalt und bleich
Sich über Unrat, drin die Ratte wühlt,
Vom Scharlachglanz der Sterne lau umspült;
Im Garten fallen Äpfel dumpf und weich.

Die Nacht ist schwarz. Gespenstisch bläht der Föhn
Des wandelnden Knaben weißes Schlafgewand
Und leise greift in seinen Mund die Hand
Der Toten. Sonja lächelt sanft und schön.

Sonja

Abend kehrt in alten Garten;
Sonjas Leben, blaue Stille.
Wilder Vögel Wanderfahrten;
Kahler Baum in Herbst und Stille.

Sonnenblume, sanftgeneigte
Über Sonjas weißes Leben.
Wunde, rote, niegezeigte
Läßt in dunklen Zimmern leben,

Wo die blauen Glocken läuten;
Sonjas Schritt und sanfte Stille.
Sterbend Tier grüßt im Entgleiten,
Kahler Baum in Herbst und Stille.

Sonne alter Tage leuchtet
Über Sonjas weiße Brauen,
Schnee, der ihre Wangen feuchtet,
Und die Wildnis ihrer Brauen.

Entlang

Geschnitten sind Korn und Traube,
Der Weiler in Herbst und Ruh.
Hammer und Amboß klingt immerzu,
Lachen in purpurner Laube.

Astern von dunklen Zäunen
Bring dem weißen Kind.
Sag wie lang wir gestorben sind;
Sonne will schwarz erscheinen.

Rotes Fischlein im Weiher;
Stirn, die sich fürchtig belauscht;
Abendwind leise ans Fenster rauscht,
Blaues Orgelgeleier.

Stern und heimlich Gefunkel
Läßt noch einmal aufschaun.
Erscheinung der Mutter in Schmerz und Graun;
Schwarze Reseden im Dunkel.

Herbstseele

2. Fassung

Jägerruf und Blutgebell;
Hinter Kreuz und braunem Hügel

Blindet sacht der Weiherspiegel,
Schreit der Habicht hart und hell.

Über Stoppelfeld und Pfad
Banget schon ein schwarzes Schweigen;
Reiner Himmel in den Zweigen;
Nur der Bach rinnt still und stad.

Bald entgleitet Fisch und Wild.
Blaue Seele, dunkles Wandern
Schied uns bald von Lieben, Andern.
Abend wechselt Sinn und Bild.

Rechten Lebens Brot und Wein,
Gott in deine milden Hände
Legt der Mensch das dunkle Ende,
Alle Schuld und rote Pein.

Afra

2. Fassung

Ein Kind mit braunem Haar. Gebet und Amen
Verdunkeln still die abendliche Kühle
Und Afras Lächeln rot in gelbem Rahmen
Von Sonnenblumen, Angst und grauer Schwüle.

Gehüllt in blauen Mantel sah vor Zeiten
Der Mönch sie fromm gemalt an Kirchenfenstern;
Das will in Schmerzen freundlich noch geleiten,
Wenn ihre Sterne durch sein Blut gespenstern.

Herbstuntergang; und des Hollunders Schweigen.
Die Stirne rührt des Wassers blaue Regung,
Ein härnes Tuch gelegt auf eine Bahre.

Verfaulte Früchte fallen von den Zweigen;
Unsäglich ist der Vögel Flug, Begegnung
Mit Sterbenden; dem folgen dunkle Jahre.

Der Herbst des Einsamen

Der dunkle Herbst kehrt ein voll Frucht und Fülle,
Vergilbter Glanz von schönen Sommertagen.
Ein reines Blau tritt aus verfallener Hülle;
Der Flug der Vögel tönt von alten Sagen.
Gekeltert ist der Wein, die milde Stille
Erfüllt von leiser Antwort dunkler Fragen.

Und hier und dort ein Kreuz auf ödem Hügel;
Im roten Wald verliert sich eine Herde.
Die Wolke wandert übern Weiherspiegel;
Es ruht des Landmanns ruhige Geberde.
Sehr leise rührt des Abends blauer Flügel
Ein Dach von dürrem Stroh, die schwarze Erde.

Bald nisten Sterne in des Müden Brauen;
In kühle Stuben kehrt ein still Bescheiden
Und Engel treten leise aus den blauen
Augen der Liebenden, die sanfter leiden.
Es rauscht das Rohr; anfällt ein knöchern Grauen,
Wenn schwarz der Tau tropft von den kahlen Weiden.

Siebengesang des Todes

Ruh und Schweigen

Hirten begruben die Sonne im kahlen Wald.
Ein Fischer zog
In härenem Netz den Mond aus frierendem Weiher.

In blauem Kristall
Wohnt der bleiche Mensch, die Wang' an seine Sterne gelehnt;
Oder er neigt das Haupt in purpurnem Schlaf.

Doch immer rührt der schwarze Flug der Vögel
Den Schauenden, das Heilige blauer Blumen,
Denkt die nahe Stille Vergessenes, erloschene Engel.

Wieder nachtet die Stirne in mondenem Gestein;
Ein strahlender Jüngling
Erscheint die Schwester in Herbst und schwarzer Verwesung.

Anif

Erinnerung: Möven, gleitend über den dunklen Himmel
Männlicher Schwermut.
Stille wohnst du im Schatten der herbstlichen Esche,
Versunken in des Hügels gerechtes Maß;

Immer gehst du den grünen Fluß hinab,
Wenn es Abend geworden,
Tönende Liebe; friedlich begegnet das dunkle Wild,

Ein rosiger Mensch. Trunken von bläulicher Witterung
Rührt die Stirne das sterbende Laub
Und denkt das ernste Antlitz der Mutter;
O, wie alles ins Dunkel hinsinkt;

Die gestrengen Zimmer und das alte Gerät
Der Väter.
Dieses erschüttert die Brust des Fremdlings.
O, ihr Zeichen und Sterne.

Groß ist die Schuld des Geborenen. Weh, ihr goldenen
Schauer
Des Todes,
Da die Seele kühlere Blüten träumt.

Immer schreit im kahlen Gezweig der nächtliche Vogel
Über des Mondenen Schritt,
Tönt ein eisiger Wind an den Mauern des Dorfs.

Geburt

Gebirge: Schwärze, Schweigen und Schnee.
Rot vom Wald niedersteigt die Jagd;
O, die moosigen Blicke des Wilds.

Stille der Mutter; unter schwarzen Tannen
Öffnen sich die schlafenden Hände,
Wenn verfallen der kalte Mond erscheint.

O, die Geburt des Menschen. Nächtlich rauscht
Blaues Wasser im Felsengrund;
Seufzend erblickt sein Bild der gefallene Engel,

Erwacht ein Bleiches in dumpfer Stube.
Zwei Monde
Erglänzen die Augen der steinernen Greisin.

Weh, der Gebärenden Schrei. Mit schwarzem Flügel
Rührt die Knabenschläfe die Nacht,
Schnee, der leise aus purpurner Wolke sinkt.

Untergang

5. Fassung

An Karl Borromaeus Heinrich

Über den weißen Weiher
Sind die wilden Vögel fortgezogen.
Am Abend weht von unseren Sternen ein eisiger Wind.

Über unsere Gräber
Beugt sich die zerbrochene Stirne der Nacht.
Unter Eichen schaukeln wir auf einem silbernen Kahn.

Immer klingen die weißen Mauern der Stadt.
Unter Dornenbogen
O mein Bruder klimmen wir blinde Zeiger gen Mitternacht.

An einen Frühverstorbenen

O, der schwarze Engel, der leise aus dem Innern des Baums
trat,
Da wir sanfte Gespielen am Abend waren,
Am Rand des bläulichen Brunnens.
Ruhig war unser Schritt, die runden Augen in der braunen
Kühle des Herbstes,
O, die purpurne Süße der Sterne.

Jener aber ging die steinernen Stufen des Mönchsbergs hinab,
Ein blaues Lächeln im Antlitz und seltsam verpuppt
In seine stillere Kindheit und starb;
Und im Garten blieb das silberne Antlitz des Freundes
zurück,
Lauschend im Laub oder im alten Gestein.

Seele sang den Tod, die grüne Verwesung des Fleisches
Und es war das Rauschen des Walds,
Die inbrünstige Klage des Wildes.
Immer klangen von dämmernden Türmen die blauen
Glocken des Abends.

Stunde kam, da jener die Schatten in purpurner Sonne sah,
Die Schatten der Fäulnis in kahlem Geäst;
Abend, da an dämmernder Mauer die Amsel sang,
Der Geist des Frühverstorbenen stille im Zimmer erschien.

O, das Blut, das aus der Kehle des Tönenden rinnt,
Blaue Blume; o die feurige Träne
Geweint in die Nacht.

Goldene Wolke und Zeit. In einsamer Kammer
Lädst du öfter den Toten zu Gast,
Wandelst in trautem Gespräch unter Ulmen den grünen
Fluß hinab.

Geistliche Dämmerung

2. Fassung

Stille begegnet am Saum des Waldes
Ein dunkles Wild;
Am Hügel endet leise der Abendwind,

Verstummt die Klage der Amsel,
Und die sanften Flöten des Herbstes
Schweigen im Rohr.

Auf schwarzer Wolke
Befährst du trunken von Mohn
Den nächtigen Weiher,

Den Sternenhimmel.
Immer tönt der Schwester mondene Stimme
Durch die geistliche Nacht.

Abendländisches Lied

O der Seele nächtlicher Flügelschlag:
Hirten gingen wir einst an dämmernden Wäldern hin
Und es folgte das rote Wild, die grüne Blume und der
lallende Quell
Demutsvoll. O, der uralte Ton des Heimchens,
Blut blühend am Opferstein
Und der Schrei des einsamen Vogels über der grünen Stille
des Teichs.

O, ihr Kreuzzüge und glühenden Martern
Des Fleisches, Fallen purpurner Früchte
Im Abendgarten, wo vor Zeiten die frommen Jünger
gegangen,

Kriegsleute nun, erwachend aus Wunden und
Sternenträumen.
O, das sanfte Zyanenbündel der Nacht.

O, ihr Zeiten der Stille und goldener Herbste,
Da wir friedliche Mönche die purpurne Traube gekeltert;
Und rings erglänzten Hügel und Wald.
O, ihr Jagden und Schlösser; Ruh des Abends,
Da in seiner Kammer der Mensch Gerechtes sann,
In stummem Gebet um Gottes lebendiges Haupt rang.

O, die bittere Stunde des Untergangs,
Da wir ein steinernes Antlitz in schwarzen Wassern beschaun.
Aber strahlend heben die silbernen Lider die Liebenden:
E i n Geschlecht. Weihrauch strömt von rosigen Kissen
Und der süße Gesang der Auferstandenen.

Verklärung

Wenn es Abend wird,
Verläßt dich leise ein blaues Antlitz.
Ein kleiner Vogel singt im Tamarindenbaum.

Ein sanfter Mönch
Faltet die erstorbenen Hände.
Ein weißer Engel sucht Marien heim.

Ein nächtiger Kranz
Von Veilchen, Korn und purpurnen Trauben
Ist das Jahr des Schauenden.

Zu deinen Füßen
Öffnen sich die Gräber der Toten,
Wenn du die Stirne in die silbernen Hände legst.

Stille wohnt
An deinem Mund der herbstliche Mond,
Trunken von Mohnsaft dunkler Gesang;

Blaue Blume,
Die leise tönt in vergilbtem Gestein.

Föhn

Blinde Klage im Wind, mondene Wintertage,
Kindheit, leise verhallen die Schritte an schwarzer Hecke,
Langes Abendgeläut.
Leise kommt die weiße Nacht gezogen,

Verwandelt in purpurne Träume Schmerz und Plage
Des steinigen Lebens,
Daß nimmer der dornige Stachel ablasse vom verwesenden
Leib.

Tief im Schlummer aufseufzt die bange Seele,

Tief der Wind in zerbrochenen Bäumen,
Und es schwankt die Klagegestalt
Der Mutter durch den einsamen Wald

Dieser schweigenden Trauer; Nächte,
Erfüllt von Tränen, feurigen Engeln.
Silbern zerschellt an kahler Mauer ein kindlich Gerippe.

Der Wanderer

2. Fassung

Immer lehnt am Hügel die weiße Nacht,
Wo in Silbertönen die Pappel ragt,
Stern' und Steine sind.

Schlafend wölbt sich über den Gießbach der Steg,
Folgt dem Knaben ein erstorbenes Antlitz,
Sichelmond in rosiger Schlucht

Ferne preisenden Hirten. In altem Gestein
Schaut aus kristallenen Augen die Kröte,
Erwacht der blühende Wind, die Vogelstimme des Totengleichen
Und die Schritte ergrünen leise im Wald.

Dieses erinnert an Baum und Tier. Langsame Stufen von Moos;
Und der Mond,
Der glänzend in traurigen Wassern versinkt.

Jener kehrt wieder und wandelt an grünem Gestade,
Schaukelt auf schwarzem Gondelschiffchen durch die verfallene Stadt.

Karl Kraus

Weißer Hohepriester der Wahrheit,
Kristallne Stimme, in der Gottes eisiger Odem wohnt,
Zürnender Magier,
Dem unter flammendem Mantel der blaue Panzer des Kriegers klirrt.

An die Verstummten

O, der Wahnsinn der großen Stadt, da am Abend
An schwarzer Mauer verkrüppelte Bäume starren,
Aus silberner Maske der Geist des Bösen schaut;
Licht mit magnetischer Geißel die steinerne Nacht verdrängt.
O, das versunkene Läuten der Abendglocken.

Hure, die in eisigen Schauern ein totes Kindlein gebärt.
Rasend peitscht Gottes Zorn die Stirne des Besessenen,
Purpurne Seuche, Hunger, der grüne Augen zerbricht.
O, das gräßliche Lachen des Golds.

Aber stille blutet in dunkler Höhle stummere Menschheit,
Fügt aus harten Metallen das erlösende Haupt.

Passion

3. Fassung

Wenn Orpheus silbern die Laute rührt,
Beklagend ein Totes im Abendgarten,
Wer bist du Ruhendes unter hohen Bäumen?
Es rauscht die Klage das herbstliche Rohr,
Der blaue Teich,
Hinsterbend unter grünenden Bäumen
Und folgend dem Schatten der Schwester;
Dunkle Liebe
Eines wilden Geschlechts,
Dem auf goldenen Rädern der Tag davonrauscht.
Stille Nacht.

Unter finsteren Tannen
Mischten zwei Wölfe ihr Blut

In steinerner Umarmung; ein Goldnes
Verlor sich die Wolke über dem Steg,
Geduld und Schweigen der Kindheit.
Wieder begegnet der zarte Leichnam
Am Tritonsteich
Schlummernd in seinem hyazinthenen Haar.
Daß endlich zerbräche das kühle Haupt!

Denn immer folgt, ein blaues Wild,
Ein Äugendes unter dämmernden Bäumen,
Dieser dunkleren Pfaden
Wachend und bewegt von nächtigem Wohllaut,
Sanftem Wahnsinn;
Oder es tönte dunkler Verzückung
Voll das Saitenspiel
Zu den kühlen Füßen der Büßerin
In der steinernen Stadt.

Siebengesang des Todes

Bläulich dämmert der Frühling; unter saugenden Bäumen
Wandert ein Dunkles in Abend und Untergang,
Lauschend der sanften Klage der Amsel.
Schweigend erscheint die Nacht, ein blutendes Wild,
Das langsam hinsinkt am Hügel.

In feuchter Luft schwankt blühendes Apfelgezweig,
Löst silbern sich Verschlungenes,
Hinsterbend aus nächtigen Augen; fallende Sterne;
Sanfter Gesang der Kindheit.

Erscheinender stieg der Schläfer den schwarzen Wald hinab,
Und es rauschte ein blauer Quell im Grund,

Daß jener leise die bleichen Lider aufhob
Über sein schneeiges Antlitz;

Und es jagte der Mond ein rotes Tier
Aus seiner Höhle;
Und es starb in Seufzern die dunkle Klage der Frauen.

Strahlender hob die Hände zu seinem Stern
Der weiße Fremdling;
Schweigend verläßt ein Totes das verfallene Haus.

O des Menschen verweste Gestalt: gefügt aus kalten
Metallen,
Nacht und Schrecken versunkener Wälder
Und der sengenden Wildnis des Tiers;
Windesstille der Seele.

Auf schwärzlichem Kahn fuhr jener schimmernde
Ströme hinab,
Purpurner Sterne voll, und es sank
Friedlich das ergrünte Gezweig auf ihn,
Mohn aus silberner Wolke.

Winternacht

Es ist Schnee gefallen. Nach Mitternacht verläßt du betrunken von purpurnem Wein den dunklen Bezirk der Menschen, die rote Flamme ihres Herdes. O die Finsternis!

Schwarzer Frost. Die Erde ist hart, nach Bitterem schmeckt die Luft. Deine Sterne schließen sich zu bösen Zeichen.

Mit versteinerten Schritten stampfst du am Bahndamm hin, mit runden Augen, wie ein Soldat, der eine schwarze Schanze stürmt. Avanti!

Bitterer Schnee und Mond!

Ein roter Wolf, den ein Engel würgt. Deine Beine klirren schreitend wie blaues Eis und ein Lächeln voll Trauer und Hochmut hat dein Antlitz versteinert und die Stirne erbleicht vor der Wollust des Frostes;

oder sie neigt sich schweigend über den Schlaf eines Wächters, der in seiner hölzernen Hütte hinsank.

Frost und Rauch. Ein weißes Sternenhemd verbrennt die tragenden Schultern und Gottes Geier zerfleischen dein metallenes Herz.

O der steinerne Hügel. Stille schmilzt und vergessen der kühle Leib im silbernen Schnee hin.

Schwarz ist der Schlaf. Das Ohr folgt lange den Pfaden der Sterne im Eis.

Beim Erwachen klangen die Glocken im Dorf. Aus dem östlichen Tor trat silbern der rosige Tag.

Gesang des Abgeschiedenen

In Venedig

Stille in nächtigem Zimmer.
Silbern flackert der Leuchter
Vor dem singenden Odem
Des Einsamen;
Zaubrisches Rosengewölk.

Schwärzlicher Fliegenschwarm
Verdunkelt den steinernen Raum
Und es starrt von der Qual
Des goldenen Tags das Haupt
Des Heimatlosen.

Reglos nachtet das Meer.
Stern und schwärzliche Fahrt
Entschwand am Kanal.
Kind, dein kränkliches Lächeln
Folgte mir leise im Schlaf.

Vorhölle

An herbstlichen Mauern, es suchen Schatten dort
Am Hügel das tönende Gold
Weidende Abendwolken
In der Ruh verdorrter Platanen.
Dunklere Tränen odmet diese Zeit,

Verdammnis, da des Träumers Herz
Überfließt von purpurner Abendröte,
Der Schwermut der rauchenden Stadt;
Dem Schreitenden nachweht goldene Kühle,
Dem Fremdling, vom Friedhof,
Als folgte im Schatten ein zarter Leichnam.

Leise läutet der steinerne Bau;
Der Garten der Waisen, das dunkle Spital,
Ein rotes Schiff am Kanal.
Träumend steigen und sinken im Dunkel
Verwesende Menschen
Und aus schwärzlichen Toren
Treten Engel mit kalten Stirnen hervor;
Bläue, die Todesklagen der Mütter.
Es rollt durch ihr langes Haar,
Ein feuriges Rad, der runde Tag
Der Erde Qual ohne Ende.

In kühlen Zimmern ohne Sinn
Modert Gerät, mit knöchernen Händen
Tastet im Blau nach Märchen
Unheilige Kindheit,
Benagt die fette Ratte Tür und Truh,
Ein Herz
Erstarrt in schneeiger Stille.
Nachhallen die purpurnen Flüche
Des Hungers in faulendem Dunkel,
Die schwarzen Schwerter der Lüge,
Als schlüge zusammen ein ehernes Tor.

Die Sonne

Täglich kommt die gelbe Sonne über den Hügel.
Schön ist der Wald, das dunkle Tier,
Der Mensch; Jäger oder Hirt.

Rötlich steigt im grünen Weiher der Fisch.
Unter dem runden Himmel
Fährt der Fischer leise im blauen Kahn.

Langsam reift die Traube, das Korn.
Wenn sich stille der Tag neigt,
Ist ein Gutes und Böses bereitet.

Wenn es Nacht wird,
Hebt der Wanderer leise die schweren Lider;
Sonne aus finsterer Schlucht bricht.

Gesang einer gefangenen Amsel

Für Ludwig von Ficker

Dunkler Odem im grünen Gezweig.
Blaue Blümchen umschweben das Antlitz
Des Einsamen, den goldnen Schritt
Ersterbend unter dem Ölbaum.
Aufflattert mit trunknem Flügel die Nacht.
So leise blutet Demut,
Tau, der langsam tropft vom blühenden Dorn.
Strahlender Arme Erbarmen
Umfängt ein brechendes Herz.

Sommer

Am Abend schweigt die Klage
Des Kuckucks im Wald.
Tiefer neigt sich das Korn,
Der rote Mohn.

Schwarzes Gewitter droht
Über dem Hügel.
Das alte Lied der Grille
Erstirbt im Feld.

Nimmer regt sich das Laub
Der Kastanie.
Auf der Wendeltreppe
Rauscht dein Kleid.

Stille leuchtet die Kerze
Im dunklen Zimmer;
Eine silberne Hand
Löschte sie aus;

Windstille, sternlose Nacht.

Sommersneige

Der grüne Sommer ist so leise
Geworden, dein kristallenes Antlitz.
Am Abendweiher starben die Blumen,
Ein erschrockener Amselruf.

Vergebliche Hoffnung des Lebens. Schon rüstet
Zur Reise sich die Schwalbe im Haus

Und die Sonne versinkt am Hügel;
Schon winkt zur Sternenreise die Nacht.

Stille der Dörfer; es tönen rings
Die verlassenen Wälder. Herz,
Neige dich nun liebender
Über die ruhige Schläferin.

Der grüne Sommer ist so leise
Geworden und es läutet der Schritt
Des Fremdlings durch die silberne Nacht.
Gedächte ein blaues Wild seines Pfads,

Des Wohllauts seiner geistlichen Jahre!

Jahr

Dunkle Stille der Kindheit. Unter grünenden Eschen
Weidet die Sanftmut bläulichen Blickes; goldene Ruh.
Ein Dunkles entzückt der Duft der Veilchen; schwankende Ähren
Im Abend, Samen und die goldenen Schatten der Schwermut.
Balken behaut der Zimmermann; im dämmernden Grund
Mahlt die Mühle; im Hasellaub wölbt sich ein purpurner Mund,
Männliches rot über schweigende Wasser geneigt.
Leise ist der Herbst, der Geist des Waldes; goldene Wolke
Folgt dem Einsamen, der schwarze Schatten des Enkels.
Neige in steinernem Zimmer; unter alten Zypressen
Sind der Tränen nächtige Bilder zum Quell versammelt;
Goldenes Auge des Anbeginns, dunkle Geduld des Endes.

Abendland

4. Fassung

Else Lasker-Schüler in Verehrung

1

Mond, als träte ein Totes
Aus blauer Höhle,
Und es fallen der Blüten
Viele über den Felsenpfad.
Silbern weint ein Krankes
Am Abendweiher,
Auf schwarzem Kahn
Hinüberstarben Liebende.

Oder es läuten die Schritte
Elis' durch den Hain
Den hyazinthenen
Wieder verhallend unter Eichen.
O des Knaben Gestalt
Geformt aus kristallenen Tränen,
Nächtigen Schatten.
Zackige Blitze erhellen die Schläfe
Die immerkühle,
Wenn am grünenden Hügel
Frühlingsgewitter ertönt.

2

So leise sind die grünen Wälder
Unsrer Heimat,
Die kristallne Woge
Hinsterbend an verfallner Mauer
Und wir haben im Schlaf geweint;
Wandern mit zögernden Schritten

An der dornigen Hecke hin
Singende im Abendsommer,
In heiliger Ruh
Des fern verstrahlenden Weinbergs;
Schatten nun im kühlen Schoß
Der Nacht, trauernde Adler.
So leise schließt ein mondener Strahl
Die purpurnen Male der Schwermut.

3

Ihr großen Städte
Steinern aufgebaut
In der Ebene!
So sprachlos folgt
Der Heimatlose
Mit dunkler Stirne dem Wind,
Kahlen Bäumen am Hügel.
Ihr weithin dämmernden Ströme!
Gewaltig ängstet
Schaurige Abendröte
Im Sturmgewölk.
Ihr sterbenden Völker!
Bleiche Woge
Zerschellend am Strande der Nacht,
Fallende Sterne.

Frühling der Seele

Aufschrei im Schlaf; durch schwarze Gassen stürzt der Wind,
Das Blau des Frühlings winkt durch brechendes Geäst,
Purpurner Nachttau und es erlöschen rings die Sterne.
Grünlich dämmert der Fluß, silbern die alten Alleen

Und die Türme der Stadt. O sanfte Trunkenheit
Im gleitenden Kahn und die dunklen Rufe der Amsel
In kindlichen Gärten. Schon lichtet sich der rosige Flor.

Feierlich rauschen die Wasser. O die feuchten Schatten der Au,
Das schreitende Tier; Grünendes, Blütengezweig
Rührt die kristallene Stirne; schimmernder Schaukelkahn.
Leise tönt die Sonne im Rosengewölk am Hügel.
Groß ist die Stille des Tannenwalds, die ernsten Schatten am
Fluß.

Reinheit! Reinheit! Wo sind die furchtbaren Pfade des Todes,
Des grauen steinernen Schweigens, die Felsen der Nacht
Und die friedlosen Schatten? Strahlender Sonnenabgrund.

Schwester, da ich dich fand an einsamer Lichtung
Des Waldes und Mittag war und groß das Schweigen des Tiers;
Weiße unter wilder Eiche, und es blühte silbern der Dorn.
Gewaltiges Sterben und die singende Flamme im Herzen.

Dunkler umfließen die Wasser die schönen Spiele der Fische.
Stunde der Trauer, schweigender Anblick der Sonne;
Es ist die Seele ein Fremdes auf Erden. Geistlich dämmert
Bläue über dem verhauenen Wald und es läutet
Lange eine dunkle Glocke im Dorf; friedlich Geleit.
Stille blüht die Myrthe über den weißen Lidern des Toten.

Leise tönen die Wasser im sinkenden Nachmittag
Und es grünet dunkler die Wildnis am Ufer, Freude im rosigen
Wind;
Der sanfte Gesang des Bruders am Abendhügel.

Im Dunkel

2. Fassung

Es schweigt die Seele den blauen Frühling.
Unter feuchtem Abendgezweig
Sank in Schauern die Stirne den Liebenden.

O das grünende Kreuz. In dunklem Gespräch
Erkannten sich Mann und Weib.
An kahler Mauer
Wandelt mit seinen Gestirnen der Einsame.

Über die mondbeglänzten Wege des Walds
Sank die Wildnis
Vergessener Jagden; Blick der Bläue
Aus verfallenen Felsen bricht.

Gesang des Abgeschiedenen

An Karl Borromaeus Heinrich

Voll Harmonien ist der Flug der Vögel. Es haben die grünen
Wälder
Am Abend sich zu stilleren Hütten versammelt;
Die kristallenen Weiden des Rehs.
Dunkles besänftigt das Plätschern des Bachs, die feuchten
Schatten

Und die Blumen des Sommers, die schön im Winde läuten.
Schon dämmert die Stirne dem sinnenden Menschen.

Und es leuchtet ein Lämpchen, das Gute, in seinem Herzen
Und der Frieden des Mahls; denn geheiligt ist Brot und Wein

Von Gottes Händen, und es schaut aus nächtigen Augen
Stille dich der Bruder an, daß er ruhe von dorniger
Wanderschaft.
O das Wohnen in der beseelten Bläue der Nacht.

Liebend auch umfängt das Schweigen im Zimmer die
Schatten der Alten,
Die purpurnen Martern, Klage eines großen Geschlechts,
Das fromm nun hingeht im einsamen Enkel.

Denn strahlender immer erwacht aus schwarzen Minuten
des Wahnsinns
Der Duldende an versteinerter Schwelle
Und es umfängt ihn gewaltig die kühle Bläue und die
leuchtende Neige des Herbstes,

Das stille Haus und die Sagen des Waldes,
Maß und Gesetz und die mondenen Pfade der Abgeschiedenen.

Traum und Umnachtung

Am Abend ward zum Greis der Vater; in dunklen Zimmern versteinerte das Antlitz der Mutter und auf dem Knaben lastete der Fluch des entarteten Geschlechts. Manchmal erinnerte er sich seiner Kindheit, erfüllt von Krankheit, Schrecken und Finsternis, verschwiegener Spiele im Sterngarten, oder daß er die Ratten fütterte im dämmernden Hof. Aus blauem Spiegel trat die schmale Gestalt der Schwester und er stürzte wie tot ins Dunkel. Nachts brach sein Mund gleich einer roten Frucht auf und die Sterne erglänzten über seiner sprachlosen Trauer. Seine Träume erfüllten das alte Haus der Väter. Am Abend ging er gerne über den verfallenen Friedhof, oder er besah in dämmernder Totenkammer die Leichen, die grünen Flecken der Verwesung auf ihren schönen Händen. An der Pforte des Klosters bat er um ein Stück Brot; der Schatten eines Rappen sprang aus dem Dunkel und erschreckte ihn. Wenn er in seinem kühlen Bette lag, überkamen ihn unsägliche Tränen. Aber es war niemand, der die Hand auf seine Stirne gelegt hätte. Wenn der Herbst kam, ging er, ein Hellseher, in brauner Au. O, die Stunden wilder Verzückung, die Abende am grünen Fluß, die Jagden. O, die Seele, die leise das Lied des vergilbten Rohrs sang; feurige Frömmigkeit. Stille sah er und lang in die Sternenaugen der Kröte, befühlte mit erschauernden Händen die Kühle des alten Steins und besprach die ehrwürdige Sage des blauen Quells. O, die silbernen Fische und die Früchte, die von verkrüppelten Bäumen fielen. Die Akkorde seiner Schritte erfüllten ihn mit Stolz und Menschenverachtung. Am Heimweg traf er ein unbewohntes Schloß. Verfallene Götter standen im Garten, hintrauernd am Abend. Ihm aber schien: hier lebte ich vergessene Jahre. Ein Orgelchoral erfüllte ihn mit Gottes Schauern. Aber in dunkler Höhle verbrachte er seine Tage, log und stahl und verbarg sich, ein flammender Wolf, vor dem weißen Antlitz der Mutter. O, die Stunde, da er mit steinernem Munde im Sternengarten hinsank, der Schatten des Mörders über ihn kam. Mit purpurner Stirne ging er ins Moor und Gottes Zorn züchtigte seine metallenen Schultern; o, die Birken im Sturm, das dunkle Getier, das seine umnachteten Pfade mied. Haß verbrannte sein Herz, Wollust, da er im grünenden Sommergarten dem schweigenden Kind Gewalt tat, in dem strahlenden sein umnachtetes Antlitz erkannte. Weh, des Abends am Fenster, da aus purpurnen Blumen, ein gräulich Gerippe, der Tod trat. O, ihr Türme und Glocken; und die Schatten der Nacht fielen steinern auf ihn.

Niemand liebte ihn. Sein Haupt verbrannte Lüge und Unzucht in dämmernden Zimmern. Das blaue Rauschen eines Frauengewandes ließ ihn zur Säule erstarren und in der Tür stand die nächtige Gestalt seiner Mutter. Zu seinen Häupten erhob sich der Schatten des Bösen. O, ihr Nächte und Sterne. Am Abend ging er mit dem Krüppel am Berge hin; auf eisigem Gipfel lag der rosige Glanz der Abendröte und sein Herz läutete leise in der Dämmerung. Schwer sanken die stürmischen Tannen über sie und der rote Jäger trat aus dem Wald. Da es Nacht ward, zerbrach kristallen sein Herz und die Finsternis schlug seine Stirne. Unter kahlen Eichbäumen erwürgte er mit eisigen Händen eine wilde Katze. Klagend zur Rechten erschien die weiße Gestalt eines Engels, und es wuchs im Dunkel der Schatten des Krüppels. Er aber hob einen Stein und warf ihn nach jenem, daß er heulend floh, und seufzend verging im Schatten des Baums das sanfte Antlitz des Engels. Lange lag er auf steinigem Acker und sah staunend das goldene Zelt der Sterne. Von Fledermäusen gejagt, stürzte er fort ins Dunkel. Atemlos trat er ins verfallene Haus. Im Hof trank er, ein wildes Tier, von den blauen Wassern des Brunnens, bis ihn fror. Fiebernd saß er auf der eisigen Stiege, rasend gen Gott, daß er stürbe. O, das graue Antlitz des Schreckens, da er die runden Augen über einer Taube zerschnittener Kehle aufhob. Huschend über fremde Stiegen begegnete er einem Judenmädchen und er griff nach ihrem schwarzen Haar und er nahm ihren Mund. Feindliches folgte ihm durch finstere Gassen und sein Ohr zerriß ein eisernes Klirren. An herbstlichen Mauern folgte er, ein Mesnerknabe, stille dem schweigenden Priester; unter verdorrten Bäumen atmete er trunken den Scharlach jenes ehrwürdigen Gewands. O, die verfallene Scheibe der Sonne. Süße Martern verzehrten sein Fleisch. In einem verödeten Durchhaus erschien ihm starrend von Unrat seine blutende Gestalt. Tiefer liebte er die erhabenen Werke des Steins; den Turm, der mit höllischen Fratzen nächtlich den blauen Sternenhimmel stürmt; das kühle Grab, darin des Menschen feuriges Herz bewahrt ist. Weh, der unsäglichen Schuld, die jenes kundtut. Aber da er Glühendes sinnend den herbstlichen Fluß hinabging unter kahlen Bäumen hin, erschien in härenem Mantel ihm, ein flammender Dämon, die Schwester. Beim Erwachen erloschen zu ihren Häuptern die Sterne.

O des verfluchten Geschlechts. Wenn in befleckten Zimmern jegliches Schicksal vollendet ist, tritt mit modernden Schritten der Tod in das Haus. O, daß draußen Frühling wäre und im blühenden Baum ein lieblicher Vogel sänge. Aber gräulich verdorrt das spärliche Grün an den Fenstern der Nächtlichen und es sinnen die blutenden Herzen noch Böses. O, die dämmernden Frühlingswege des Sinnenden. Gerechter erfreut ihn die blühende Hecke, die junge Saat des Landmanns und der singende Vogel, Gottes sanftes Geschöpf; die Abendglocke und die schöne Gemeine der Menschen. Daß er seines Schicksals vergäße und des dornigen Stachels. Frei ergrünt der Bach, wo silbern wandelt sein Fuß, und ein sagender Baum rauscht über dem umnachteten Haupt ihm. Also hebt er mit schmächtiger Hand die Schlange, und in feurigen Tränen schmolz ihm das Herz hin. Erhaben ist das Schweigen des Walds, ergrüntes Dunkel und das moosige Getier, aufflatternd, wenn es Nacht wird. O der Schauer, da jegliches seine Schuld weiß, dornige Pfade geht. Also fand er im Dornenbusch die weiße Gestalt des Kindes, blutend nach dem Mantel seines Bräutigams. Er aber stand vergraben in sein stählernes Haar stumm und leidend vor ihr. O die strahlenden Engel, die der purpurne Nachtwind zerstreute. Nachtlang wohnte er in kristallener Höhle und der Aussatz wuchs silbern auf seiner Stirne. Ein Schatten ging er den Saumpfad hinab unter herbstlichen Sternen. Schnee fiel, und blaue Finsternis erfüllte das Haus. Eines Blinden klang die harte Stimme des Vaters und beschwor das Grauen. Weh der gebeugten Erscheinung der Frauen. Unter erstarrten Händen verfielen Frucht und Gerät dem entsetzten Geschlecht. Ein Wolf zerriß das Erstgeborene und die Schwestern flohen in dunkle Gärten zu knöchernen Greisen. Ein umnachteter Seher sang jener an verfallenen Mauern und seine Stimme verschlang Gottes Wind. O die Wollust des Todes. O ihr Kinder eines dunklen Geschlechts. Silbern schimmern die bösen Blumen des Bluts an jenes Schläfe, der kalte Mond in seinen zerbrochenen Augen. O, der Nächtlichen; o, der Verfluchten.

Tief ist der Schlummer in dunklen Giften, erfüllt von Sternen und dem weißen Antlitz der Mutter, dem steinernen. Bitter ist der Tod, die Kost der Schuldbeladenen; in dem braunen Geäst des Stamms zerfielen grinsend die irdenen Gesichter. Aber leise sang jener im grünen Schatten des Hollunders, da er aus bösen Träumen erwachte; süßer Gespiele nahte ihm ein rosiger Engel, daß er, ein sanftes Wild, zur Nacht hinschlummerte; und er sah das Sternenantlitz der Reinheit. Golden sanken die Sonnenblumen über den Zaun des Gartens, da es Sommer ward. O, der Fleiß der Bienen und das grüne Laub des Nußbaums; die vorüberziehenden Gewitter. Silbern blühte der Mohn auch, trug in grüner Kapsel unsere nächtigen Sternenträume. O, wie stille war das Haus, als der Vater ins Dunkel hinging. Purpurn reifte die Frucht am Baum und der Gärtner rührte die harten Hände; o die härenen Zeichen in strahlender Sonne. Aber stille trat am Abend der Schatten des Toten in den trauernden Kreis der Seinen und es klang kristallen sein Schritt über die grünende Wiese vorm Wald. Schweigende versammelten sich jene am Tisch; Sterbende brachen sie mit wächsernen Händen das Brot, das blutende. Weh der steinernen Augen der Schwester, da beim Mahle ihr Wahnsinn auf die nächtige Stirne des Bruders trat, der Mutter unter leidenden Händen das Brot zu Stein ward. O der Verwesten, da sie mit silbernen Zungen die Hölle schwiegen. Also erloschen die Lampen im kühlen Gemach und aus purpurnen Masken sahen schweigend sich die leidenden Menschen an. Die Nacht lang rauschte ein Regen und erquickte die Flur. In dorniger Wildnis folgte der Dunkle den vergilbten Pfaden im Korn, dem Lied der Lerche und der sanften Stille des grünen Gezweigs, daß er Frieden fände. O, ihr Dörfer und moosigen Stufen, glühender Anblick. Aber beinern schwanken die Schritte über schlafende Schlangen am Waldsaum und das Ohr folgt immer dem rasenden Schrei des Geiers. Steinige Öde fand er am Abend, Geleite eines Toten in das dunkle Haus des Vaters. Purpurne Wolke umwölkte sein Haupt, daß er schweigend über sein eigenes Blut und Bildnis herfiel, ein mondenes Antlitz; steinern ins Leere hinsank, da in zerbrochenem Spiegel, ein sterbender Jüngling, die Schwester erschien; die Nacht das verfluchte Geschlecht verschlang.

Veröffentlichungen
im »Brenner«

1914/15

In Hellbrunn

Wieder folgend der blauen Klage des Abends
Am Hügel hin, am Frühlingsweiher –
Als schwebten darüber die Schatten lange Verstorbener,
Die Schatten der Kirchenfürsten, edler Frauen –
Schon blühen ihre Blumen, die ernsten Veilchen
Im Abendgrund, rauscht des blauen Quells
Kristallne Woge. So geistlich ergrünen
Die Eichen über den vergessenen Pfaden der Toten,
Die goldene Wolke über dem Weiher.

Das Herz

Das wilde Herz ward weiß am Wald;
O dunkle Angst
Des Todes, so das Gold
In grauer Wolke starb.
Novemberabend.
Am kahlen Tor am Schlachthaus stand
Der armen Frauen Schar;
In jeden Korb
Fiel faules Fleisch und Eingeweid;
Verfluchte Kost!

Des Abends blaue Taube
Brachte nicht Versöhnung.
Dunkler Trompetenruf
Durchfuhr der Ulmen
Nasses Goldlaub,
Eine zerfetzte Fahne
Vom Blute rauchend,
Daß in wilder Schwermut

Hinlauscht ein Mann.
O! ihr ehernen Zeiten
Begraben dort im Abendrot.

Aus dunklem Hausflur trat
Die goldne Gestalt
Der Jünglingin
Umgeben von bleichen Monden,
Herbstlicher Hofstaat,
Zerknickten schwarze Tannen
Im Nachtsturm,
Die steile Festung.
O Herz
Hinüberschimmernd in schneeige Kühle.

Der Schlaf

2. Fassung

Verflucht ihr dunklen Gifte,
Weißer Schlaf!
Dieser höchst seltsame Garten
Dämmernder Bäume
Erfüllt von Schlangen, Nachtfaltern,
Spinnen, Fledermäusen.
Fremdling! Dein verlorner Schatten
Im Abendrot.
Ein finsterer Korsar
Im salzigen Meer der Trübsal.
Aufflattern weiße Vögel am Nachtsaum
Über stürzenden Städten
Von Stahl.

Das Gewitter

Ihr wilden Gebirge, der Adler
Erhabene Trauer.
Goldnes Gewölk
Raucht über steinerner Öde.
Geduldige Stille odmen die Föhren,
Die schwarzen Lämmer am Abgrund,
Wo plötzlich die Bläue
Seltsam verstummt,
Das sanfte Summen der Hummeln.
O grüne Blume –
O Schweigen.

Traumhaft erschüttern des Wildbachs
Dunkle Geister das Herz,
Finsternis,
Die über die Schluchten hereinbricht!
Weiße Stimmen
Irrend durch schaurige Vorhöfe,
Zerrißne Terrassen,
Der Väter gewaltiger Groll, die Klage
Der Mütter,
Des Knaben goldener Kriegsschrei
Und Ungebornes
Seufzend aus blinden Augen.

O Schmerz, du flammendes Anschaun
Der großen Seele!
Schon zuckt im schwarzen Gewühl
Der Rosse und Wagen
Ein rosenschauriger Blitz
In die tönende Fichte.
Magnetische Kühle
Umschwebt dies stolze Haupt,

Glühende Schwermut
Eines zürnenden Gottes.

Angst, du giftige Schlange,
Schwarze, stirb im Gestein!
Da stürzen der Tränen
Wilde Ströme herab,
Sturm-Erbarmen,
Hallen in drohenden Donnern
Die schneeigen Gipfel rings.
Feuer
Läutert zerrissene Nacht.

Der Abend

Mit toten Heldengestalten
Erfüllst du Mond
Die schweigenden Wälder,
Sichelmond –
Mit der sanften Umarmung
Der Liebenden,
Den Schatten berühmter Zeiten
Die modernden Felsen rings;
So bläulich erstrahlt es
Gegen die Stadt hin,
Wo kalt und böse
Ein verwesend Geschlecht wohnt,
Der weißen Enkel
Dunkle Zukunft bereitet.
Ihr mondverschlungnen Schatten
Aufseufzend im leeren Kristall
Des Bergsees.

Die Nacht

Dich sing ich wilde Zerklüftung,
Im Nachtsturm
Aufgetürmtes Gebirge;
Ihr grauen Türme
Überfließend von höllischen Fratzen,
Feurigem Getier,
Rauhen Farnen, Fichten,
Kristallnen Blumen.
Unendliche Qual,
Daß du Gott erjagtest
Sanfter Geist,
Aufseufzend im Wassersturz,
In wogenden Föhren.

Golden lodern die Feuer
Der Völker rings.
Über schwärzliche Klippen
Stürzt todestrunken
Die erglühende Windsbraut,
Die blaue Woge
Des Gletschers
Und es dröhnt
Gewaltig die Glocke im Tal:
Flammen, Flüche
Und die dunklen
Spiele der Wollust,
Stürmt den Himmel
Ein versteinertes Haupt.

Die Schwermut

Gewaltig bist du dunkler Mund
Im Innern, aus Herbstgewölk
Geformte Gestalt,
Goldner Abendstille;
Ein grünlich dämmernder Bergstrom
In zerbrochner Föhren
Schattenbezirk;
Ein Dorf,
Das fromm in braunen Bildern abstirbt.

Da springen die schwarzen Pferde
Auf nebliger Weide.
Ihr Soldaten!
Vom Hügel, wo sterbend die Sonne rollt
Stürzt das lachende Blut –
Unter Eichen
Sprachlos! O grollende Schwermut
Des Heers; ein strahlender Helm
Sank klirrend von purpurner Stirne.

Herbstesnacht so kühle kommt,
Erglänzt mit Sternen
Über zerbrochenem Männergebein
Die stille Mönchin.

Die Heimkehr

2. Fassung

Die Kühle dunkler Jahre,
Schmerz und Hoffnung
Bewahrt zyklopisch Gestein,

Menschenleeres Gebirge,
Des Herbstes goldner Odem,
Abendwolke –
Reinheit!

Anschaut aus blauen Augen
Kristallne Kindheit;
Unter dunklen Fichten
Liebe, Hoffnung,
Daß von feurigen Lidern
Tau ins starre Gras tropft –
Unaufhaltsam!

O! dort der goldene Steg
Zerbrechend im Schnee
Des Abgrunds!
Blaue Kühle
Odmet das nächtige Tal,
Glaube, Hoffnung!
Gegrüßt du einsamer Friedhof!

Klage

Jüngling aus kristallnem Munde
Sank dein goldner Blick ins Tal;
Waldes Woge rot und fahl
In der schwarzen Abendstunde.
Abend schlägt so tiefe Wunde!

Angst! des Todes Traumbeschwerde,
Abgestorben Grab und gar
Schaut aus Baum und Wild das Jahr;
Kahles Feld und Ackererde.
Ruft der Hirt die bange Herde.

Schwester, deine blauen Brauen
Winken leise in der Nacht.
Orgel seufzt und Hölle lacht
Und es faßt das Herz ein Grauen;
Möchte Stern und Engel schauen.

Mutter muß ums Kindlein zagen;
Rot ertönt im Schacht das Erz,
Wollust, Tränen, steinern Schmerz,
Der Titanen dunkle Sagen.
Schwermut! einsam Adler klagen.

Nachtergebung

5. Fassung

Mönchin! schließ mich in dein Dunkel,
Ihr Gebirge kühl und blau!
Niederblutet dunkler Tau;
Kreuz ragt steil im Sterngefunkel.

Purpurn brachen Mund und Lüge
In verfallner Kammer kühl;
Scheint noch Lachen, golden Spiel,
Einer Glocke letzte Züge.

Mondeswolke! Schwärzlich fallen
Wilde Früchte nachts vom Baum
Und zum Grabe wird der Raum
Und zum Traum dies Erdenwallen.

Im Osten

Den wilden Orgeln des Wintersturms
Gleicht des Volkes finstrer Zorn,
Die purpurne Woge der Schlacht,
Entlaubter Sterne.

Mit zerbrochnen Brauen, silbernen Armen
Winkt sterbenden Soldaten die Nacht.
Im Schatten der herbstlichen Esche
Seufzen die Geister der Erschlagenen.

Dornige Wildnis umgürtet die Stadt.
Von blutenden Stufen jagt der Mond
Die erschrockenen Frauen.
Wilde Wölfe brachen durchs Tor.

Klage

Schlaf und Tod, die düstern Adler
Umrauschen nachtlang dieses Haupt:
Des Menschen goldnes Bildnis
Verschlänge die eisige Woge
Der Ewigkeit. An schaurigen Riffen
Zerschellt der purpurne Leib
Und es klagt die dunkle Stimme
Über dem Meer.
Schwester stürmischer Schwermut
Sieh ein ängstlicher Kahn versinkt
Unter Sternen,
Dem schweigenden Antlitz der Nacht.

Grodek

2. Fassung

Am Abend tönen die herbstlichen Wälder
Von tödlichen Waffen, die goldnen Ebenen
Und blauen Seen, darüber die Sonne
Düstrer hinrollt; umfängt die Nacht
Sterbende Krieger, die wilde Klage
Ihrer zerbrochenen Münder.
Doch stille sammelt im Weidengrund
Rotes Gewölk, darin ein zürnender Gott wohnt
Das vergoßne Blut sich, mondne Kühle;
Alle Straßen münden in schwarze Verwesung.
Unter goldnem Gezweig der Nacht und Sternen
Es schwankt der Schwester Schatten durch den schweigenden Hain,
Zu grüßen die Geister der Helden, die blutenden Häupter;
Und leise tönen im Rohr die dunkeln Flöten des Herbstes.
O stolzere Trauer! ihr ehernen Altäre
Die heiße Flamme des Geistes nährt heute ein gewaltiger Schmerz,
Die ungebornen Enkel.

Offenbarung und Untergang

Seltsam sind die nächtigen Pfade des Menschen. Da ich nachtwandelnd an steinernen Zimmern hinging und es brannte in jedem ein stilles Lämpchen, ein kupferner Leuchter, und da ich frierend aufs Lager hinsank, stand zu Häupten wieder der schwarze Schatten der Fremdlingin und schweigend verbarg ich das Antlitz in den langsamen Händen. Auch war am Fenster blau die Hyazinthe aufgeblüht und es trat auf die purpurne Lippe des Odmenden das alte Gebet, sanken von den Lidern kristallne Tränen geweint um die bittere Welt. In dieser Stunde war ich im Tod meines Vaters der weiße Sohn. In blauen Schauern kam vom Hügel der Nachtwind, die dunkle Klage der Mutter, hinsterbend wieder und ich sah die schwarze Hölle in meinem Herzen; Minute schimmernder Stille. Leise trat aus kalkiger Mauer ein unsägliches Antlitz – ein sterbender Jüngling – die Schönheit eines heimkehrenden Geschlechts. Mondesweiß umfing die Kühle des Steins die wachende Schläfe, verklangen die Schritte der Schatten auf verfallenen Stufen, ein rosiger Reigen im Gärtchen.

Schweigend saß ich in verlassener Schenke unter verrauchtem Holzgebälk und einsam beim Wein; ein strahlender Leichnam über ein Dunkles geneigt und es lag ein totes Lamm zu meinen Füßen. Aus verwesender Bläue trat die bleiche Gestalt der Schwester und also sprach ihr blutender Mund: Stich schwarzer Dorn. Ach noch tönen von wilden Gewittern die silbernen Arme mir. Fließe Blut von den mondenen Füßen, blühend auf nächtigen Pfaden, darüber schreiend die Ratte huscht. Aufflackert ihr Sterne in meinen gewölbten Brauen; und es läutet leise das Herz in der Nacht. Einbrach ein roter Schatten mit flammendem Schwert in das Haus, floh mit schneeiger Stirne. O bitterer Tod.

Und es sprach eine dunkle Stimme aus mir: Meinem Rappen brach ich im nächtigen Wald das Genick, da aus seinen purpurnen Augen der Wahnsinn sprang; die Schatten der Ulmen fielen auf mich, das blaue Lachen des Quells und die schwarze Kühle der Nacht, da ich ein wilder Jäger aufjagte ein schneeiges Wild; in steinerner Hölle mein Antlitz erstarb.

Und schimmernd fiel ein Tropfen Blutes in des Einsamen Wein; und da ich davon trank, schmeckte er bitterer als

Mohn; und eine schwärzliche Wolke umhüllte mein Haupt, die kristallenen Tränen verdammter Engel; und leise rann aus silberner Wunde der Schwester das Blut und fiel ein feuriger Regen auf mich.

Am Saum des Waldes will ich ein Schweigendes gehn, dem aus sprachlosen Händen die härene Sonne sank; ein Fremdling am Abendhügel, der weinend aufhebt die Lider über die steinerne Stadt; ein Wild, das stille steht im Frieden des alten Hollunders; o ruhlos lauscht das dämmernde Haupt, oder es folgen die zögernden Schritte der blauen Wolke am Hügel, ernsten Gestirnen auch. Zur Seite geleitet stille die grüne Saat, begleitet auf moosigen Waldespfaden scheu das Reh. Es haben die Hütten der Dörfler sich stumm verschlossen und es ängstigt in schwarzer Windesstille die blaue Klage des Wildbachs.

Aber da ich den Felsenpfad hinabstieg, ergriff mich der Wahnsinn und ich schrie laut in der Nacht; und da ich mit silbernen Fingern mich über die schweigenden Wasser bog, sah ich daß mich mein Antlitz verlassen. Und die weiße Stimme sprach zu mir: Töte dich! Seufzend erhob sich eines Knaben Schatten in mir und sah mich strahlend aus kristallnen Augen an, daß ich weinend unter den Bäumen hinsank, dem gewaltigen Sternengewölbe.

Friedlose Wanderschaft durch wildes Gestein ferne den Abendweilern, heimkehrenden Herden; ferne weidet die sinkende Sonne auf kristallner Wiese und es erschüttert ihr wilder Gesang, der einsame Schrei des Vogels, ersterbend in blauer Ruh. Aber leise kommst du in der Nacht, da ich wachend am Hügel lag, oder rasend im Frühlingsgewitter; und schwärzer immer umwölkt die Schwermut das abgeschiedene Haupt, erschrecken schaurige Blitze die nächtige Seele, zerreißen deine Hände die atemlose Brust mir.

Da ich in den dämmernden Garten ging, und es war die schwarze Gestalt des Bösen von mir gewichen, umfing mich die hyazinthene Stille der Nacht; und ich fuhr auf gebogenem Kahn über den ruhenden Weiher und süßer Frieden rührte die versteinerte Stirne mir. Sprachlos lag ich unter den alten Weiden und es war der blaue Himmel hoch über mir und voll von Sternen; und da ich anschauend hinstarb, starben Angst und der Schmerzen tiefster in mir; und es hob sich der blaue Schatten des Knaben strahlend im Dunkel, sanfter Gesang; hob sich auf mondenen Flügeln über die grünenden Wipfel, kristallene Klippen das weiße Antlitz der Schwester.

Mit silbernen Sohlen stieg ich die dornigen Stufen hinab und ich trat ins kalkgetünchte Gemach. Stille brannte ein Leuchter darin und ich verbarg in purpurnen Linnen schweigend das Haupt; und es warf die Erde einen kindlichen Leichnam aus, ein mondenes Gebilde, das langsam aus meinem Schatten trat, mit zerbrochenen Armen steinerne Stürze hinabsank, flockiger Schnee.

Nachlaß

Sammlung 1909

Drei Träume

I

Mich däucht, ich träumte von Blätterfall,
Von weiten Wäldern und dunklen Seen,
Von trauriger Worte Widerhall –
Doch konnt' ich ihren Sinn nicht verstehn.

Mich däucht, ich träumte von Sternenfall,
Von blasser Augen weinendem Flehn,
Von eines Lächelns Widerhall –
Doch konnt' ich seinen Sinn nicht verstehn.

Wie Blätterfall, wie Sternenfall,
So sah ich mich ewig kommen und gehn,
Eines Traumes unsterblicher Widerhall –
Doch konnt' ich seinen Sinn nicht verstehn.

II

In meiner Seele dunklem Spiegel
Sind Bilder niegeseh'ner Meere,
Verlass'ner, tragisch phantastischer Länder,
Zerfließend ins Blaue, Ungefähre.

Meine Seele gebar blut-purpurne Himmel
Durchglüht von gigantischen, prasselnden Sonnen,
Und seltsam belebte, schimmernde Gärten,
Die dampften von schwülen, tödlichen Wonnen.

Und meiner Seele dunkler Bronnen
Schuf Bilder ungeheurer Nächte,
Bewegt von namenlosen Gesängen
Und Atemwehen ewiger Mächte.

Meine Seele schauert erinnerungsdunkel,
Als ob sie in allem sich wiederfände –
In unergründlichen Meeren und Nächten,
Und tiefen Gesängen, ohn' Anfang und Ende.

III

Ich sah viel Städte als Flammenraub
Und Greuel auf Greuel häufen die Zeiten,
Und sah viel Völker verwesen zu Staub,
Und alles in Vergessenheit gleiten.

Ich sah die Götter stürzen zur Nacht,
Die heiligsten Harfen ohnmächtig zerschellen,
Und aus Verwesung neu entfacht,
Ein neues Leben zum Tage schwellen.

Zum Tage schwellen und wieder vergehn,
Die ewig gleiche Tragödia,
Die also wir spielen sonder Verstehn,

Und deren wahnsinnsnächtige Qual
Der Schönheit sanfte Gloria
Umkränzt als lächelndes Dornenall.

Von den stillen Tagen

So geisterhaft sind diese späten Tage
Gleichwie der Blick von Kranken, hergesendet

Ins Licht. Doch ihrer Augen stumme Klage
Beschattet Nacht, der sie schon zugewendet.

Sie lächeln wohl und denken ihrer Feste,
Wie man nach Liedern bebt, die halb vergessen,
Und Worte sucht für eine traurige Geste,
Die schon verblaßt in Schweigen ungemessen.

So spielt um kranke Blumen noch die Sonne
Und läßt von einer todeskühlen Wonne
Sie schauern in den dünnen, klaren Lüften.

Die roten Wälder flüstern und verdämmern,
Und todesnächtiger hallt der Spechte Hämmern
Gleichwie ein Widerhall aus dumpfen Grüften.

Dämmerung

Zerwühlt, verzerrt bist du von jedem Schmerz
Und bebst vom Mißton aller Melodien,
Zersprungne Harfe du – ein armes Herz,
Aus dem der Schwermut kranke Blumen blühn.

Wer hat den Feind, den Mörder dir bestellt,
Der deiner Seele letzten Funken stahl,
Wie er entgöttert diese karge Welt
Zur Hure, häßlich, krank, verwesungsfahl!

Von Schatten schwingt sich noch ein wilder Tanz,
Zu kraus zerrißnem, seelenlosem Klang,
Ein Reigen um der Schönheit Dornenkranz,

Der welk den Sieger, den verlornen, krönt
– Ein schlechter Preis, um den Verzweiflung rang,
Und der die lichte Gottheit nicht versöhnt.

Herbst

Verfall *Sammlung 1909*

Am Abend, wenn die Glocken Frieden läuten,
Folg' ich der Vögel wundervollen Flügen,
Die lang geschart, gleich frommen Pilgerzügen
Entschwinden in den herbstlich klaren Weiten.

Hinwandelnd durch den nachtverschloßnen Garten,
Träum' ich nach ihren helleren Geschicken,
Und fühl' der Stunden Weiser kaum mehr rücken –
So folg' ich über Wolken ihren Fahrten.

Da macht ein Hauch mich von Verfall erzittern.
Ein Vogel klagt in den entlaubten Zweigen
Es schwankt der rote Wein an rostigen Gittern,

Indess' wie blasser Kinder Todesreigen,
Um dunkle Brunnenränder, die verwittern
Im Wind sich fröstelnd fahle Astern neigen.

Das Grauen

Ich sah mich durch verlass'ne Zimmer gehn.
– Die Sterne tanzten irr auf blauem Grunde,
Und auf den Feldern heulten laut die Hunde,
Und in den Wipfeln wühlte wild der Föhn.

Doch plötzlich: Stille! Dumpfe Fieberglut
Läßt giftige Blumen blühn aus meinem Munde,
Aus dem Geäst fällt wie aus einer Wunde
Blaß schimmernd Tau, und fällt, und fällt wie Blut.

Aus eines Spiegels trügerischer Leere
Hebt langsam sich, und wie ins Ungefähre
Aus Graun und Finsternis ein Antlitz: Kain!

Sehr leise rauscht die samtene Portiere,
Durchs Fenster schaut der Mond gleichwie ins Leere,
Da bin mit meinem Mörder ich allein.

Andacht

Das Unverlorne meiner jungen Jahre
Ist stille Andacht an ein Glockenläuten,
An aller Kirchen dämmernde Altare
Und ihrer blauen Kuppeln Himmelweiten.

An einer Orgel abendliche Weise,
An weiter Plätze dunkelndes Verhallen,
Und an ein Brunnenplätschern, sanft und leise
Und süß, wie unverstandnes Kinderlallen.

Ich seh' mich träumend still die Hände falten
Und längst vergessene Gebete flüstern,
Und frühe Schwermut meinen Blick umdüstern.

Da schimmert aus verworrenen Gestalten
Ein Frauenbild, umflort von finstrer Trauer,
Und gießt in mich den Kelch verruchter Schauer.

Sabbath

Ein Hauch von fiebernd giftigen Gewächsen
Macht träumen mich in mondnen Dämmerungen,

Und leise fühl' ich mich umrankt, umschlungen,
Und seh' gleich einem Sabbath toller Hexen

Blutfarbne Blüten in der Spiegel Hellen
Aus meinem Herzen keltern Flammenbrünste,
Und ihre Lippen kundig aller Künste
An meiner trunknen Kehle wütend schwellen.

Pestfarbne Blumen tropischer Gestade,
Die reichen meinen Lippen ihre Schalen,
Die trüben Geiferbronnen ekler Qualen.

Und eine schlingt – o rasende Mänade –
Mein Fleisch, ermattet von den schwülen Dünsten,
Und schmerzverzückt von fürchterlichen Brünsten.

Verfall

Es weht ein Wind! Hinlöschend singen
Die grünen Lichter – groß und satt
Erfüllt der Mond den hohen Saal,
Den keine Feste mehr durchklingen.

Die Ahnenbilder lächeln leise
Und fern – ihr letzter Schatten fiel,
Der Raum ist von Verwesung schwül,
Den Raben stumm umziehn im Kreise.

Verlorner Sinn vergangner Zeiten
Blickt aus den steinernen Masken her,
Die schmerzverzerrt und daseinsleer
Hintrauern in Verlassenheiten.

Versunkner Gärten kranke Düfte
Umkosen leise den Verfall –
Wie schluchzender Worte Widerhall
Hinzitternd über off'ne Grüfte.

An einem Fenster

Über den Dächern das Himmelsblau,
Und Wolken, die vorüberziehn,
Vorm Fenster ein Baum im Frühlingstau,

Und ein Vogel, der trunken himmelan schnellt,
Von Blüten ein verlorener Duft –
Es fühlt ein Herz: Das ist die Welt!

Die Stille wächst und der Mittag glüht!
Mein Gott, wie ist die Welt so reich!
Ich träume und träum' und das Leben flieht,

Das Leben da draußen – irgendwo
Mir fern durch ein Meer von Einsamkeit!
Es fühlt's ein Herz und wird nicht froh!

Farbiger Herbst

Musik im Mirabell *1. Fassung, Sammlung 1909*

Der Brunnen singt, die Wolken stehn
Im klaren Blau, die weißen, zarten;
Bedächtig, stille Menschen gehn
Da drunten im abendblauen Garten.

Der Ahnen Marmor ist ergraut
Ein Vogelflug streift in die Weiten
Ein Faun mit toten Augen schaut
Nach Schatten, die ins Dunkel gleiten.

Das Laub fällt rot vom alten Baum
Und kreist herein durchs offne Fenster,
In dunklen Feuern glüht der Raum,
Darin die Schatten, wie Gespenster.

Opaliger Dunst webt über das Gras,
Eine Wolke von welken, gebleichten Düften,
Im Brunnen leuchtet wie grünes Glas
Die Mondessichel in frierenden Lüften.

Die drei Teiche in Hellbrunn

1. Fassung, Sammlung 1909

Der erste

Um die Blumen taumelt das Fliegengeschmeiß,
Um die bleichen Blumen auf dumpfer Flut,
Geh fort! Geh fort! Es brennt die Luft!
In der Tiefe glüht der Verwesung Glut!
Die Weide weint, das Schweigen starrt,
Auf den Wassern braut ein schwüler Dunst.
Geh fort! Geh fort! Es ist der Ort
Für schwarzer Kröten ekle Brunst.

Der zweite

Bilder von Wolken, Blumen und Menschen –
Singe, singe, freudige Welt!
Lächelnde Unschuld spiegelt dich wider –
Himmlisch wird alles, was ihr gefällt!

Dunkles wandelt sie freundlich in Helle,
Fernes wird nah! O Freudiger du!
Sonne, Wolken, Blumen und Menschen
Atmen in dir Gottesruh.

Der dritte

Die Wasser schimmern grünlich-blau
Und ruhig atmen die Zypressen,
Es tönt der Abend glockentief –
Da wächst die Tiefe unermessen.
Der Mond steigt auf, es blaut die Nacht,
Erblüht im Widerschein der Fluten –
Ein rätselvolles Sphinxgesicht,
Daran mein Herz sich will verbluten.

Zigeuner

Die Sehnsucht glüht in ihrem nächtigen Blick
Nach jener Heimat, die sie niemals finden.
So treibt sie ein unseliges Geschick,
Das nur Melancholie mag ganz ergründen.

Die Wolken wandeln ihren Wegen vor,
Ein Vogelzug mag manchmal sie geleiten,
Bis er am Abend ihre Spur verlor,
Und manchmal trägt der Wind ein Aveläuten

In ihres Lagers Sterneneinsamkeit,
Daß sehnsuchtsvoller ihre Lieder schwellen
Und schluchzen von ererbtem Fluch und Leid,
Das keiner Hoffnung Sterne sanft erhellen.

Naturtheater

Nun tret' ich durch die schlanke Pforte!
Verworrner Schritt in den Alleen
Verweht und leiser Hauch der Worte
Von Menschen, die vorübergehn.

Ich steh' vor einer grünen Bühne!
Fang an, fang wieder an, du Spiel
Verlorner Tage, ohn' Schuld und Sühne,
Gespensterhaft nur, fremd und kühl!

Zur Melodie der frühen Tage
Seh' ich da oben mich wiedergehn,
Ein Kind, des leise, vergessene Klage
Ich weinen seh', fremd meinem Verstehn.

Du staunend Antlitz zum Abend gewendet,
War ich dies einst, das nun weinen mich macht,
Wie deine Gebärden noch ungeendet,
Die stumm und schaudernd deuten zur Nacht.

Ermatten

Verwesung traumgeschaffner Paradiese
Umweht dies trauervolle, müde Herz,
Das Ekel nur sich trank aus aller Süße,
Und das verblutet in gemeinem Schmerz.

Nun schlägt es nach dem Takt verklungner Tänze
Zu der Verzweiflung trüben Melodien,
Indes der alten Hoffnung Sternenkränze
An längst entgöttertem Altar verblühn.

Vom Rausch der Wohlgerüche und der Weine
Blieb dir ein überwach Gefühl der Scham –
Das Gestern in verzerrtem Widerscheine –
Und dich zermalmt des Alltags grauer Gram.

Ausklang

Vom Tage ging der letzte, blasse Schein,
Die frühen Leidenschaften sind verrauscht,
Verschüttet meiner Freuden heiliger Wein,
Nun weint mein Herz zur Nacht und lauscht

Nach seiner jungen Feste Widerhall,
Der in dem Dunkel sich verliert so sacht,
So schattengleich, wie welker Blätter Fall
Auf ein verlaßnes Grab in Herbstesnacht.

Einklang

Sehr helle Töne in den dünnen Lüften,
Sie singen dieses Tages fernes Trauern,
Der ganz erfüllt von ungeahnten Düften
Uns träumen macht nach niegefühlten Schauern.

Wie Andacht nach verlorenen Gefährten
Und leiser Nachhall nachtversunkner Wonnen,
Das Laub fällt in den längst verlaßnen Gärten,
Die sich in Paradiesesschweigen sonnen.

Im hellen Spiegel der geklärten Fluten
Sehn wir die tote Zeit sich fremd beleben

Und unsre Leidenschaften im Verbluten,
Zu ferner'n Himmeln unsre Seelen heben.

Wir gehen durch die Tode neugestaltet
Zu tiefern Foltern ein und tiefern Wonnen,
Darin die unbekannte Gottheit waltet –
Und uns vollenden ewig neue Sonnen.

Confiteor

Die bunten Bilder, die das Leben malt
Seh' ich umdüstert nur von Dämmerungen,
Wie kraus verzerrte Schatten, trüb und kalt,
Die kaum geboren schon der Tod bezwungen.

Und da von jedem Ding die Maske fiel,
Seh' ich nur Angst, Verzweiflung, Schmach und Seuchen,
Der Menschheit heldenloses Trauerspiel,
Ein schlechtes Stück, gespielt auf Gräbern, Leichen.

Mich ekelt dieses wüste Traumgesicht.
Doch will ein Machtgebot, daß ich verweile,
Ein Komödiant, der seine Rolle spricht,
Gezwungen, voll Verzweiflung – Langeweile!

Schweigen

Über den Wäldern schimmert bleich
Der Mond, der uns träumen macht,
Die Weide am dunklen Teich
Weint lautlos in die Nacht.

Ein Herz erlischt – und sacht
Die Nebel fluten und steigen –
Schweigen, Schweigen!

Vor Sonnenaufgang

Im Dunkel rufen viele Vogelstimmen,
Die Bäume rauschen und die Quellen laut,
In Wolken tönt ein rosenfarbnes Glimmen
Wie frühe Liebesnot. Die Nacht verblaut –

Die Dämmrung glättet sanft, mit scheuen Händen
Der Liebe Lager, fiebernd aufgewühlt,
Und läßt den Rausch erschlaffter Küsse enden
In Träumen, lächelnd und halb wach gefühlt.

Blutschuld

Es dräut die Nacht am Lager unsrer Küsse.
Es flüstert wo: Wer nimmt von euch die Schuld?
Noch bebend von verruchter Wollust Süße
Wir beten: Verzeih uns, Maria, in deiner Huld!

Aus Blumenschalen steigen gierige Düfte,
Umschmeicheln unsere Stirnen bleich von Schuld.
Ermattend unterm Hauch der schwülen Lüfte
Wir träumen: Verzeih uns, Maria, in deiner Huld!

Doch lauter rauscht der Brunnen der Sirenen
Und dunkler ragt die Sphinx vor unsrer Schuld,
Daß unsre Herzen sündiger wieder tönen,
Wir schluchzen: Verzeih uns, Maria, in deiner Huld!

Der Heilige

Wenn in der Hölle selbstgeschaffener Leiden
Grausam-unzüchtige Bilder ihn bedrängen
– Kein Herz ward je von lasser Geilheit so
Berückt wie seins, und so von Gott gequält
Kein Herz – hebt er die abgezehrten Hände,
Die unerlösten, betend auf zum Himmel.
Doch formt nur qualvoll-ungestillte Lust
Sein brünstig-fieberndes Gebet, des Glut
Hinströmt durch mystische Unendlichkeiten.
Und nicht so trunken tönt das Evoe
Des Dionys, als wenn in tödlicher,
Wutgeifernder Ekstase Erfüllung sich
Erzwingt sein Qualschrei: Exaudi me, o Maria!

Gedichte
1909–1912

Am Friedhof

Morsch Gestein ragt schwül erwärmt.
Gelbe Weihrauchdünste schweben.
Bienen summen wirr verschwärmt
Und die Blumengitter beben.

Langsam regt sich dort ein Zug
An den sonnenstillen Mauern,
Schwindet flimmernd, wie ein Trug –
Totenlieder tief verschauern.

Lange lauscht es nach im Grün,
Läßt die Büsche heller scheinen;
Braune Mückenschwärme sprühn
Über alten Totensteinen.

Sonniger Nachmittag

Ein Ast wiegt mich im tiefen Blau.
Im tollen, herbstlichen Blattgewirr
Flimmern Falter, berauscht und irr.
Axtschläge hallen in der Au.

In roten Beeren verbeißt sich mein Mund
Und Licht und Schatten schwanken im Laub.

Stundenlang fällt goldener Staub
Knisternd in den braunen Grund.

Die Drossel lacht aus den Büschen her
Und toll und laut schlägt über mir
Zusammen das herbstliche Blattgewirr –
Früchte lösen sich leuchtend und schwer.

Zeitalter

Ein Tiergesicht im braunen Grün
Glüht scheu mich an, die Büsche glimmen.
Sehr ferne singt mit Kinderstimmen
Ein alter Brunnen. Ich lausche hin.

Die wilden Dohlen spotten mein
Und rings die Birken sich verschleiern.
Ich stehe still vor Unkrautfeuern
Und leise malen sich Bilder darein,

Auf Goldgrund uralte Liebesmär.
Ihr Schweigen breiten die Wolken am Hügel.
Aus geisterhaftem Weiherspiegel
Winken Früchte, leuchtend und schwer.

Sommersonate

Täubend duften faule Früchte.
Büsch' und Bäume sonnig klingen,
Schwärme schwarzer Fliegen singen
Auf der braunen Waldeslichte.

In des Tümpels tiefer Bläue
Flammt der Schein von Unkrautbränden.
Hör' aus gelben Blumenwänden
Schwirren jähe Liebesschreie.

Lang sich Schmetterlinge jagen;
Trunken tanzt auf schwülen Matten
Auf dem Thymian mein Schatten.
Hell verzückte Amseln schlagen.

Wolken starre Brüste zeigen,
Und bekränzt von Laub und Beeren
Siehst du unter dunklen Föhren
Grinsend ein Gerippe geigen.

Leuchtende Stunde

Fern am Hügel Flötenklang.
Faune lauern an den Sümpfen,
Wo versteckt in Rohr und Tang
Träge ruhn die schlanken Nymphen.

In des Weihers Spiegelglas
Goldne Falter sich verzücken,
Leise regt im samtnen Gras
Sich ein Tier mit zweien Rücken.

Schluchzend haucht im Birkenhain
Orpheus zartes Liebeslallen,
Sanft und scherzend stimmen ein
In sein Lied die Nachtigallen.

Phöbus eine Flamme glüht
Noch an Aphroditens Munde,

Und von Ambraduft durchsprüht –
Rötet dunkel sich die Stunde.

Jahreszeit

Rubingeäder kroch ins Laub.
Dann war der Weiher still und weit.
Am Waldsaum lagen bunt verstreut
Bläulich Gefleck und brauner Staub.

Ein Fischer zog sein Netze ein.
Dann kam die Dämmrung übers Feld.
Doch schien ein Hof noch fahl erhellt
Und Mägde brachten Obst und Wein.

Ein Hirtenlied starb ferne nach.
Dann standen Hütten kahl und fremd.
Der Wald im grauen Totenhemd
Rief traurige Erinnerung wach.

Und über Nacht ward leis' die Zeit
Und wie in schwarzen Löchern flog
Im Wald ein Rabenheer und zog
Nach der Stadt sehr fernem Geläut.

Im Weinland

Die Sonne malt herbstlich Hof und Mauern,
Das Obst, zu Haufen rings geschichtet,
Davor armselige Kinder kauern.
Ein Windstoß alte Linden lichtet.

Durchs Tor ein goldener Schauer regnet
Und müde ruhn auf morschen Bänken
Die Frauen, deren Leib gesegnet.
Betrunkne Glas und Krüge schwenken.

Ein Strolch läßt seine Fidel klingen
Und geil im Tanz sich Kittel blähen.
Hart braune Leiber sich umschlingen.
Aus Fenstern leere Augen sehen.

Gestank steigt aus dem Brunnenspiegel.
Und schwarz, verfallen, abgeschieden
Verdämmern rings die Rebenhügel.
Ein Vogelzug streicht rasch gen Süden.

Das dunkle Tal

In Föhren zerflattert ein Krähenzug
Und grüne Abendnebel steigen
Und wie im Traum ein Klang von Geigen
Und Mägde laufen zum Tanz in Krug.

Man hört Betrunkener Lachen und Schrei,
Ein Schauer geht durch alte Eiben.
An leichenfahlen Fensterscheiben
Huschen die Schatten der Tänzer vorbei.

Es riecht nach Wein und Thymian
Und durch den Wald hallt einsam Rufen.
Das Bettelvolk lauscht auf den Stufen
Und hebt sinnlos zu beten an.

Ein Wild verblutet im Haselgesträuch.
Dumpf schwanken riesige Baumarkaden,

Von eisigen Wolken überladen.
Liebende ruhn umschlungen am Teich.

Klagelied

Die Freundin, die mit grünen Blumen gaukelnd
Spielt in mondenen Gärten –
O! was glüht hinter Taxushecken!
Goldener Mund, der meine Lippen rührt,
Und sie erklingen wie die Sterne
Über dem Bache Kidron.
Aber die Sternennebel sinken über der Ebene,
Tänze wild und unsagbar.
O! meine Freundin deine Lippen
Granatapfellippen
Reifen an meinem kristallenen Muschelmund.
Schwer ruht auf uns
Das goldene Schweigen der Ebene.
Zum Himmel dampft das Blut
Der von Herodes
Gemordeten Kinder.

An Angela

2. Fassung

1

Ein einsam Schicksal in verlaßnen Zimmern.
Ein sanfter Wahnsinn tastet an Tapeten,
An Fenstern, rötlichen Geranienbeeten,

Narzissen auch und keuscher im Verkümmern
Als Alabaster, die im Garten schimmern.

In blauen Schleiern lächeln Indiens Morgen.

Ihr süßer Weihrauch scheucht des Fremdlings Sorgen,
Schlaflose Nacht am Weiher um Angelen.
In leerer Maske ruht sein Schmerz verborgen,
Gedanken, die sich schwarz ins Dunkel stehlen.

Die Drosseln lachen rings aus sanften Kehlen.

2

Den spitzes Gras umsäumt, am Kreuzweg hocken
Die Mäher müde und von Mohne trunken,
Der Himmel ist sehr schwer auf sie gesunken,
Die Milch und Öde langer Mittagsglocken.
Und manchmal flattern Krähen auf im Roggen.

Von Frucht und Greueln wächst die heiße Erde

In goldnem Glanz, o kindliche Geberde
Der Wollust und ihr hyazinthnes Schweigen,
So Brot und Wein, genährt am Fleisch der Erde,
Sebastian im Traum ihr Geistiges zeigen.

Angelens Geist ist weichen Wolken eigen.

3

Die Früchte, die sich rot in Zweigen runden,
Des Engels Lippen, die ihr Süßes zeigen,
Wie Nymphen, die sich über Quellen neigen
In ruhevollem Anblick lange Stunden,
Des Nachmittags grüngoldne, lange Stunden.

Doch manchmal kehrt der Geist zu Kampf und Spiele.

In goldnen Wolken wogt ein Schlachtgewühle
Von Fliegen über Fäulnis und Abszessen.
Ein Dämon sinnt Gewitter in der Schwüle,
Im Grabesschatten trauriger Zypressen.

Da fällt der erste Blitz aus schwarzen Essen.

4

Des Weidenwäldchens silbernes Geflüster;
Lang klingt ein Regen nach in Flötenklängen.
Im Abend regungslose Vögel hängen!
Ein blaues Wasser schläft im Zweiggedüster.
Es ist der Dichter dieser Schönheit Priester.

Schmerzvolles Sinnen in der dunklen Kühle.

Von Mohn und Weihrauch duften milde Pfühle
Am Saum des Waldes und der Schwermut Schatten
Angelens Freude und der Sterne Spiele
Die Nacht umfängt der Liebenden Ermatten.

Der Saum des Waldes und der Schwermut Schatten.

Unterwegs

2. Fassung

Ein Duft von Myrrhen, der durchs Zwielicht irrt,
Ein Fastnachtsspiel, auf Plätzen schwarz und wüst.
Gewölk durchbricht ein goldner Strahl und fließt
In kleine Läden traumhaft und verwirrt.

Im Spülicht glüht Verfallnes und der Wind
Ruft dumpf die Qual verbrannter Gärten wach.
Beseßne jagen dunklen Dingen nach;
An Fenstern ruhn Dryaden schlank und lind.

Ein Knabenlächeln, das ein Wunsch verzehrt.
Verschlossen starrt ein altes Kirchentor.
Sonaten lauscht ein wohlgeneigtes Ohr;
Ein Reiter trabt vorbei auf weißem Pferd.

Im Finstern trippelt puppenhaft ein Greis
Und lüstern lacht ein Klimperklang von Geld.
Ein Heiligenschein auf jene Kleine fällt,
Die vorm Kaffeehaus wartet, sanft und weiß.

O goldner Glanz, den sie in Scheiben weckt!
Der Sonne Lärm dröhnt ferne und verzückt.
Ein krummer Schreiber lächelt wie verrückt
Zum Horizont, den grün ein Aufruhr schreckt.

Karrossen abends durch Gewitter ziehn.
Durchs Dunkel stürzt ein Leichnam, leer und fahl.
Ein heller Dampfer landet am Kanal,
Ein Mohrenmädchen ruft im wilden Grün.

Schlafwandler treten vor ein Kerzenlicht,
In eine Spinne fährt des Bösen Geist.
Ein Herd von Seuchen Trinkende umkreist;
Ein Eichenwald in kahle Stuben bricht.

Im Plan erscheint ein altes Opernhaus,
Aus Gassen fluten Masken ungeahnt
Und irgendwo loht wütend noch ein Brand.
Die Fledermäuse schrein im Windgebraus.

Quartiere dräun voll Elend und Gestank.
Violenfarben und Akkorde ziehn
Vor Hungrigen an Kellerlöchern hin.
Ein süßes Kind sitzt tot auf einer Bank.

Dezembersonett

2. Fassung

Am Abend ziehen Gaukler durch den Wald,
Auf wunderlichen Wägen, kleinen Rossen.
In Wolken scheint ein goldner Hort verschlossen,
Im dunklen Plan sind Dörfer eingemalt.

Der rote Wind bläht Linnen schwarz und kalt.
Ein Hund verfault, ein Strauch raucht blutbegossen.
Von gelben Schrecken ist das Rohr durchflossen
Und sacht ein Leichenzug zum Friedhof wallt.

Des Greisen Hütte schwindet nah im Grau.
Im Weiher gleißt ein Schein von alten Schätzen.
Die Bauern sich im Krug zum Weine setzen.

Ein Knabe gleitet scheu zu einer Frau.
Ein Mönch verblaßt im Dunkel sanft und düster.
Ein kahler Baum ist eines Schläfers Küster.

Gedichte

1912–1914

Ein Teppich, darein die leidende Landschaft verblaßt
Vielleicht Genezareth, im Sturm ein Nachen
Aus Wetterwolken stürzen goldene Sachen
Der Wahnsinn, der den sanften Menschen faßt.
Die alten Wasser gurgeln ein blaues Lachen.

Und manchmal öffnet sich ein dunkler Schacht.
Besessene spiegeln sich in kalten Metallen
Tropfen Blutes auf glühende Platten fallen
Und ein Antlitz zerfällt in schwarzer Nacht.
Fahnen, die in finstern Gewölben lallen.

Andres erinnert an der Vögel Flug
Über dem Galgen der Krähen mystische Zeichen
In spitzen Gräsern versinken kupferne Schleichen
In Weihrauchkissen ein Lächeln verhurt und klug.

Charfreitagskinder blind an Zäunen stehen
Im Spiegel dunkler Gossen voll Verwesung
Der Sterbenden hinseufzende Genesung
Und Engel die durch weiße ⟨?⟩ Augen gehen
Von Lidern düstert goldene Erlösung.

Rosiger Spiegel: ein häßliches Bild,
Das im schwarzen Rücken erscheint,
Blut aus brochenen Augen weint
Lästernd mit toten Schlangen spielt.

Schnee rinnt durch das starrende Hemd
Purpurn über das schwarze Gesicht,
Das in schwere Stücken zerbricht
Von Planeten, verstorben und fremd.

Spinne im schwarzen Rücken erscheint
Wollust, dein Antlitz verstorben und fremd.
Blut rinnt durch das starrende Hemd
Schnee aus brochenen Augen weint.

Dunkel ist das Lied des Frühlingsregens in der Nacht,
Unter den Wolken die Schauer rosiger Birnenblüten
Gaukelei des Herzens, Gesang und Wahnsinn der Nacht.
Feurige Engel, die aus verstorbenen Augen treten.

Gestalt die lange in Kühle finstern Steins gewohnt
Öffnet tönend den bleichen Mund
Runde Eulenaugen – Tönendes Gold.

Verfallen und leer fanden jene die Höhle des Walds
Den Schatten einer Hirschkuh im morschen Geäst
Am Saum der Quelle die Finsternis seiner Kindheit.

Lange singt ein Vogel am Waldsaum deinen Untergang
Die bangen Schauer deines braunen Mantels;
Erscheint der Schatten der Eule im morschen Geäst.

Lange singt ein Vogel am Waldsaum deinen Untergang
Die bangen Schauer deines blauen Mantels
Erscheint der Schatten der Mutter im spitzen Gras.

Lange singt ein Vogel am Waldsaum deinen Untergang
Die bangen Schauer deines schwarzen Mantels
Erscheint der Schatten des Rappens im Spiegel des Quells.

⟨Delirien⟩

2. Fassung

⟨1⟩

⟨. . . . .
. . . .
. . . .
. . . .⟩

2

Dunkle Deutung des Wassers: Stirne im Mund der Nacht,
Seufzend in schwarzen Kissen des Menschen rosiger Schatten,
Röte des Herbstes, das Rauschen des Ahorns im alten Park,
Kammerkonzerte, die auf verfallenen Treppen verklingen.

3

Der schwarze Kot, der von den Dächern rinnt.
Ein roter Finger taucht in deine Stirne
In die Mansarde sinken blaue Firne,
Die Liebender erstorbene Spiegel sind.

Delirium

Der schwarze Schnee, der von den Dächern rinnt;
Ein roter Finger taucht in deine Stirne
Ins kahle Zimmer sinken blaue Firne,
Die Liebender erstorbene Spiegel sind.
In schwere Stücke bricht das Haupt und sinnt
Den Schatten nach im Spiegel blauer Firne.
Dem kalten Lächeln einer toten Dirne.
In Nelkendüften weint der Abendwind.

Am Rand eines alten Wassers

Am Rand eines alten Brunnens *1. Fassung*

Dunkle Deutung des Wassers: Stirne im Mund der Nacht⟨,⟩
Seufzend in schwarzen Kissen des Menschen rosiger Schatten,
Röte des Herbstes, das Rauschen des Ahorns im alten Park,
Kammerkonzerte, die auf verfallenen Treppen verklingen.

Am Rand eines alten Brunnens

2. Fassung

Dunkle Deutung des Wassers: Zerbrochene Stirne im Munde der Nacht,
Seufzend in schwarzem Kissen des Knaben bläulicher Schatten,
Das Rauschen des Ahorns, Schritte im alten Park,
Kammerkonzerte, die auf einer Wendeltreppe verklingen,
Vielleicht ein Mond, der leise die Stufen hinaufsteigt.

Die sanften Stimmen der Nonnen in der verfallenen Kirche,
Ein blaues Tabernakel, das sich langsam auftut,
Sterne, die auf deine knöchernen Hände fallen,
Vielleicht ein Gang durch verlassene Zimmer,
Der blaue Ton der Flöte im Haselgebüsch – sehr leise.

An Mauern hin

Es geht ein alter Weg entlang
An wilden Gärten und einsamen Mauern.
Tausendjährige Eiben schauern
Im steigenden fallenden Windgesang.

Die Falter tanzen, als stürben sie bald,
Mein Blick trinkt weinend die Schatten und Lichter.
Ferne schweben Frauengesichter
Geisterhaft ins Blau gemalt.

Ein Lächeln zittert im Sonnenschein,
Indes ich langsam weiterschreite;
Unendliche Liebe gibt das Geleite.
Leise ergrünt das harte Gestein.

I

Ein Blasses, ruhend im Schatten verfallener Stiegen –
Jenes erhebt sich nachts in silberner ⟨?⟩ Gestalt
Und wandelt unterm Kreuzgang hin.

In Kühle eines Baums und ohne Schmerz
Atmet das Vollkommene
Und bedarf der herbstlichen Sterne nicht –

Dornen, darüber jener fällt ⟨?⟩.
Seinem traurigen Fall
Sinnen lange Liebende nach.

Die Stille der Verstorbenen liebt den alten Garten,
Die Irre die in blauen Zimmern gewohnt,
Am Abend erscheint die stille Gestalt am Fenster

Sie aber ließ den vergilbten Vorhang herab –
Das Rinnen der Glasperlen erinnerte an unsere Kindheit,
Nachts fanden wir einen schwarzen Mond im Wald

In eines Spiegels Bläue tönt die sanfte Sonate
Lange Umarmungen
Gleitet ihr Lächeln über des Sterbenden Mund.

Mit rosigen Stufen sinkt ins Moor der Stein
Gesang von Gleitendem und schwarzes Lachen
Gestalten gehn in Zimmern aus und ein
Und knöchern grinst der Tod in schwarzem Nachen.

Pirat auf dem Kanal im roten Wein
Dess' Mast und Segel oft im Sturm zerbrachen.
Ertränkte stoßen purpurn ans Gestein
Der Brücken. Stählern klirrt der Ruf der Wachen.

Doch manchmal lauscht der Blick ins Kerzenlicht
Und folgt den Schatten an verfallnen Wänden
Und Tänzer sind mit schlafverschlungnen Händen.

Die Nacht, die schwarz an deinem Haupt zerbricht
Und Tote, die sich in den Betten wenden
Den Marmor greifen mit zerbrochnen Händen.

Die blaue Nacht ist sanft auf unsren Stirnen aufgegangen.
Leise berühren sich unsre verwesten Hände
Süße Braut!

Bleich ward unser Antlitz, mondene Perlen
Verschmolzen in grünem Weihergrund.
Versteinerte schauen wir unsre Sterne.

O Schmerzliches! Schuldige wandeln im Garten
In wilder Umarmung die Schatten,
Daß in gewaltigem Zorn Baum und Tier über sie sank.

Sanfte Harmonien, da wir in kristallnen Wogen
Fahren durch die stille Nacht
Ein rosiger Engel aus den Gräbern der Liebenden tritt.

O das Wohnen in der Stille des dämmernden Gartens,
Da die Augen der Schwester sich rund und dunkel im
Bruder aufgetan,
Der Purpur ihrer zerbrochenen Münder
In der Kühle des Abends hinschmolz.
Herzzerreißende Stunde.

September reifte die goldene Birne. Süße von Weihrauch
Und die Georgine brennt am alten Zaun
Sag! wo waren wir, da wir auf schwarzem Kahn
Im Abend vorüberzogen,

Darüberzog der Kranich. Die frierenden Arme
Hielten Schwarzes umschlungen, und innen rann Blut.
Und feuchtes Blau um unsre Schläfen. Arm' Kindlein.
Tief sinnt aus wissenden Augen ein dunkles Geschlecht.

Am Abend

Ein blauer Bach, Pfad und Abend an verfallenen Hütten hin.
Hinter dunklen Gebüschen spielen Kinder mit blau und roten Kugeln;
Manche wechseln die Stirne und die Hände verwesen im braunen Laub.

In knöcherner Stille glänzt das Herz des Einsamen,
Schaukelt ein Kahn auf schwärzlichen Wassern.
Durch dunkles Gehölz flattert Haar und Lachen brauner Mägde.

Die Schatten der Alten kreuzen den Flug eines kleinen Vogels;
Geheimnis blauer Blumen auf ihren Schläfen.
Andere schwanken auf schwarzen Bänken im Abendwind.

Goldene Seufzer erlöschen leise in den kahlen Zweigen
Der Kastanie; ein Klang von dunklen Zymbeln des Sommers,
Wenn die Fremde auf der verfallenen Stiege erscheint.

Gericht

Hütten der Kindheit im Herbste sind,
Verfallener Weiler; dunkle Gestalten,
Singende Mütter im Abendwind;
An Fenstern Angelus und Händefalten.

Tote Geburt; auf grünem Grund
Blauer Blumen Geheimnis und Stille.
Wahnsinn öffnet den purpurnen Mund:
Dies irae – Grab und Stille.

Tasten an grünen Dornen hin;
Im Schlaf: Blutspeien, Hunger und Lachen;
Feuer im Dorf, Erwachen im Grün;
Angst und Schaukeln auf gurgelndem Nachen.

Oder an hölzerner Stiege lehnt
Wieder der Fremden weißer Schatten. –
Armer Sünder ins Blaue versehnt
Ließ seine Fäulnis Lilien und Ratten.

Schwesters Garten

1. Fassung

Es wird schon kühl, es wird schon spat,
Es ist schon Herbst geworden
In Schwesters Garten, still und stad;
Ihr Schritt ist weiß geworden.
Ein Amselruf verirrt und spat,
Es ist schon Herbst geworden
In Schwesters Garten still und stad;
Ein Engel ist geworden.

Schwesters Garten

2. Fassung

In Schwesters Garten still und stad
Ein Blau ein Rot von Blumen spat
Ihr Schritt ist weiß geworden.
Ein Amselruf verirrt und spat
In Schwesters Garten still und stad;
Ein Engel ist geworden.

⟨Wind, weiße Stimme, die an des Trunknen Schläfe flüstert ...⟩

1. Fassung

Wind, weiße Stimme, die an des Schläfers Schläfe flüstert
In morschem Geäst hockt das Dunkle in seinem purpurnen Haar
Lange Abendglocke, versunken im Schlamm des Teichs
Und darüber neigen sich die gelben Blumen des Sommers.
Konzert von Hummeln und blauen Fliegen in Wildgras und Einsamkeit,
Wo mit rührenden Schritten ehdem Ophelia ging
Sanftes Gehaben des Wahnsinns. Ängstlich wogt das Grün im Rohr
Und die gelben Blätter der Wasserrosen, zerfällt ein Aas in heißen Nesseln
Erwachend umflattern den Schläfer kindliche Sonnenblumen.

Septemberabend, oder die dunklen Rufe der Hirten,
Geruch von Thymian. Glühendes Eisen sprüht in der Schmiede
Gewaltig bäumt sich ein schwarzes Pferd; die hyazinthene Locke der Magd
Hasch⟨t⟩ nach der Inbrunst seiner purpurnen Nüstern.
Zu gelber Mauer erstarrt der Schrei des Rebhuhns verrostet in faulender Jauche ein Pflug
Leise rinnt roter Wein, die sanfte Guitarre im Wirtshaus.
O Tod! Der kranken Seele verfallener Bogen Schweigen und Kindheit.

Aufflattern mit irren Gesichtern die Fledermäuse

⟨Wind, weiße Stimme, die an des Trunknen Schläfe flüstert ...⟩

2. Fassung

Wind, weiße Stimme, die an des Trunknen Schläfe flüstert;
Verwester Pfad. Lange Abendglocken versanken im
Schlamme des Teichs
Und darüber neigen sich die gelben Blumen des Herbstes,
flackern mit irren Gesichtern
Die Fledermäuse.

Heimat! Abendrosiges Gebirg! Ruh! Reinheit!
Der Schrei des Geiers! Einsam dunkelt der Himmel,
Sinkt gewaltig das weiße Haupt am Waldsaum hin.
Steigt aus finsteren Schluchten die Nacht.

Erwachend umflattern den Schläfer kindliche Sonnenblumen.

So leise läuten
Am Abend die blauen Schatten
An der weißen Mauer.
Stille neigt sich das herbstliche Jahr.

Stunde unendlicher Schwermut,
Als erlitt' ich den Tod um dich.
Es weht von Gestirnen
Ein schneeiger Wind durch dein Haar.

Dunkle Lieder
Singt dein purpurner Mund in mir,
Die schweigsame Hütte unserer Kindheit,
Vergessene Sagen;

Als wohnt' ich ein sanftes Wild
In der kristallnen Woge
Des kühlen Quells
Und es blühten die Veilchen rings

Der Tau des Frühlings der von dunklen Zweigen
Herniederfällt, es kommt die Nacht
Mit Sternenstrahlen, da des Lichtes du vergessen.

Unter dem Dornenbogen lagst ⟨du⟩ und es grub der Stachel
Sich tief in den kristallenen Leib
Daß feuriger sich die Seele der Nacht vermähle.

Es hat mit Sternen sich die Braut geziert,
Die reine Myrthe
Die sich über des Toten anbetendes Antlitz neigt.

Blühender Schauer voll
Umfängt dich endlich der blaue Mantel der Herrin.

O die entlaubten Buchen und der schwärzliche Schnee.
Leise der Nord weht. Hier den braunen Pfad
Ist vor Monden ein Dunkles gegangen

Allein ⟨?⟩ im Herbst. Immer fallen die Flocken
In das kahle Geäst
Ins dürre Rohr; grünes Kristall singt im Weiher

Leer die Hütte von Stroh; ein Kindliches
Sind die wehenden Birken im Nachtwind.
O der Weg der leise ins Dunkel friert.
Und das Wohnen in rosigem Schnee

An Novalis

1. Fassung

Ruhend in kristallner Erde, heiliger Fremdling
Vom dunklen Munde nahm ein Gott ihm die Klage,
Da er in seiner Blüte hinsank
Friedlich erstarb ihm das Saitenspiel
In der Brust,
Und es streute der Frühling seine Palmen ⟨?⟩ vor ihn,
Da er mit zögernden Schritten
Schweigend das nächtige Haus verließ.

⟨An Novalis⟩

2. Fassung (a)

In dunkler Erde ruht der heilige Fremdling.
Es nahm von sanftem Munde ihm die Klage der Gott,
Da er in seiner Blüte hinsank.
Eine blaue Blume
Fortlebt sein Lied im nächtlichen Haus der Schmerzen.

An Novalis

2. Fassung (b)

In dunkler Erde ruht der heilige Fremdling
In zarter Knospe
Wuchs dem Jüngling der göttliche Geist,
Das trunkene Saitenspiel
Und verstummte in rosiger Blüte.

Stunde des Grams

Schwärzlich folgt im herbstlichen Garten der Schritt
Dem glänzenden Mond,
Sinkt an frierender Mauer die gewaltige Nacht.
O, die dornige Stunde des Grams.

Silbern flackert im dämmernden Zimmer der Leuchter des Einsamen,
Hinsterbend, da jener ein Dunkles denkt
Und das steinerne Haupt über Vergängliches neigt,

Trunken von Wein und nächtigem Wohllaut.
Immer folgt das Ohr
Der sanften Klage der Amsel im Haselgebüsch.

Dunkle Rosenkranzstunde. Wer bist du
Einsame Flöte,
Stirne, frierend über finstere Zeiten geneigt.

⟨Nächtliche Klage⟩

1. Fassung

Die Nacht ist über der zerwühlten Stirne aufgegangen
Mit schönen Sternen
Am Hügel, da du von Schmerz versteinert lagst,

Ein wildes Tier im Garten dein Herz fraß.
Ein feuriger Engel
Liegst du mit zerbrochener Brust auf steinigem Acker,

Oder ein nächtlicher Vogel im Wald
Unendliche Klage
Immer wiederholend in dornigem Nachtgezweig.

Nächtliche Klage

2. Fassung

Die Nacht ist über der zerwühlten Stirne aufgegangen
Mit schönen Sternen
Über dem schmerzversteinerten Antlitz,
Ein wildes Tier fraß des Liebenden Herz
Ein feuriger Engel
Stürzt mit zerbrochener Brust auf steinigen Acker,
Wiederaufflatternd ein Geier.
Weh in unendlicher Klage
Mischt sich Feuer, Erde und blauer Quell

An Johanna

Oft hör' ich deine Schritte
Durch die Gasse läuten.
Im braunen Gärtchen
Die Bläue deines Schattens.

In der dämmernden Laube
Saß ich schweigend beim Wein.
Ein Tropfen Blutes
Sank von deiner Schläfe

In das singende Glas
Stunde unendlicher Schwermut.
Es weht von Gestirnen
Ein schneeiger Wind durch das Laub.

Jeglichen Tod erleidet,
Die Nacht der bleiche Mensch.

Dein purpurner Mund
Wohnt eine Wunde in mir.

Als käm' ich von den grünen
Tannenhügeln und Sagen
Unserer Heimat,
Die wir lange vergaßen –

Wer sind wir? Blaue Klage
Eines moosigen Waldquells,
Wo die Veilchen
Heimlich im Frühling duften.

Ein friedliches Dorf im Sommer
Beschirmte die Kindheit einst
Unsres Geschlechts,
Hinsterbend nun am Abend-

Hügel die weißen Enkel
Träumen wir die Schrecken
Unseres nächtigen Blutes
Schatten in steinerner Stadt.

Melancholie

Die blaue Seele hat sich stumm verschlossen,
Ins offne Fenster sinkt der braune Wald,
Die Stille dunkler Tiere; im Grunde mahlt
Die Mühle, am Steg ruhn Wolken hingegossen,

Die goldnen Fremdlinge. Ein Zug von Rossen
Sprengt rot ins Dorf. Der Garten braun und kalt.
Die Aster friert, am Zaun so zart gemalt
Der Sonnenblume Gold schon fast zerflossen.

Der Dirnen Stimmen; Tau ist ausgegossen
Ins harte Gras und Sterne weiß und kalt.
Im teuren Schatten sieh den Tod gemalt,
Voll Tränen jedes Antlitz und verschlossen.

Bitte

An Luzifer *1. Fassung*

Dem Geist schick' deine Flammen, so er duldet,
Gefangen seufzt in schwarzer Mitternacht,
Am Frühlingshügel, so sich dargebracht
Das sanfte Lamm, der Schmerzen tiefsten duldet;
O Liebe, die gleich einem runden Licht
Aufgeht im Herzen und ein Sanftes duldet,
Daß dieses irdene Gefäß zerbricht.

Bitte

An Luzifer *2. Fassung*

Dem Geist' schick deine Flammen, so er duldet,
Gefangen liegt in schwarzer Nacht,
Bis einst er fromm sich dargebracht
Der Welt, der er der Schmerzen tiefsten schuldet,
Die Liebe, die gleich einem Licht
Entbrennt im Herzen und ein Sanftes duldet,
Daß dies Gefäß der Tod zerbricht;
Gemordet Lamm, des Blut die Welt entschuldet.

An Luzifer

3. Fassung

Dem Geist leih deine Flamme, glühende Schwermut;
Seufzend ragt das Haupt in die Mitternacht,
Am grünenden Frühlingshügel; wo vor Zeiten
Verblutet ein sanftes Lamm, der Schmerzen tiefsten
Erduldet; aber es folgt der Dunkle dem Schatten
Des Bösen, oder er hebt die feuchten Schwingen
Zur goldenen Scheibe der Sonne und es erschüttert
Ein Glockenton die schmerzzerrissene Brust ihm,
Wilde Hoffnung; die Finsternis flammenden Sturzes.

Nimm blauer Abend eines Schläfe, leise ein Schlummerndes
Unter herbstlichen Bäumen, unter goldener Wolke.
Anschaut der Wald; als wohnte der Knabe ein blaues Wild
In der kristallnen Woge des kühlen Quells
So leise schlägt sein Herz in hyazinthener Dämmerung,
Trauert der Schatten der Schwester, ihr purpurnes Haar;
Dieses flackert im Nachtwind. Versunkene Pfade
Nachtwandelt jener und es träumt sein roter Mund
Unter verwesenden Bäumen; schweigend umfängt
Des Weihers Kühle den Schläfer, gleitet
Der verfallene Mond über seine schwärzlichen Augen.
Sterne versinkend im braunen Eichengeäst.

⟨Am Abend⟩

1. Fassung

Noch ist gelb das Gras, grau und schwarz der Baum
Aber mit ergrünendem Schritt gehst du am Wald hin,

Knabe, der mit großen Augen in die Sonne schaut.
O wie schön sind die entzückten Schreie der Vögelchen.

Der Fluß kommt von den Bergen kalt und klar
Tönt im grünen Versteck; also tönt es,
Wenn du trunken die Beine bewegst. Wilder Spaziergang

Im Blau; Geist der aus Bäumen tritt und bittrem Kraut
Siehe deine Gestalt. O Rasendes! Liebe neigt sich zu
Weiblichem,
Bläulichen Wassern. Ruh und Reinheit!

Knospe vieles bewahrt, Grünes! Die schon sehr dunkel
Entsühne die Stirne mit dem feuchten Abendgezweig,
Schritt und Schwermut tönt einträchtig in purpurner Sonne.

Am Abend

2. Fassung

Noch ist gelb das Gras, grau und schwarz der Wald;
Aber am Abend dämmert ein Grün auf.
Der Fluß kommt von den Bergen kalt und klar,
Tönt im Felsenversteck; also tönt es,
Wenn du trunken die Beine bewegst; wilder Spaziergang
Im Blau; und die entzückten Schreie der Vögelchen.
Die schon sehr dunkel, tiefer neigt
Die Stirne sich über bläuliche Wasser, Weibliches;
Untergehend wieder in grünem Abendgezweig.
Schritt und Schwermut tönt einträchtig in purpurner Sonne.

Beim jungen Wein

1. Fassung

Sonne purpurn untergeht,
Schwalbe ist schon ferngezogen.
Unter abendlichen Bogen
Junger Wein die Runde geht;
Kind dein wildes Lachen.

Schmerz, darin die Welt vergeht.
Bleib der Augenblick gewogen,
Da im Abend hölzner Bogen
Junger Wein die Runde geht;
Kind dein wildes Lachen.

Flackerstern ans Fenster weht,
Kommt die schwarze Nacht gezogen,
Wenn im Schatten dunkler Bogen
Junger Wein die Runde geht;
Kind dein wildes Lachen.

Beim jungen Wein

2. Fassung

Sonne purpurn untergeht,
Schwalbe ist schon ferngezogen.
Unter abendlichen Bogen
Junger Wein die Runde geht;
Schnee fällt hinterm Berge.

Sommers letztes Grün verweht,
Jäger kommt vom Wald gezogen.
Unter abendlichen Bogen

Junger Wein die Runde geht;
Schnee fällt hinterm Berge.

Fledermaus die Stirn umweht,
Kommt ein Fremdling still gezogen.
Unter abendlichen Bogen
Junger Wein die Runde geht;
Schnee fällt hinterm Berge.

Rote Gesichter verschlang die Nacht,
An härener Mauer
Tastet ein kindlich Gerippe im Schatten
Des Trunkenen, zerbrochenes Lachen
Im Wein, glühende Schwermut,
Geistesfolter – ein Stein verstummt
Die blaue Stimme des Engels
Im Ohr des Schläfers. Verfallenes Licht.

Heimkehr

Wenn goldne Ruh der Abend odmet
Wald und dunkle Wiese davor
Ein Schauendes ist der Mensch,
Ein Hirt, wohnend in der Herden dämmernder Stille,
Der Geduld der roten Buchen;
So klar da es Herbst geworden. Am Hügel
Lauscht der Einsame dem Flug der Vögel,
Dunkler Bedeutung und die Schatten der Toten
Haben sich ernster um ihn versammelt⟨;⟩
Mit Schauern erfüllt ihn kühler Resedenduft⟨,⟩

Die Hütten der Dörfler der Hollunder,
Wo vor Zeiten das Kind gewohnt.

Erinnerung, begrabene Hoffnung
Bewahrt dies braune Gebälk,
Darüber Georginen hangen,
Daß darnach er die Hände ringe⟨,⟩
Im braunen Gärtchen den schimmernden Schritt
Verboten Lieben, dunkles Jahr,
Daß von blauen Lidern die Tränen stürzten
Dem Fremdling unaufhaltsam.

Von braunen Wipfeln tropft der Tau,
Da jener ein blaues Wild am Hügel erwacht,
Lauschend den lauten Rufen der Fischer
Am Abendweiher
Dem ungestalten Schrei der Fledermäuse;
Aber in goldener Stille
Wohnt das trunkene Herz
Seines erhabenen Todes voll.

Träumerei

1. Fassung

Sanftes Leben wächst im Stillen
Schritt und Herz durchs Grüne eilt
Liebendes an Hecken weilt,
Die sich schwer mit Düften füllen.

Buche sinnt; die feuchten Glocken
Sind verstummt, der Bursche singt
Feuer Dunkeles umschlingt
O Geduld und stumm Frohlocken.

Frohen Mut gib noch zum Ende
Schön beseelte, stille Nacht,
Goldnen Wein, den dargebracht
Einer Schwester blaue Hände.

Träumerei

2. Fassung

Sanftes Leben wächst rings im Stillen
Durchs Grüne eilt Schritt und Herz.
Liebendes weilt an Hecken,
Die sich mit Düften füllen.

Tiefsinnige Buche im Wirtshausgarten. Die
feuchten Glocken
Sind verstummt; ein Bursche singt
– Feuer das Dunkles sucht –
O blaue Stille, Geduld!

Frohen Mut auch gib
Grünende Nacht dem Einsamen,
Dem sein Stern erlosch,
Lachen in purpurnem Wein.

Träumerei

3. Fassung

Verliebte gehn an den Hecken,
Die sich mit Düften füllen.
Am Abend kommen frohe Gäste
Von der dämmernden Straße.

Sinnige Kastanie im Wirtshausgarten.
Die feuchten Glocken sind verstummt.
Ein Bursche singt am Fluß
– Feuer, das Dunkeles sucht –

O blaue Stille! Geduld!
Wenn jegliches blüht.

Sanften Mut auch gib
Nacht dem Heimatlosen,
Unergründliches Dunkel
Goldne Stunde in Wein.

Psalm

Stille; als sänken Blinde an herbstlicher Mauer hin,
Lauschend mit morschen Schläfen dem Flug der Raben;
Goldne Stille des Herbstes, das Antlitz des Vaters in flackernder Sonne
Am Abend verfällt im Frieden brauner Eichen das alte Dorf,
Das rote Gehämmer der Schmiede, ein pochendes Herz.
Stille; in langsamen Händen verbirgt die hyazinthene Stirne die Magd
Unter flatternden Sonnenblumen. Angst und Schweigen
Brechender Augen erfüllt das dämmernde Zimmer, die zögernden Schritte
Der alten Frauen, die Flucht des purpurnen Munds, der langsam im Dunkel erlischt.

Schweigsamer Abend in Wein. Vom niedern Deckengebälk
Fiel ein nächtlicher Falter, Nymphe vergraben in bläulichen Schlaf.
Im Hof schlachtet der Knecht ein Lamm, der süße Geruch des Blutes

Umwölkt unsre Stirnen, die dunkle Kühle des Brunnens.
Nachtrauert die Schwermut sterbender Astern, goldne
Stimmen im Wind.
Wenn es Nacht wird siehest du mich aus vermoderten
Augen an,
In blauer Stille verfielen deine Wangen zu Staub.

So leise erlöscht ein Unkrautbrand, verstummt der schwarze
Weiler im Grund
Als stiege das Kreuz den blauen Kalvarienhügel herab,
Würfe die schweigende Erde ihre Toten aus.

〈Herbstliche Heimkehr〉

1. Fassung (b)

Erinnerung, begrabene Hoffnung
Bewahrt dies braune Gebälk,
Darüber Georginen hangen
Immer stillere Heimkehr,
Der verfallne Garten den dunklen Abglanz
Vergangener Jahre,
Daß von blauen Lidern die Tränen stürzen
Dem Fremdling unaufhaltsam.

Herbstliche Heimkehr

2. Fassung

Erinnerung, begrabene Hoffnung
Bewahrt dies braune Gebälk
Darüber Georginen hangen,
Immer stillere Heimkehr,

Der verfallne Garten dunklen Abglanz
Vergangner Jahre,
Daß von blauen Lidern Tränen stürzen
Unaufhaltsam.
O Geliebtes!
Schon tropft vom rostigen Ahorn
Laub, hinüberschimmern der Schwermut
Kristallne Minuten
Zur Nacht.

Herbstliche Heimkehr

3. Fassung

Erinnerung, begrabene Hoffnung
Bewahrt dies braune Gebälk
Darüber Georginen hangen,
Immer stillere Heimkehr,
Der verfallne Garten dunklen Abglanz
Kindlicher Jahre,
Daß von blauen Lidern Tränen stürzen
Unaufhaltsam;
Hinüberschimmern der Schwermut
Kristallne Minuten
Zur Nacht.

⟨Neige⟩

1. Fassung

O geistlich Wiedersehn
Im alten Herbst!
So stille entblättern gelbe Rosen

Am Gartenzaun,
Schmolz in Tränen
Ein großer Schmerz.
So endet der goldne Tag.
Reich' deine Hand mir liebe Schwester
In der Abendkühle.

Neige

2. Fassung

O geistlich Wiedersehn
In altem Herbst.
Gelbe Rosen
Entblättern am Gartenzaun,
Zu dunkler Träne
Schmolz ein großer Schmerz,
O Schwester!
So stille endet der goldne Tag.

Lebensalter

Geistiger leuchten die wilden
Rosen am Gartenzaun;
O stille Seele!

Im kühlen Weinlaub weidet
Die kristallne Sonne;
O heilige Reinheit!

Es reicht ein Greis mit edlen
Händen gereifte Früchte.
O Blick der Liebe!

Die Sonnenblumen

Ihr goldenen Sonnenblumen,
Innig zum Sterben geneigt,
Ihr demutsvollen Schwestern
In solcher Stille
Endet Helians Jahr
Gebirgiger Kühle.

Da erbleicht von Küssen
Die trunkne Stirn ihm
Inmitten jener goldenen
Blumen der Schwermut
Bestimmt den Geist
Die schweigende Finsternis.

So ernst o Sommerdämmerung.
Von müdem Munde
Sank dein goldner Odem ins Tal
Zu den Stätten der Hirten,
Versinkt im Laub.
Ein Geier hebt am Waldsaum
Das versteinerte Haupt –
Ein Adlerblick
Erstrahlt im grauen Gewölk
Die Nacht.

Wild erglühen
Die roten Rosen am Zaun
Erglühend stirbt
In grüner Woge Liebendes hin
Eine erbliche⟨ne⟩ Rose

Doppelfassungen zu Teil I–III

Farbiger Herbst

Musik im Mirabell *1. Fassung*

Ein Brunnen singt. Die Wolken stehn
Im klaren Blau die weißen zarten.
Bedächtig stille Menschen gehn
Am Abend durch den alten Garten.

Der Ahnen Marmor ist ergraut
Ein Vogelzug streift in die Weiten.
Ein Faun mit toten Augen schaut
Nach Schatten, die ins Dunkel gleiten.

Das Laub fällt rot vom alten Baum
Und kreist herein durchs offene Fenster.
Ein Feuerschein glüht auf im Raum
Und malet trübe Angstgespenster.

Opaliger Dunst webt über das Gras
Ein Teppich von verwelkten Düften.
Im Brunnen schimmert wie grünes Glas
Die Mondessichel in frierenden Lüften.

Leise

Melancholie *1. Fassung*

Im Stoppelfeld ein schwarzer Wind gewittert.
Aufblühn der Traurigkeit Violenfarben,

Gedankenkreis, der trüb das Hirn umwittert.
Am Zaune lehnen Astern, die verstarben
Und Sonnenblumen schwärzlich und verwittert,
Gelöst in Schminken und Zyanenfarben.
Ein wunderlicher Glockenklang durchzittert
Reseden, die in schwarzem Flor verstarben
Und unsere Stirnen schattenhaft vergittert
Versinken leise in Zyanenfarben
Mit Sonnenblumen schwärzlich und verwittert
Und braunen Astern, die am Zaun verstarben.

Melancholia

Melancholie *2. Fassung*

Bläuliche Schatten. O ihr dunklen Augen
Die lang mich anschaun im Vorübergleiten.
Guitarrenklänge sanft den Herbst begleiten
Im Garten aufgelöst in braunen Laugen.
Des Todes ernste Düsternis bereiten
Nymphische Hände, an Purpurbrüsten saugen
Verfallne Lippen und in braunen Laugen
Des Sonnenjünglings feuchte Locken gleiten.

Ein Stoppelfeld. Ein schwarzer Wind gewittert.
Aufblühn der Traurigkeit Violenfarben,
Gedankenkreis, der trüb das Hirn umwittert.
An Zäunen lehnen Astern, die verstarben
Und Sonnenblumen schwärzlich und verwittert;
Da schweigt die Seele grauenvoll erschüttert
Entlang an Zimmern, leer und dunkelfarben.

Am Hügel

Geistliche Dämmerung *1. Fassung*

Still vergeht am Saum des Waldes
Ein dunkles Wild
Am Hügel endet leise der Abendwind,

Balde verstummt die Klage der Amsel
Und die Flöten des Herbstes
Schweigen im Rohr.

Mit silbernen Dornen
Schlägt uns der Frost,
Sterbende ⟨?⟩ wir ⟨?⟩ über Gräber geneigt

Oben löst sich blaues Gewölk;
Aus schwarzem Verfall
Treten Gottes strahlende Engel

⟨Der Schlaf⟩

1. Fassung

Getrost ihr dunklen Gifte
Erzeugend weißen Schlaf
Einen höchst seltsamen Garten
Dämmernder Bäume
Erfüllt von Schlangen, Nachtfaltern,
Fledermäusen;
Fremdling dein jammervoller Schatten
Schwankt, bittere Trübsal
Im Abendrot!
Uralt einsame Wasser
Versanken im Sand.

Weiße Hirsche am Nachtsaum
Sterne vielleicht ⟨?⟩!
Gehüllt in Spinnenschleier
Schimmert toter Auswurf.
Eisernes Anschaun.
Dornen umschweben
Den blauen Pfad ins Dorf,
Ein purpurnes Lachen
Den Lauscher in leerer Schenke.
Über die Diele
Tanzt mondesweiß
Des Bösen gewaltiger Schatten.

Gedichtkomplexe

Lange lauscht der Mönch dem sterbenden Vogel am
Waldsaum
O die Nähe des Todes, verfallender Kreuze am Hügel
Der Angstschweiß der auf die wächserne Stirne tritt.
O das Wohnen in blauen Höhlen der Schwermut.
O blutbefleckte Erscheinung, die den Hohlweg herabsteigt
Daß der Besessene leblos in die silbernen Kniee bricht.

Mit Schnee und Aussatz füllt sich die kranke Seele
Da sie am Abend dem Wahnsinn der Nymphe lauscht,
Den dunklen Flöten des ⟨...⟩ im dürren Rohr;
Finster ihr Bild im Sternenweiher beschaut;

Stille verwest die Magd im Dornenbusch
Und die verödeten Pfade und leeren Dörfer
Bedecken sich mit gelbem Gras.
Über verschüttete Stiegen hinab – ⟨?⟩ purpurner ⟨?⟩
Abgrund.

Wo an schwarzen Mauern Besessene stehn
Steigt der bleiche Wanderer im Herbst hinab
Wo vordem ein Baum war, ein blaues Wild im Busch
Öffnen sich, zu lauschen, die weichen Augen
Helians.

Wo in finsteren Zimmern einst die Liebenden schliefen
Spielt der Blinde mit silbernen Schlangen,
Der herbstlichen Wehmut des Mondes.

Grau verdorren im braunen Gewand die Glieder
Ein steinerner Bogen
Der sich im Spiegel faulender Wasser verzückt.
Knöcherne Maske, die einst Gesang war.
Wie schweigsam die Stätte.

Ein verpestetes Antlitz, das zu den Schatten sinkt,
Ein Dornenbusch der den roten Mantel des Büßenden sucht;
Leise folgt der magische Finger des Blinden
Seinen erloschenen Sternen

Ein weißes Geschöpf ist der einsame Mensch
Das staunend Arme und Beine bewegt,
Purpurne Höhlen darin verblichene Augen rollen.

Über verschüttete Stiegen hinab wo Böse stehn
Ein Klang von herbstlichen Zymbeln verklingt
Öffnet sich wieder ein weißer ⟨?⟩ Abgrund.

Durch schwarze Stirne geht schief die tote Stadt
Der trübe Fluß darüber Möven flattern
Dachrinnen kreuzen sich an vergangenen Mauern
Ein roter Turm und Dohlen. Darüber
Wintergewölk, das aufsteigt.

Jene singen den Untergang der finsteren Stadt;
Traurige Kindheit, die nachmittags im Haselgebüsch spielt,
Abends unter braunen Kastanien blauer Musik lauscht,
Der Brunnen erfüllt von goldenen Fischen.

Über das Antlitz des Schläfers neigt sich der greise Vater
Des Guten bärtiges Antlitz, das ferne gegangen
Ins Dunkel

O Fröhlichkeit wieder, ein weißes Kind
Hingleitend an erloschenen Fenstern.
Wo vordem ein Baum war, ein blaues Wild im Busch
Öffnen sich zu sterben die weichen Augen
Helians.

Wo an Mauern die Schatten der Ahnen stehn,
Vordem ein einsamer Baum war, ein blaues Wild im Busch
Steigt der weiße Mensch auf goldenen Stiegen,
Helian ins seufzende Dunkel hinab.

Finster blutet ein braunes Wild im Busch;
Einsam der Blinde, der über verfallene Stufen herabsteigt.
Im Zimmer die dunklen Flöten des Wahnsinns.

Mit Schnee und Aussatz füllt sich die kranke Seele,
Da sie am Abend ihr Bild im rosigen Weiher beschaut.
Verfallene Lider öffnen sich weinend im Haselgebüsch.
O der Blinde,
Der schweigend über verfallene Stufen hinabsteigt im
Dunkel.
Im Dunkel sinken Helians Augen.

Sommer. In Sonnenblumen gelb klapperte morsches Gebein,
Sank zu jungen Mönchen der Abend des verfallenen Gartens
hinab
Duft und Schwermut des alten Hollunders,
Da aus Sebastians Schatten die verstorbene Schwester trat,
Purpurn des Schlafenden Mund zerbrach.
Und die Silberstimme des Engels

Spielende Knaben am Hügel. O wie leise die Zeit,
Des Septembers und jener, da er in schwarzem Kahn
Am Sternenweiher vorbeizog, am dürren Rohr.
In wilder Vögel Flug und Schrei.

Ferne ging in Schatten und Stille des Herbstes
Ein Haupt,
Stieg der Schatten des Schläfer⟨s⟩ verfallene Stufen hinab.

Ferne saß die Mutter im Schatten des Herbstes
Ein weißes Haupt. Über verfallene Stufen
Stieg im Garten der dunkle Schläfer hinab.
Klage der Drossel.

O die härene Stadt; Stern und rosig Erwachen.

Ferne ging im braunen Schatten des Herbstes
Der weiße Schläfer.
Über verfallenen Stufen glänzte ein Mond sein Herz,
Klangen leise ihm blaue Blumen nach,
Leise ein Stern.

Oder wenn er ein sanfter Novize
Abends in Sankt Ursulas dämmernde Kirche trat,
Eine silberne Blume sein Antlitz barg in Locken
Und in Schauern ihn der blaue Mantel des Vaters umfing
Die dunkle Kühle der Mutter

Oder wenn er ein sanfter Novize
Abends in Sankt Ursulas dämmernde Kirche trat,
Eine silberne Stimme ⟨?⟩ das Antlitz barg in härenen Locken,

Und in Schauern ihn die

Dramenfragment

1914

---

1. Fassung

1

Hütte am Saum eines Waldes. Im Hintergrund ein Schloß. Es ist Abend.

DER PÄCHTER: Unser Tagewerk ist getan. Die Sonne ist untergegangen. Laß uns ins Haus gehen⟨.⟩

PETER: Bei der Mühle hat man heute die Leiche eines Knaben gefunden. Die Waisen des Dorfes sangen seine schwarze Verwesung. Die roten Fische haben seine Augen gefressen und ein Tier den silbernen Leib zerfleischt; das blaue Wasser einen Kranz von Nesseln und wildem Dorn in seine dunklen Locken geflochten.

DER PÄCHTER: Rotes Gestern, da ein Wolf mein Erstgebornes zerriß. Fluch, Fluch durch finstere Jahre. Woran erinnerst du mich: Leise tönen die Glocken, langsam wölbt sich der schwarze Steg über den Bach und die roten Jagden verhallen in den Wäldern. Dunkel singt der Wahnsinn im Dorf; morgen heben wir vielleicht das Bahrtuch von einem teueren Toten. Laß uns gehn. O die läutenden Herden am Waldsaum, das Rauschen des Korns –

PETER: Euere Tochter –

DER PÄCHTER: Sprichst du von deiner Schwester! Ihr Antlitz sah ich heut' nacht im Sternenweiher, gehüllt in blutende Schleier. Des Vaters Fremdlingin –

PETER: Die Schwester singend im Dornenbusch und das Blut

rann von ihren silbernen Fingern, Schweiß von der wächsernen Stirne. Wer trank ihr Blut?

DER PÄCHTER: Gott mein Haus hast du heimgesucht. In dämmerndem Zimmer steh ich geneigten Haupts, vor der Flamme meines Herdes; darin ist Ruß und Reines, und im Schatten weiß ich einen knöchernen Gast; glühend Erblinden. Wo bist du Peter?

PETER: Grüne Schlangen flüstern im Haselbusch – Schritt in englischer Flamme –

DER PÄCHTER: O die Wege voll Stacheln und Stein. Wer ruft euch; daß ihr in Schlummer das Haus und das weiße Haupt verlasset eh' am Morgen der Hahn kräht.

PETER: O die Pforte des Klosters, die sich leise schließt. Gewitter ziehn über das Schloß. Höllenfratzen und die flammenden Schwerter der Engel. Fort! Fort! Lebt wohl.

DER PÄCHTER: O die Ernte di⟨e . . .⟩ Schon rauscht das wilde Gras auf den Stufen des Hauses, nistet im Gemäuer der Skorpion. O meine Kinder.

Maria sprichst du ein kleines Irrlicht zu mir, hingegangenes Kind, ein blauer Quell mein verstorbenes Weib und die alten Bäume fallen auf uns. Wer spricht? Johanna, Tochter weiße Stimme im Nachtwind, von welch traurigen Pilgerschaften kehrst du heim. O du, Blut von meinem Blute, Weg und Träumende in mondener Nacht – wer bist du? Peter, dunkelster Sohn, ein Bettler sitzest du am Saum des steinigen Ackers, hungernd, daß du die Stille deines Vaters erfülltest. O die Sommerschwere des Korns; Schweiß und Schuld und endlich sinkt in leeren Zimmern das müde Haupt auch. O das Rauschen der Linde von Kindheit an, vergebliche Hoffnung des Lebens, das versteinerte Brot! Neige dich stille Nacht nun. (Er verbirgt das Haupt in den Händen)

2

Dornige Wildnis, Felsen, ein Quell. Es ist Nacht.

JOHANNA⟨:⟩ Stich schwarzer Dorn. Ach noch tönen von wildem Gewitter die silbernen Arme. Fließe Blut von den rasenden Füßen. Wie weiß sind sie geworden von nächtigen Wegen! O das Schreien der Ratten im Hof, der Duft der Narzissen. Rosiger Frühling nistet in den schmerzenden Brauen. Was spielt ihr verwesten Träume der Kindheit in meinen zerbrochenen Augen. Fort! Fort! Rinnt nicht Scharlach vom Munde mir. Weiße Tänze im Mond. Tier brach ins Haus mit keuchendem Rachen. Tod! Tod! O wie süß ist das Leben! In kahlem Baum wohnt die Mutter, sieht mich mit meinen traurigen Augen an. Weiße Locke des Vaters sank ins Hollundergebüsch – Liebes es ist mein brennendes Haar. Rühre nicht dran, Schwester mit deinen kalten Fingern.

DIE ERSCHEINUNG: Leises Schweben erglühender Blüte –

JOHANNA: Weh, die Wunde die dir am Herzen klafft, liebe Schwester⟨.⟩

DIE ERSCHEINUNG⟨:⟩ Brennende Lust; Qual ohne Ende. Fühl' meines Schoßes schwärzliche Wehen.

JOHANNA: In deinem Schatten wes Antlitz erscheint; gefügt aus Metall und feurige Engel im Blick; zerbrochne Schwerter im Herzen.

⟨DIE⟩ ERSCHEINUNG: Weh! Mein Mörder! (Die Erscheinung versinkt)

JOHANNA: Glühende Schmach, die mich tötet; Elai! Schneeiges Feuer im Mond! (Sie stürzt besinnungslos in den Dornenbusch, der sich über ihr schließt⟨)⟩)

DER WANDERER: Wer schrie in der Nacht, stört das süße Vergessen in schwarzer Wolke mir? Weg und Hügel, wo ich in glühenden Tränen geruht – laß Gott nur Traum sein, den Schritt im moosigen Wald, Hütte die ich im Abendrot verließ, Frau und Kind. Weg aus diesen furchtbaren Schatten.

DER MÖRDER: Bleierne Stufe ins Nichts. Wer riß aus dem Schlaf mich; hieß mich verödete Pfade gehn. Wer hat mein Antlitz genommen, das Herz in Kalk verwandelt. Verflucht dein Name! Wer hat die Lampe aus meinen Händen genommen. Wildes Vergessen. Wer drückt das Messer in meine rote Rechte. Lachendes Gold! Verflucht! Verflucht! (Er starrt in die ⟨?⟩ Luft ⟨?⟩)

DER WANDERER: Wie dunkel ist es um mich geworden; Stimme im Innern kündet Unheil, heilige Mutter trockne den Schweiß auf meiner Stirne, das Blut; trauriger Amselruf, Nachmittagssonne im Wald – wo träumte ich das?

DER MÖRDER (über ihn herfallend): Hund, dein Gebein! (Er ersticht ihn)

DER WANDERER (sterbend)⟨:⟩ Weg von meiner Kehle die schwarze Hand – weg von den Augen nächtige Wunde – purpurner Alb der Kindheit. (Er sinkt zurück)

DER MÖRDER: Lachendes Gold, Blut – o verflucht! (Er durchsucht den Ranzen des Toten)

2. *Fassung*

I. AKT

In der Hütte des Pächters. Es ist Nacht. Der Pächter, Peter, sein Sohn. Es klopft.

PETER: Wer da?

STIMME DRAUSSEN: Öffne! (Peter öffnet. Kermor tritt ein)

KERMOR: Meinem Rappen brach ich im Wald das Genick, da der Wahnsinn aus seinen purpurnen Augen brach. Der Schatten der Ulmen fiel auf mich, das blaue Lachen des Wassers. Nacht und Mond! Wo bin ich. Einbrech ich in süßen Schlummer, umflattert mich silbernes Hexenhaar! Fremde Nähe nachtet um mich. (Er sinkt am Herd nieder)

PETER: Seine Schläfe blutet⟨.⟩ Sein Antlitz ist schwarz von Hochmut und Trauer, Vater!

DER PÄCHTER: Getan ist das Tagwerk, die Sonne untergegangen. Stille unser Leben.

PETER: Bei der Mühle hat man heute die Leiche des Mönchs gefunden. Die Waisen des Dorfes sangen seine schwarze Verwesung. Rote Fische haben seine Augen gefressen und ein Tier den silbernen Leib zerfleischt; das blaue Wasser einen Kranz von Nesseln und wildem Dorn ins dunkle Haar ihm geflochten.

DER PÄCHTER: Rotes Gestern, grünender Morgen. Mein Weib ist gestorben, das Erstgeborne verdorben erblindet des Greisen Gesicht⟨.⟩ Fluch durch finstere Jahre. Wer kam als Fremdling zu uns?

KERMOR (im Schlaf): Verhallt ihr roten Jagden. Schwarzer Steg, langsam gewölbt über dem Bach. Wälder und Glokken. Leise hebt die silberne Hand das Bahrtuch von der finsteren Schläferin, beut in Dornen das metallene Herz. Mondnes Antlitz –

DER PÄCHTER: Erlosch die Flamme im Herd! Wer verläßt mich!

PETER: O die Schwester singend im Dornenbusch und das Blut rinnt von ihren silbernen Fingern, Schweiß von ihrer wächsernen Stirne. Wer trinkt ihr Blut?

KERMOR (im Schlaf): O ihr Wege in Stein. Sternenantlitz gehüllt in eisige Schleier; singende Fremdlingin – – Finsternis wogt im Herzen mir.

DER PÄCHTER: Furchtbarer Gott, der eingekehrt in mein Haus. Geerntet ist das Korn, gekeltert die Traube. O die finsteren Zimmer!

PETER: Schweiß und Schuld! Vater, hör, die Pforte des Klosters, die sich leise auftut. Stürzende Sterne! Gewitter ziehen über das Schloß, Höllenfratzen und die flammenden Schwerter der Engel – –

KERMOR (im Schlaf): Mädchen dein glühender Schoß im Sternenweiher – –

PETER: O die Rosen, grollend in Donnern! Fort! Fort! Lebt wohl. (Er stürzt fort)

KERMOR (im Schlaf)⟨:⟩ Laß ab – schwarzer Wurm, der purpurn am Herz bohrt! Verfallener Mond, folgend durch morsches Geröll – –

DER PÄCHTER: Peter, dunkelster Sohn, ein Bettler sitzest du am Saum des steinigsten Ackers, hungernd, daß du die Stille deines Vaters erfülltest. O die Herbstschwere des Weizens, Sichel und harter Gang und endlich sinkt in kahlem Zimmer das weiße Haupt hin. (In diesem Augenblick tritt Johanna aus ihrer Schlafkammer) Johanna, ein kleines Irrlicht sprichst du zu uns, stilleres Kind, mit der blauen Stimme des Quells mein verstorbenes Weib und die alten Bäume, die ein Toter gepflanzt, fallen auf uns. Wer spricht. Johanna, Tochter, weiße Stimme im Nachtwind, gerüstet zu purpurner Pilgerschaft; o du Blut, von meinem Blute, Pfad und Träumende in mondener Nacht. Wer sind wir? O vergebliche Hoffnung des Lebens; o das versteinerte Brot! (Sein Haupt sinkt hin)

JOHANNA (traumwandelnd): O das wilde Gras auf den Stufen, das die frierenden Sohlen zerfleischt, Bild in hartem Kristall, laß dich mit silbernen Nägeln graben – o süßes Blut.

KERMOR (erwachend): Erwachen aus braunem Mohn! Leise verstummen die sanften Stimmen der Engel. Heule Herb⟨st⟩sturm! Falle auf mich, schwarzes Gebirge, Wolke von Stahl; schuldiger Pfad, der mich hergeführt

JOHANNA: Lachende Stimme im Nachtwind – –

KERMOR (erblickt sie): Dornige Stufen in Verwesung und Dunkel; purpurne Höllenflamme flamme! (Er erhebt sich und flieht ins Dunkel)

JOHANNA (hoch aufgerichtet): Mein Blut über dich – da du brachest in meinen Schlaf.

Entwürfe

Vorbemerkung

Die Darstellung der Traklschen Gedichtentwürfe entspricht derjenigen der historisch-kritischen Ausgabe. Zur Erläuterung der verwendeten Zeichen und Siglen vgl. den Anhang (»Zum kritischen Apparat«, S. 261–264).
Die Entstehungszeiten der Entwürfe und Gedichte Trakls sind vielfach nur annäherungsweise erschließbar. Mit Ausnahme der Datierungen von *Musik im Mirabell* und *Melancholie I* (vgl. dazu Bibliographie, Abschn. II,3: Szklenar, 1969, S. 247 f.) basieren alle im nachfolgenden vorgenommenen Datierungen auf den – in die historisch-kritische Ausgabe eingegangenen – Datierungsbemühungen Jutta Nagels, die in der Sache entsprechend, der Form nach jedoch wesentlich verkürzt wiedergegeben werden. Im Blick auf die Zwecke der vorliegenden Ausgabe konnte auf eine Wiedergabe der minutiösen Handschriftenbeschreibungen der historisch-kritischen Ausgabe verzichtet werden, da von ihnen ein Verständnisgewinn für die Poesie Trakls kaum zu erwarten ist. Die Drucke bzw. Erstdrucke der Gedichte und Fassungen sind ausgewiesen, um die Überlieferung des jeweiligen Textes transparent zu machen.
Die kursiven Seitenzahlen rechts neben den Überschriften und einzelnen Fassungen sind als Orientierungshilfen zu verstehen, die auf den Ort des jeweiligen Gedichts innerhalb der vorliegenden Ausgabe zurückverweisen.

Musik im Mirabell [*12*

Überlieferung:

1. Fassung: Farbiger Herbst *H^1; E^2: Georg Trakl, »Nachlaß und Biographie«, hrsg. von Wolfgang Schneditz, Salzburg [1949], S. 16; $\mathfrak{h}^2$; $\mathfrak{H}^3$.*

2. Fassung: Musik im Mirabell *$\mathfrak{H}^3$; $\mathfrak{H}^4$; E^1: Georg Trakl, »Gedichte«, Leipzig 1913, S. 11.*

Text folgt: *$\mathfrak{h}^2$ (1. Fassung, Sammlung 1909), $\mathfrak{H}^3$ (1. Fassung), E^1 (2. Fassung); in vorliegender Ausgabe S. 125, 171, 12.*

Datierung: *H^1 (Stufe I) datiert vom 2. August 1909, die 2., vermutlich bei der Herstellung der Satzvorlage für die »Gedichte« entstandene Fassung wahrscheinlich von Ende November / Anfang Dezember 1912.*

Varianten:

1. Fassung: Farbiger Herbst [*125. 171*

1 Herbst] Herbst. H^1 $\mathfrak{h}^2$ $\mathfrak{H}^3$

2 Der Brunnen singt, die Wolken stehn H^1 $\mathfrak{h}^2$
Ein Brunnen singt. Die Wolken stehn $\mathfrak{H}^3$

3 Im klaren Blau, die weißen zarten H^1
Im klaren Blau, die weißen, zarten; $\mathfrak{h}^2$
Im klaren Blau die weißen zarten. $\mathfrak{H}^3$

4 Bedächtig, stille Menschen gehn H^1 $\mathfrak{h}^2$
Bedächtig stille Menschen gehn $\mathfrak{H}^3$

5 I/II Da drunten im abenddunklen Garten.
|: abendblauen :|
Ins Blaue träumend durch den Garten.
Nun heimwärts durch den schönen Garten.
bunten
III roten ⟨?⟩
alten H^1
Da drunten im abendblauen Garten. $\mathfrak{h}^2$
Am Abend durch den alten Garten. $\mathfrak{H}^3$

6 Der Ahnen Marmor ist ergraut H^1 $\mathfrak{h}^2$ $\mathfrak{H}^3$

7 Ein Vogelzug streift in die Weiten H^1
Ein Vogelflug streift in die Weiten $\mathfrak{h}^2$
Ein Vogelzug streift in die Weiten. $\mathfrak{H}^3$

8 Ein Faun mit toten Augen schaut, H^1
Ein Faun mit toten Augen schaut $\mathfrak{h}^2$ $\mathfrak{H}^3$

9 I/II Nach Greisen die ins Dunkel gleiten.
Schatten
III Kindern H^1
Nach Schatten, die ins Dunkel gleiten. $\mathfrak{h}^2$ $\mathfrak{H}^3$

10 Das Laub fällt rot vom alten Baum, H^1
Das Laub fällt rot vom alten Baum $\mathfrak{h}^2$ $\mathfrak{H}^3$

11 Und kreist herein durchs offne Fenster, H^1 $\mathfrak{h}^2$
Und kreist herein durchs offene Fenster. $\mathfrak{H}^3$

12 I/II Ein roter Schimmer glüht im Raum,
fahler
dunkler
In dunklen Feuern glüht der Raum
III Ein Feuerschein glüht auf im Raum H^1
In dunklen Feuern glüht der Raum, $\mathfrak{h}^2$
Ein Feuerschein glüht auf im Raum $\mathfrak{H}^3$

13 I/II Darin die Schatten, wie Gespenster.
III Und malet arme Angstgespenster
trübe H^1
Darin die Schatten, wie Gespenster. $\mathfrak{h}^2$
Und malet trübe Angstgespenster. $\mathfrak{H}^3$

14 Opaliger Dunst webt über das Gras, H^1 $\mathfrak{h}^2$
Opaliger Dunst webt über das Gras $\mathfrak{H}^3$

15 I Eine Wolke von welken , gebleichten Düften,
II [ ]
III |: Ein :| Teppich fein ∧ H^1
Eine Wolke von welken, gebleichten Düften, $\mathfrak{h}^2$
Ein Teppich von verwelkten Düften. $\mathfrak{H}^3$

16 Im Brunnen leuchtet wie grünes Glas H^1 $\mathfrak{h}^2$
Im Brunnen schimmert wie grünes Glas $\mathfrak{H}^3$

17 Die Mondessichel in frierenden Lüften. H^1 $\mathfrak{h}^2$ $\mathfrak{H}^3$

2. *Fassung:* Musik im Mirabell [*12*

1–13 *Siehe 1. Fassung!* $\mathfrak{H}^3$

1 im Mirabell] in Mirabell. $\mathfrak{H}^4$

14 Haus.] Haus $\mathfrak{H}^3$

15 Hund] Tier $\mathfrak{H}^3$ Gänge.] Gänge $\mathfrak{H}^3$

16 aus,] aus $\mathfrak{H}^3$ aus. $\mathfrak{H}^4$

Melancholie *I* [23

ÜBERLIEFERUNG:

1. Fassung: Leise H^1; $\mathfrak{H}^2$; E^3: *Walther Killy, »Die Entstehung von Trakls ›Melancholie‹«, in: »Werke und Jahre. 1937–1962«, Salzburg [1962], S. 171.*
2. Fassung: Melancholia *(*$\mathfrak{H}$*)*^{3}; E^2: *Georg Trakl, »Aus goldenem Kelch. Die Jugenddichtungen«, Salzburg/Leipzig 1939, S. 150;* H^4; E^4 *(wie* E^3*), S. 171 f.*
3. Fassung: Melancholie *(*$\mathfrak{H}$*)*^{5}; E^1: *Georg Trakl, »Gedichte«, Leipzig 1913, S. 27.*

TEXT FOLGT: $\mathfrak{H}^2$ *(1. Fassung),* H^4 *(2. Fassung),* E^1 *(3. Fassung).*

DATIERUNG: *Zwischen dem 20. Februar und dem 31. März 1913.*

VARIANTEN:

1. Fassung: Leise [171

Stufe I und II verschieden starker Bleistift, Stufe III Masch., Stufe IV Tinte.

1 *fehlt!* H^1 III/IV Leise. $\mathfrak{H}^2$

2 I/II Ein Stoppelfeld. Ein schwarzer Wind gewittert
Im H^1

3 Violenfarben,] I/II Violenfarben H^1

6 Sonnenblumen] I/II Sonnenblumen, H^1 verwittert,] I/II verwittert. H^1

7 I Des Abends Schminken und Cyanenfarben.
schminkt sich mit
II Gelöst von Schminken und Cyanenfarben.
Ein Streif ⟨?⟩
Im Abend ∧ H^1

8 wunderlicher] III Wunderlicher
IV |: wunderlicher :| *Schreibfehlerkorrektur!* $\mathfrak{H}^2$

9 I Gestalten die in kalten Monden starben .
∧
II *Die Liebenden kühlem Stein
* Wang' an Wange
Die Astern die an deinen Lippen
Reseden H^1
III Die Georginen, die am Fenster darben
IV Reseden, die an deinem Mund verstarben
in schwarzem Flor $\mathfrak{H}^2$

10 I Und ihre Stirnen kahl und starr vergittert
starr
[ ] irr ⟨?⟩
II unsre von Geäst |: umgittert :| H^1
III Und unsere Stirnen feucht und schwarz vergittert
IV schattenhaft $\mathfrak{H}^2$

11 I Versinken lautlos in Cyanenfarben
wieder
leise
II nachts in Hyazintenfarben H^1
III Versinken nachts in Hyazinthenfarben
IV leise |: Cyanenfarben :| $\mathfrak{H}^2$

12 verwittert] I/II verwittert [.] H^1

13 II Sonatenklänge, die im Ohr erstarben. H^1

13 braunen] III a/b [braunen]
IV (braunen) $\mathfrak{H}^2$

2. Fassung: Melancholia [*172*

$(\mathfrak{H})^3$ weist noch die umgekehrte Reihenfolge der beiden Strophen auf.

1/1 Melancholia. *$(\mathfrak{H})^3$ H^4*

2/9 Schatten.] Schatten – *$(\mathfrak{H})^3$* Augen] Augen, *$(\mathfrak{H})^3$*

5/12 Garten] Garten, *$(\mathfrak{H})^3$*

7/14 Purpurbrüsten] roten Brüsten *$(\mathfrak{H})^3$*

8/15 Verfallne] Kindliche *$(\mathfrak{H})^3$* braunen] schwarzen *$(\mathfrak{H})^3$* sch⟨warzen⟩
braunen *H^4*

9/16 Löst sich ein goldner Teppich im Entgleiten. *$(\mathfrak{H})^3$*

12/4 umwittert.] umwittert; *$(\mathfrak{H})^3$*

14/6 verwittert;] verwittert. *$(\mathfrak{H})^3$*

16/8 Zimmern,] Zimmern *$(\mathfrak{H})^3$*

3. Fassung: Melancholie [*23*

1 Melancholie. *$(\mathfrak{H})^5$*

Ruh und Schweigen *[73*

Überlieferung: *H[1]; 𝔍[2]; E[1]: »Der Brenner« 4 (1913/14) H. 2, 15. Oktober 1913, S. 66; E[2]: Georg Trakl, »Sebastian im Traum«, Leipzig 1915 [1914], S. 41.*

Text folgt: *E[2].*

Datierung: *Frühjahr oder Sommer 1913.*

Varianten:

(I)

1 Die rote Sonne ruht im toten Wald –
* gelbe schwarzen

2 Sanfte Stille und Maß des herbstlichen Hügels

3 I a Wo sehr leise der Schritt verfällt .
Ib–III* ein |: , :| mit kalten Augen

4 I b Ein schmales Tier erscheint. In uralter Bläue
II–III* ∧ hinsinkt

5 I b Wohnt schreitend die Gestalt , ehmals in dunklen Wassern ,
II |: Wohnen :| die strahlenden Augen *[ ]*
III Erscheint [ein Strahlendes, das] |: gewohnt :

Einweisungszeichen hinter Erscheint *und am rechten Rand, aber ohne Ersatz für den gestrichenen Text.*

6 I b Weiße Wange an purpurne Fische gelehnt.
II * Bleiche Schlangen
III *Die flackernde Sterne gelehnt

7 I b Ach die Arme schwanken tönend im Abendwind
II Schmächtig rauschen in dämmernder Höhle
III Geheimnis der Priester,
Blut das auf verfallene Stufen tropft

8 I b / II Gespielte Flöten im Roh⟨r⟩
dürren Rohr.
III Neigte sich das gelbe Haupt im dämmernden ⟨?⟩ *[*Schlaf*]*,
*Leise |: Neigt :| Schoß ⟨?⟩
* Schwermut
* Schwermut

9.10

A: 9 Ein schwarzer Vogel sinkt vom härenen Himmel
singender
Vögel sinken
Ein Vogel |: am :|
×
hängt
Ein Kranichzug
Schwarze Vögel kreisen am Himmel

10 Und wächsern tauchen die Finger ins Heilige blauer Blumen
∧ |: Wächsern :|
Die blinden ⟨?⟩ Augen im Heiligtum
Sinkt der Träumer ins Heilige blauer Blumen

B: 9 Doch immer rührt der schwarze Flug der Vögel

10 Den Träumer, das Heilige blauer Blumen,

11 [Denkt die] nahe Stille Vergessenes, erloschene Engel.
|: Nahe :|
(Denkt die)

12 Schwarz und steinern dämmert der alte Platz,
nachtet

13 Gestalt der Kühle, die aus gewaltigen Quadern tritt

14 *Ein roter Baum ein Tier aus seiner Verwesung;
* das
* strahlender Jüngling der Tote
* die Schwester ihrer

15 Erglänzt des Menschen Stirne, blaues Kristall.
Einsamen *H*[1]

(II) *Text mit folgenden Varianten:*

1 Schweigen] Schweigen.

10 Vergessenes,] erloschenes ,
Vergessenes

11 Gestein;] Gestein ,
|: ; :|

12 Jüngling] Jüngling [; ⟨?⟩]

13 Erscheint die] Die 𝔥[2]

Geistliche Dämmerung [*77*

Überlieferung:

1. Fassung: Am Hügel *H; E²: HKA I, S. 390.*
2. Fassung: Geistliche Dämmerung *E¹: Georg Trakl, »Sebastian im Traum«, Leipzig 1915 [1914], S. 47.*

Text folgt: *H (1. Fassung) und E¹ (2. Fassung).*

Datierung: *1. Fassung vermutlich Herbst 1913; 2. Fassung jedenfalls vor dem 6. März 1914.*

Varianten:

1. Fassung: Am Hügel [*173*

1 Am [Afra-] Hügel

2–13

(I)

1 Wenn der Südwind leise aṃ herbstlicheṇ Hügel weht
abends

2 Flieht erschrocken das Wild.

3 Dunkler
Die Klage der Amsel verstummt iṃ dunkleṇ Wald

3 a Wo bist du, Strahlendes .
∧ |: liebliche :| Myrthe
[Und es verfällt die Hütte von Laub.]

4 Schwärzlich tastet der Schritt an einsamer Mauer

4 a [Und ⟨?⟩ stiller neigt mit roten Früchten]

4 b Über das träumende Haupt sich der Hollunder
[versteinerte]

4 c Wo bist du liebliche Myrthe .
vor Zeiten Afra aus der Abendsonne trat,
[sinkenden |: Sonne :|]

5

A: 5 Immer rauscht am Saum des Waldes der bläuliche Quell
purpurne

5 a I Sinkt in dunkles Gestein
|: dunklen :| Grund
II Iṃ hyazintheneṇ
kühlen ⟨?⟩ Nachtwind ;
III *Der mondene |: , :|

5 b I/II Der nächtige Pfad; Afras Antlitz
III ∧ ∧ ∧∧ ∧ ∧

5 c I/II Rührst du mit silbernem Mund
III *|: Rührt :| der ∧ |: silberne :| Laub und Gestein

5 d III Von Afras Blut raucht der rote
kalte Mond ,
|: . :|

5 e Messer schwärzlich die tönende Brust durchbohrt

5 f Purpurn fallen die Früchte aus wildem Gezweig,
vom
|: von :| dem
(aus)

5 g Stürzt in schwarzen Schauern ein Menschliches hin

5 h. 5 i *unlesbar verwischt!*

Die Zeilen 5 und 5 a sind nicht gestrichen!

B: 5 I Mit dornigen Fingern des Bleichen Brust [zerriß; ⟨?⟩]
II [zerriß] *[,]*
III zerriß,

5 a I Schwärzlicher Nachtwind
II Daß er stürbe.
III [Dieses singt der mondene Nachtwind]

5 b Am Hügel,
[steinigen]

5 c [Am Saum des Waldes der hyazinthene Quell.]

Ansatz (I) ist nicht gestrichen!

(II)

2. 3

A: 2 I Silbern irren die Schritte
II auf nächtlichem Pfad
3 I/II Moosige Stufen hinab,

B: 2 Rosig wandert am Saum des Waldes
*Still verblutet
* vergeht

3 Das blaue Wild .
Ein blaues⟨?⟩ ∧ ∧
dunkles Wild

4 Am Abend erhebt sich ein heiterer Wind am Hügel.
eisiger
leiser
Hügel endet ∧ ∧ leise der Abendwind,
leise

5 I Die Klage der Amsel [verstummt] iṃ dunkleṇ Wald
II * Verstummt leereṇ
III a *U ⟨?⟩ ∧ ∧ ∧ ∧
III b *∧
IV * (verstummt)
V *balde (Verstummt) ∧

6 III b Verstummt in der
IV/V Und die silbernen Flöten des Herbstes
∧

7 IV/V Schweigen im Rohr.
* herbstlichen Rohr.
* lange im ∧
* ∧

8–10

A: 8 Auf mondenem Kahn
schwarzem

9 Befährt sie den nächtlichen Weiher,
|: Befährst :| |: du :|

10 Den Sternenhimmel,

B: 8 Trunken voṇ purpurneṃ Wein

9 Schöner Knabe

10 Und es sinken von × Träumen die Lider
blauen ⟨?⟩

Es ist nicht ausgeschlossen, daß B nicht A ersetzt, sondern daß A und B einen zusammenhängenden Ansatz darstellen, da nach Zeile A: 10 ein Strophenkreuzchen steht.

C: 8 I Mit silberner Hecke
II Reif ⟨?⟩
Dornen

9 I Umdornt uns der Frost,
II Schlägt

10 Träumender Knabe, *Rest der Zeile unlesbar verwischt!*
Singender
Sterbende ⟨?⟩ wir ⟨?⟩ über Gräber geneigt

11–13

A: 11 Versunken in den dunklen Anblick
schaurigen

12 Des Vergänglichen;

13 Darin wohnt Gottes sanfte Liebe.

B: 11 Ruhig löst sich blaues Gewölk;
Oben

12 Aus schwarzem Verfall

13 Treten Gottes strahlende Engel *H*

Der Schlaf [*104*

Überlieferung:

1. Fassung: ⟨Der Schlaf⟩ *H 1; E 2: HKA I, S. 412.*
2. Fassung: Der Schlaf *H 2; E 1: »Der Brenner« 4 (1913/14) H. 19, 1. Juli 1914, S. 851.*

Text folgt: *H 1 (1. Fassung) und E 1 (2. Fassung).*

Datierung: *Vermutlich Frühsommer 1914.*

Varianten:

1. Fassung [*173*

1		Verflucht ihr dunklen Gifte Getrost
2		Weißen Schlaf erzeugend |: erzeugend Weißen Schlaf :|
3		Einen Kindergarten höchst seltsamen Garten
4		Wo hohe Bäume Dämmernder
5		Erfüllt von Schlangen, nacht |: Nachtfaltern :|,
6		Fledermäusen;
7		Schwester dein jammervoller Schatten Fremdling
8		Schwankt, schon hinsterbend verstorben vergeßne Trübsal ewige schweigende bittere
9		Im Abendrot!
*10	I a	Und die blauen Flüsse Lachen
	I b	Nacht |: der :| Ströme
	II	Schwarze ∧ Lachen
	III a	Kröten
	III b	Uralte Mo ∧
	IV	Uralt einsame Wasser

*11 I a Versinken im Sand.
II Moor .
III a uralten Moorwassern
IV |: Versanken :| ∧ ∧ |: Sand :|.

12 Die Abendau *[,]* braune Hirsche am Strand .
* ∧ ∧ Brünstige Nachtsaum ∧
* *[*(braune)*]* lagen
* Weiße weiden
* ∧

13 Sterne vielleicht ⟨*?*⟩!

14 Gehüllt in duftige Schleier
schwärzliche
∧ |: Spinnen Schleier :|

15 Schimmert ein Totes *[.]*
toter Auswurf.

16 Ohnmächtiger Schmerz *[!]*
Eisernes Anschaun.

17. 18

A: 17 I Wie einsam der Pfad ins Dorf,
II * blaue ∧ ∧

18 I [Das Seufzen verkrüppelter Bäumchen]
II Ins Dorf

18 a Im Nachtwind.

B: 17 Dornen umschweben

18 Den blauen Pfad ins Dorf ;
|: , :|

19 Ein purpurnes Lachen

20 Den Lauscher in leerer Schenke.

21 Über die Diele

22 I Tanzt mondesweiß das trunkne Herz .
|: , :|
II ∧ ∧ ∧ ∧

22 a II [|: das trunkene Herz, :|]
[immer]

Es ist nicht sicher, wann die Zeile 22 I in die Zeilen 22 II und 22 a II geteilt worden ist.

23 *Strophenkreuzchen nach Zeile 22 I, durch Zeile 23 aufgehoben.*

Sinkt hin, stumm, reglos!
Sinken die kalten Lider
Frieren dunklen
finstern .
Des Bösen gewaltiger Schatten. *H*[1]

2. Fassung: Der Schlaf [*104*

1 *fehlt!*

6 Nachtfaltern,] Nachtfaltern

8 verlorner] jammervoller

8 a Schwankt, salzige Trübsal,

11 Im Sturm.

13 Über zusammen
stürzenden Städten

Zeile 13 kann auch auf folgende Weise entstanden sein:

Über zusammenstürzenden Städten
|: stürzenden :| *H*[2]

Gestalt die lange in Kühle finstern Steins gewohnt … [*144*

ÜBERLIEFERUNG: *H^1; H^2; E: HKA I, S. 304.*

TEXT FOLGT: *H^2.*

DATIERUNG: *H^1 im Januar oder Februar 1913; H^2 jedenfalls nach dem 26. März 1913.*

VARIANTEN:

(I)

1 Gestalt , die lange in Stille blauer Wasser gewohnt
*Narziß |: der :| in |: blauen :| Höhlen
*(Gestalt) *[*(Wasser)*]*
* Kühle Gewölbes

2 Ein Bleiches
Tönt mit weißen Armen durch die Nacht
bleichen

2 a Rund drehen ⟨?⟩
[Rote Sternenzeichen.]

*3 Getüncht und leer fanden die Weiber ein Grab.
∧ das Grab
jene ein Grab.
Die stille ruhen ⟨?⟩ auf dem verstorbenen Leib.
[sich erheben von]
Und
Und runden Augen die
∧ |: Eulen Augen :| ! Tönendes Gold.
runden

4 Getüncht und leer finden jene das Grab
* dann den Raum

5. 6

A: 5 Im ⟨?⟩
Und rote Sterne
Ein goldner Helm
[(Und rote Sterne)*]*

6 [An den traurigen Mauern , der Armut]
|: des :| Aussatz⟨es⟩
der *[*(Armut)*]*
[(des Aussatz⟨es⟩)*]*

B: *5 Ihm, da ⟨?⟩ er ⟨?⟩ den goldẹnen Helm des Sängers sah ⟨?⟩
∧ ⟨?⟩ trug ⟨?⟩
entsank
einen in der Nacht trägt
tönend
leidend
glühend
stille
∧

C: 5 Tönend sank der goldẹne Helm vom Haupt.
Süßer |: Tönt :| ∧ |: am :|

6 Des sanften Sängers
süßen

Zeile C: 5. 6 sind offenbar nicht vollständig überarbeitet worden.

*7 Feurigem Fall sinnt Liebendes nach .
Auch |: Liebender :| |: , :|
|: Und :|
Einem goldẹnen Helm ein Herbsttag
dem |: nachsinnt :|

8 Gewaltig [ist die] Nacht. In Kühle eines Baums
*|: Gewaltige :|
*|: Gewaltig :| die Bläue

9 Träumend
Ohne Schmerz atmet das Vollkommene.
Und
Doch
Und

10 I Er aber hört dreimal den Schrei
purpurnen Schrei
* einen
II *∧ ∧ ∧ tönt der Ruf
Schrei

11 I Im Hof vor seinem Untergang .
* |: , :|
II *∧ ∧ jedes

12 I Sanfter gehüllt in seinen blauen Mantel;
II Und sanfter umspült ⟨umspielt?⟩ die Nacht den
kühler *H1*

(II) *Text mit folgenden Abweichungen:*

1 finstern Steins] blauen Gewölbes
finstern Steins

2 Tönt mit bleichen Armen durch die Nacht
Öffnet tönend den bleichen Mund

3 Runde] [Und] runden
|: Runde :|

5 im morschen] iṃ morscheṇ

6 Finsternis] Finsterniß

7 Seinen goldenen Helm in ⟨?⟩ Augen eines Wolfs
Lange singt ein Vogel im Wald deinen Untergang
|: am :| |: Waldsaum :|

8 braunen] braunen
braunen

9 Erscheint] erscheint der Eule] der Hirschkuh
|: des :| ×
|: der :| Eule

– im morschen] iṃ morscheṇ

12 im spitzen] iṃ spitzeṇ

15 Spiegel] Spiegel ⟨?⟩ H^2

O die entlaubten Buchen und der schwärzliche Schnee . . . [*154*

Überlieferung: *H; E: HKA I, S. 323.*

Text folgt: *H.*

Datierung: *Ende 1913?*

Varianten:

1		O die entlaubten Birk⟨en⟩
		Buchen und der schwärzliche Schnee.
2		Leise der Föhn weht. Hier den braunen Pfad
		Nord
3	I	Ist vor Tagen ein Dunkles gegangen ;
	I/II	Monden *[ ]*
3 a	I	aber in Hütten von Stroh erwarten die Hirten Weihnacht ,
	I/II	[|: . :|]
4	I	Oder es ist süßer Gesang . Immer fallen die Flocken
	II	*Trunken von Herbst ∧ *[ ]* .
		Leise im Herbst.
		×
		Allein ⟨?⟩
5	I/II	In das kahle Geäst
6	I	Und die Schritte schwanken schon in langer Nacht ,
		|: . :|
	II	Ins dürre Rohr . O wie lang ist die Nacht ∧
		|: ; :| und die schwärzliche
		heilige Weihnacht
		|: Nacht :|
		grünes Kristall singt im Weiher
6 a	I	Wenn ein schöner Stern erglänzt.
	I/II	[|: Wo :|]
7	II	Aber in die Hütte von Stroh
		* Leer
		* Stille , schläft friedlich die Kuh
		* Leer |: : :| Aber ein Kindliches
		* |: ; :| [und]

8 II Sorgt der Mensch dunkleres Leben.
Sind die kahlen Birken im Nachtwind .
* wehenden |: Nordwind :|
(Nachtwind)

9 II Glänzt ein rosiger Stern,
|: Er Glänzt :|
Ist der schweigende Geist.
O der Weg der leise ins Dunkel friert.

10 II Dem vorzeiten ein
|: des :| Menschen Schicksal gefolgt.
[Es ist Nacht; es fällt Schnee]
Unter
Frost , Rauch , und das Wohnen in rosigen Schauern .
* ∧ ∧ ∧ ∧ ∧ |: Nacht :|
* Schnee *H*

An Novalis [*155*

Überlieferung:

1. Fassung: An Novalis *H^1; E^2: HKA I, S. 324.*
2. Fassung (a): ⟨An Novalis⟩ *H^{2a}; E^1: Georg Trakl, »Aus goldenem Kelch. Die Jugenddichtungen«, Salzburg/Leipzig 1939, S. 153, u. d. T.* An Novalis.
2. Fassung (b): An Novalis *H^{2b}; E^3: HKA I, S. 326.*

Text folgt: *H^1 (1. Fassung), H^{2a} (2. Fassung a), H^{2b} (2. Fassung b).*

Datierung: *Herbst 1913, vielleicht erst 1914.*

Varianten:

1. Fassung: An Novalis [*155*

1 Grabstein
[Auf einem]
|: Grabsteinschrift :|
Im Traum
An Novalis.

2 Ruhend unter herbstlichen Bäumen, wer bist du Fremdling *[?]*
* in kristallner Erde trauriger
* einsa⟨mer?⟩
* stiller
* heiliger

Die Folge der Varianten einsa⟨mer?⟩ *und* stiller *ist nicht sicher.*

3 Aṃ dunkleṇ Munde erfror ihm ×
|: die :| Klage,
Voṃ nahm ein Gott

4 Da er in seiner Blüte hinsank

5 Ein silbernes Saitenspiel
* ∧ Friedlich
* erstarb ihm das Saitenspiel

6 I In der Brust, da es Abend ward
II–IV ∧ ∧ ∧ ∧

7–9

A: 7 = 6ᵃ II Da am Abend heiter der Frühling kam
III es Frühling war ∧ ∧

8 I Und mit zögernder Hand ergriff er den dunklen Stab
II/III

8a I Ein strahlender Engel
II Allzu rauh und finster war ihm die
|: das :| Wohnen des ⟨der?⟩ Menschen.
II/III [die Wohnung]

8b I Und verließ die
|: das :| nächtige Haus .
II/III ∧ ∧ ∧ ∧ ∧ ∧

Zeile 7 ist vielleicht als versehentlich nicht gestrichen anzusehen.

B: 7 IV Und es streute der Frühling alle seine
* rosige B
seine Palmen ⟨?⟩ vor ihn,

8 IV Da er mit zögernden Schritten

9 IV Schweigend das nächtige Haus verließ. *H*[1]

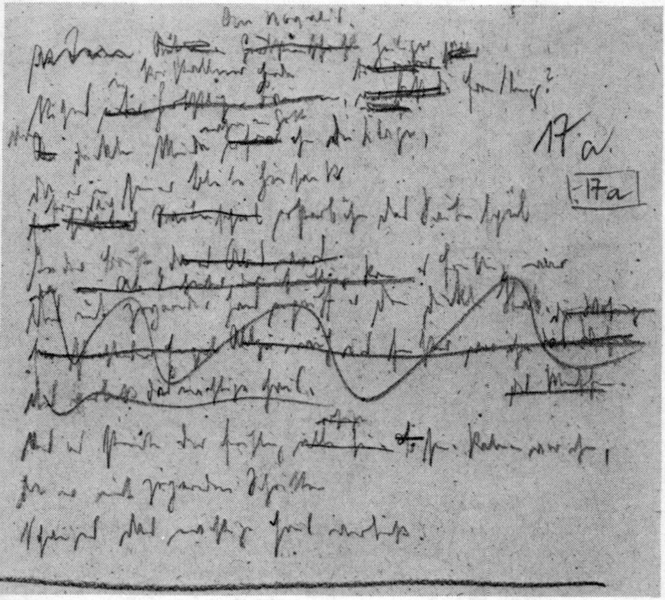

2. Fassung (a) [*155*

5 Fortlebt] Klingt
Ist
Fortlebt

Die 2. Fassung (a) ist kreuzweis gestrichen! H^{2a}

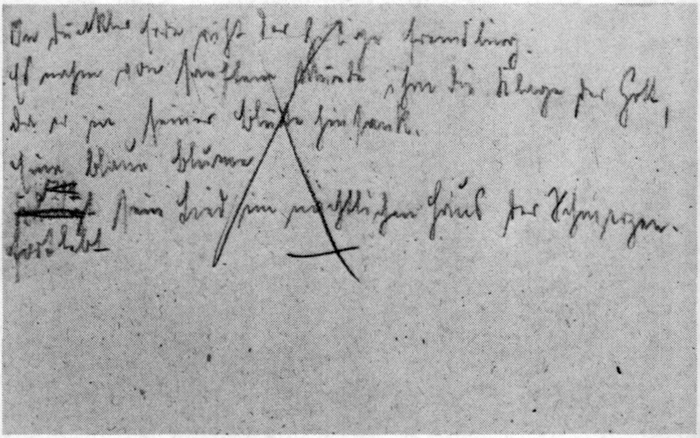

Handschrift der drei Fassungen von An Novalis *aus der Sammlung Maria Geipel-Trakl, Museum Carolino Augusteum, Salzburg; Einzelblatt, Bleistift, numeriert 17a (recto), 17b (verso). Auf der S. 207 wiedergegebenen Vorderseite über einem Querstrich die 1. Fassung*

2. Fassung (b): An Novalis [*155*

1 *Vermutlich nachgetragen!*

4 Wuchs ihm der feurige Geist,
* dem Jüngling göttliche

5 Im Saitenspiel
Trunkẹnes
Das |: Trunkẹne :|

6 Sanft hinsterbend in strahlender Blüte.
*Und verstummte nächtlicher
* /(strahlender)/
* rosiger *H*[2b]

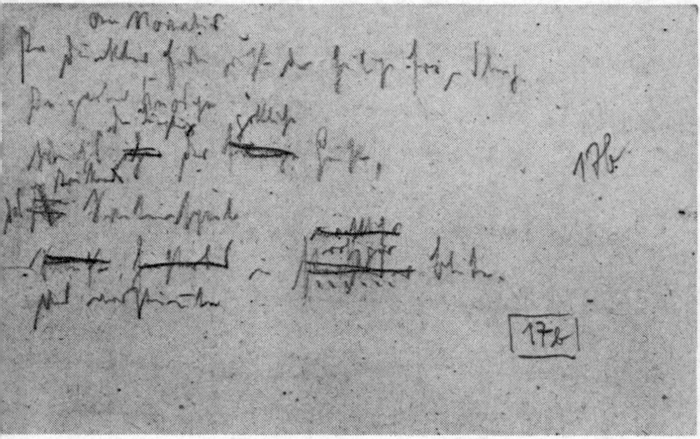

(H[1]*); unter dem Querstrich kopfstehend und kreuzweise durchgestrichen die 2. Fassung (a) – H*[2a]*, siehe Abb. S. 208; auf der Rückseite die 2. Fassung (b) – H*[2b]*, siehe Abb. oben. – Mit freundlicher Genehmigung des Salzburger Museums C. A., Salzburg.*

Briefe

Vorbemerkung

Entsprechend dem Verfahren der historisch-kritischen Ausgabe wird, soweit möglich, bei den Briefen der Aufenthaltsort des Empfängers angegeben. Bei fehlender Überlieferung wird ein mit großer Wahrscheinlichkeit zu erschließender Aufenthaltsort in spitzen Klammern ergänzt; handelt es sich um eine Vermutung, wird dies durch ein Fragezeichen deutlich gemacht.
Bei Briefen, die nur mittels des Poststempels zu datieren sind, ist folgendes zu beachten: Ein geradestehend gesetztes Datum in eckigen Klammern – z. B.: [Wien, 5. X. 1908] – entspricht einem Poststempel. Eine im Poststempel nicht lesbare oder nicht erhaltene Angabe, die auch nicht mit Sicherheit erschließbar ist, wird in kleinerem Schriftgrad und kursiv ergänzt, z. B.: [Innsbruck, *vor dem 21.* IV. 1912]. Ein gänzlich erschlossenes Datum erscheint ebenfalls in kleinerem Schriftgrad und kursiv.

An Hermine von Rauterberg

[Wien, 5. X. 1908]

Liebe Minna!

Mögest Du ein gütiges Verzeihen dafür gewähren, daß ich es versäumt habe, bis heute an Dich zu schreiben. In der Lage der veränderten Verhältnisse, in der ich mich befinde, mag es wohl leicht geschehen, daß man für kurze Zeit die wenigen Dinge und Menschen, die einem besonders angelegen und wert sind, vernachlässigt, um sonach nur lebhafter ihrer zu gedenken, wenn man wieder zu sich gebracht ist.

Was mir in diesen Tagen geschah, das zu beobachten hat mich genugsam interessiert, denn es schien mir nicht gewöhnlich und trotzdem wieder nicht so außergewöhnlich, wenn ich all meine Veranlagungen in Betracht nehme. Als ich hier ankam, war es mir, als sähe ich zum ersten Male das Leben so klar wie es ist, ohne alle persönliche Deutung, nackt, voraussetzungslos, als vernähme ich alle jene Stimmen, die die Wirklichkeit spricht, die grausamen, peinlich vernehmbar. Und einen Augenblick spürte ich etwas von dem Druck, der auf den Menschen für gewöhnlich lastet, und das Treibende des Schicksals.

Ich glaube, es müßte furchtbar sein, immer so zu leben, im Vollgefühl all der animalischen Triebe, die das Leben durch die Zeiten wälzen. Ich habe die fürchterlichsten Möglichkeiten in mir gefühlt, gerochen, getastet und im Blute die Dämonen heulen hören, die tausend Teufel mit ihren Stacheln, die das Fleisch wahnsinnig machen. Welch entsetzlicher Alp!

Vorbei! Heute ist diese Vision der Wirklichkeit wieder in Nichts versunken, ferne sind mir die Dinge, ferner noch ihre Stimme und ich lausche, ganz beseeltes Ohr, wieder auf die Melodien, die in mir sind, und mein beschwingtes Auge träumt wieder seine Bilder, die schöner sind als alle Wirklichkeit! Ich bin bei mir, bin meine Welt! Meine ganze, schöne Welt, voll unendlichen Wohllauts.

Und also bist auch Du mir wieder nahe und kommst zu mir, daß ich Dich recht ernst und aus tiefstem Herzensgrund grüße und Dir sage, daß, Dich glücklich zu sehen, mein bester Wunsch ist.

Ganz Dein Georg.

An Maria Geipel ⟨in Salzburg⟩

Wien, Ende Oktober 1908

Liebes Schwesterlein!

Daß mein Brief so bald eine Erwiederung fand, ist mir zwiefache Freude gewesen. Eine jede Zeile, jedes Blatt, das von Salzburg kommt, ist eine meinem Herzen teuere Erinnerung an eine Stadt, die ich über alles liebe, eine Erinnerung an die wenigen, denen meine Liebe gehört.

Ich denke, der Kapuzinerberg ist schon im flammenden Rot des Herbstes aufgegangen, und der Gaisberg hat sich in ein sanft' Gewand gekleidet, das zu seinen so sanften Linien am besten steht. Das Glockenspiel spielt die »letzte Rose« in den ernsten freundlichen Abend hinein, so süß-bewegt, daß der Himmel sich ins Unendliche wölbt! Und der Brunnen singt so melodisch hin über den Residenzplatz, und der Dom wirft majestätische Schatten. Und die Stille steigt und geht über Plätze und Straßen. Könnt' ich doch inmitten all' dieser Herrlichkeit bei euch weilen, mir wäre besser. Ich weiß nicht ob jemand den Zauber dieser Stadt so wie ich empfinden kann, ein Zauber, der einem das Herz traurig von übergroßem Glücke macht! Ich bin immer traurig, wenn ich glücklich bin! Ist das nicht merkwürdig!

Die Wiener gefallen mir gar nicht. Es ist ein Volk, das eine Unsumme, dummer, alberner, und auch gemeiner Eigenschaften hinter einer unangenehmen Bonhomie verbirgt. Mir ist nichts widerlicher, als ein forciertes Betonen der Gemütlichkeit! Auf der Elektrischen biedert sich einem der

Kondukteur an, im Gasthaus ebenso der Kellner u.s.w. Man wird allerorten in der schamlosesten Weise angestrudelt. Und der Endzweck all' dieser Attentate ist – das Trinkgeld! Die Erfahrung mußte ich schon machen, daß in Wien alles seine Trinkgeldtaxe hat. Der Teufel hole diese unverschämten Wanzen!
Daß Streicher bald nach Wien kommt, freut mich sehr! Hoffentlich hat er in München seine Zwecke erreicht! Daß Ihr durch Produkte Euerer Kochkunst meinen Gaumen sehr erfreuen würdet, brauche ich wohl nicht lange zu betonen! Schickt nur Manna! Es wünscht Dir und Minna ganz besonders gesegnete Reise

Euer
ganz getreuer
Georg.

An Erhard Buschbeck ⟨in Salzburg⟩

Wien, Mai / Anfang Juni 1909

Lieber Buschbeck!
Bin mit Deinem Vorschlag einverstanden.
Bei dieser Gelegenheit schicke ich Dir ein kleines Gedicht! Mit der Bitte: (sie ist beinahe lächerlich. Doch was tut's) Habe die Güte es an irgend eine Zeitung zu schicken – da ich selbst mich ja doch nie dazu aufraffen werde. Marke lege ich bei!
Lasse alles an Dich adressieren – gib es womöglich unter einem anderen als meinen Namen heraus! Vor allem lasse diese Angelegenheit auf Dich beschränkt.

Herzlichst
Dein
Georg Trakl.

An Erhard Buschbeck ⟨in Salzburg⟩

Wien. 11. VI. 09.

Lieber Freund!

Für Deine Nachrichten besten Dank. Ich wünschte sehr, daß Deine liebenswürdigen Bemühungen Erfolg hätten und sage Dir im Voraus allen Dank. Was Deinen Vorschlag angeht, so scheint mir derselbe ausgezeichnet, und ich werde sicherlich nicht versäumen, ihm demnächst Folge zu geben.

Du kannst Dir nicht leicht vorstellen, welch eine Entzükkung einen dahinrafft, wenn alles, was sich einem jahrlang zugedrängt hat, und was qualvoll nach einer Erlösung verlangte, so plötzlich und einem unerwartet ans Licht stürmt, freigeworden, freimachend. Ich habe gesegnete Tage hinter mir – o hätte ich noch reichere vor mir, und kein Ende, um alles hinzugeben, wiederzugeben, was ich empfangen habe – und es wiederempfangen, wie es jeder Nächste aufnimmt, der es vermag.

Es wäre doch ein Leben!

Nochmals Dir, Lieber, meinen besten Dank und auf Wiedersehen

Dein
Georg Trakl

An Erhard Buschbeck ⟨in Wien⟩

Salzburg, Oktober (?) 1909

Lieber Freund!

Ich danke Dir herzlichst für die liebenswürdige Verwendung bei H. Bahr, die für mich unter allen Umständen ein bedeutsames Ereignis vorstellen wird, da sie meine Gedichte zum erstenmal einem bedeutsamen Kritiker zukommen läßt, dessen Urteil mir in jedem Fall von großem Wert erscheint, wie

auch sein Urteil ausfallen möge. Alles, was ich von ihm erhoffe ist, daß seine geklärte und selbstsichere Art, meine ununterbrochen schwankende und an allem verzweifelnde Natur um etliches festigt und klärt. Und was auch könnte ich mehr erwarten, als dies! Ist es doch das Hauptsächlichste, was ich je erhofft habe.
Was die Wohnung anlangt, die Minnich für mich aufgenommen hat, so ist sie mir sehr gelegen und ich lasse ihm für seine Bemühungen sowie für die Odysseusrapsodie bestens Dank sagen.
Komme bestimmt am Montag um 12^h 55 in Wien an.
Herzliche Grüße und auf Wiedersehen

Dein
Georg Trakl

An Erhard Buschbeck ⟨in Salzburg⟩

Wien, etwa 9. – 15. VII. 1910

Lieber Freund!

Ich danke Dir für Deinen Brief. Was meine Gedichte anlangt, die Du an den Merker geschickt hast, so interessiert es mich nicht mehr, was mit ihnen geschehen wird. Das zu sagen ist wohl nicht recht, da ja Du Dich für mich bemüht hast. Aber meine Laune steht derzeit wahrlich nach anderem. Nicht nach meinen komunen Sorgen, natürlich. (Des übrigen habe ich bereits zwei Examina gemacht – da Du danach frägst.) Nein, meine Angelegenheiten interessieren mich nicht mehr.
Ich bin ganz allein in Wien. Vertrage es auch! Bis auf einen kleinen Brief, den ich vor kurzem bekommen, und eine große Angst und beispiellose Entäußerung!
Ich möchte mich gerne ganz einhüllen und anderswohin unsichtbar werden. Und es bleibt immer bei den Worten,

oder besser gesagt bei der fürchterlichen Ohnmacht! Soll ich Dir weiter in diesem Stil schreiben. Welch ein Unsinn!
Grüße Minnich recht sehr. Mein Gott ich wäre so froh, wenn er jetzt nur einen Abend hier wäre.
Deine Angelegenheit wird ein Pedell ordnen, da ich mich dazu als vollständig unbrauchbar erwiesen habe.
Wahrscheinlich werde ich am 25 oder 26. d. M. nach Hause kommen. Ich freue mich gar nicht darauf.
Alles ist so ganz anders geworden. Man schaut und schaut – und die geringsten Dinge sind ohne Ende. Und man wird immer ärmer, je reicher man wird.
Grüße Minnich! Auf Wiedersehn

Dein
Georg Trakl

An Erhard Buschbeck ⟨in Salzburg⟩

Wien, zweite Hälfte Juli 1910

Lieber Buschbek!

Du würdest mir aus einer unsäglich peinlichen Verlegenheit helfen, wenn Du mir dieser Tage den Betrag von 30 K vorstrecken möchtest, da ich mich aus guten Gründen nicht an meinen Bruder wenden will. Ich kann Dir allerdings dieses Geld erst am 1. Oktober zurückerstatten. Hoffentlich kannst Du es bis dorthin entbehren. Du würdest mir wahrhaftig einen großen Gefallen erweisen.
Ich muß Dir auch über ein Vorkommnis berichten, das mich mehr als peinlich berührt hat.
Gestern hat mir Herr Ullmann ein Gedicht vorgelesen, vorher des längeren ausgeführt, daß seine Sachen den meinigen verwandt wären, etc, und siehe da, was zum Vorschein kam hatte mehr als Verwandschaft mit einem meiner Gedichte »Der Gewitterabend«. Nicht nur, daß einzelne Bilder

und Redewendungen beinahe wörtlich übernommen wurden (der Staub, der in den Gossen tanzt, Wolken ein Zug von wilden Rossen, Klirrend stößt der Wind in Scheiben, Glitzernd braust mit einemmale, etc. etc.) sind auch die Reime einzelner Strophen und ihre Wertigkeit den meinigen vollkommen gleich, vollkommen gleich meine bildhafte Manier, die in vier Strophenzeilen vier einzelne Bildteile zu einem einzigen Eindruck zusammenschmiedet⟨,⟩ mit einem Wort bis ins kleinste Detail ist das Gewand, die heiß errungene Manier meiner Arbeiten nachgebildet worden. Wenn auch diesem »verwandten« Gedicht das lebendige Fieber fehlt, das sich eben gerade diese Form schaffen mußte, und das ganze mir als ein Machwerk ohne Seele erscheint, so kann es mir doch als gänzlich Unbekanntem und Ungehörtem nicht gleichgiltig sein, vielleicht demnächst irgendwo das Zerrbild meines eigenen Antlitzes als Maske vor eines Fremden Gesicht auftauchen zu sehn –! Wahrhaftig mich ekelt der Gedanke, bereits vor Eintritt in diese papierene Welt, von einem Beflissenen journalistisch ausgebeutet zu werden, mich ekelt diese Gosse voll Verlogenheit und Gemeinheit und mir bleibt nichts übrig, als Tür und Haus zu sperren vor allem Nebelgezücht. Im übrigen will ich schweigen.
Alles Gute von Deinem

G. Trakl

Um jedem Irrtum vorzubeugen: Dieser Brief ist a l l e i n f ü r D i c h bestimmt! Ich mußte mir Luft machen.

p. s. Ich bitte Dich von Herrn Ullmann unter irgend einem Vorwand die Abschriften die er von meinen Gedichten besitzt, zurückzufordern, und in D e i n e Verwahrung zu nehmen.

An Erhard Buschbeck ⟨in Salzburg⟩

Wien, zweite Hälfte Juli 1910

Lieber Buschbek!

Es ist mir zwar sehr ungelegen, daß Du nicht in der Lage bist mir auszuhelfen, aber ich bin wahrhaftig nicht böse darüber.

Was die bewußte Angelegenheit anlangt, so will ich sie als erledigt betrachten, wenigstens vorläufig! Ich habe auch nicht vor von Herrn U. meine Gedichte zurückzuverlangen, etwa wie ein schmollendes Kind.

Es ist schon wieder ganz gleichgiltig. Was kann es mich kümmern ob jemand meine Arbeiten der Nachahmung für wert befindet. Das mag er am Ende mit seinem Gewissen austragen.

Daß Herr U. meine Arbeiten an St. Zweig empfohlen hat, danke ich ihm!

Aber ich bin derzeit von allzu viel (was für ein infernalisches Chaos von Rythmen und Bildern) bedrängt, als daß ich für anderes Zeit hätte, als dies zum geringsten Teile zu gestalten, um mich am Ende vor dem was man nicht überwältigen kann, als lächerlicher Stümper zu sehen, den der geringste äußere Anstoß in Krämpfe und Delirien versetzt.

Kommen dann Zeiten der unsäglichsten Öde zu überdauern! Was für ein sinnlos zerrissenes Leben führt man doch!

Ich habe an Karl Kraus geschrieben, ganz unpersönlich und kalt – werde von ihm wohl nichts zu erwarten haben. Etliche Abschriften letzter Arbeiten lege ich Dir bei.

Dein
G. Trakl

An Friedrich Trakl in Rovereto

Wien, Herbst 1910

Lieber Fritz!

Nach hartnäckig anhaltender Schreib und Redefaulheit, will ich mich doch endlich aufraffen, um Dich vor allem um Entschuldigung zu bitten, daß ich Deinen Brief, der mich so erfreut hat, unentschuldbar lang nicht beantwortet habe; zugleich hoffe ich, von Deinen Angelegenheiten, die mich lebhaft interessieren, bald wieder etliches zu erfahren. Ich hoffe auch, daß es Dir in Deiner Garnison unverändert gut geht, und bin überzeugt, daß Du unter Deinen dortigen Kameraden alle Sympathien für Dich hast. Wie bekommt Dir wohl diese militärische Touristik? Anstrengend wirds schon genug sein – aber ich glaube es verlohnt des Schweißes.

Was mich anbelangt – so sitze ich mein Jahr ab – und finde es bedauerlich, daß bei dieser Angelegenheit mein Popo das einzige ist, was strapaziert wird. Zu Weihnachten komme ich auf Urlaub nach Hause, und erwarte, Dich bestimmt daheim anzutreffen.

Mitzi scheint sich in der Schweiz sehr wohl zu befinden, und Gretl, soweit es ihr nur gegeben ist, desgleichen, was sie nicht hindert, mir bisweilen exzentrische Episteln zu schicken.

Von daheim selbst, wie je, keine Nachrichten. Ich habe kürzlich meine Wohnung gewechselt, und hause derzeit in einem Zimmerchen in der Josefstädterstraße, (Nr. 7. III. St. Tür 19) das die Größe eines Klosetts ausmacht. Im geheimen befürchte ich, darin idiotisch zu werden. Aussicht nehme ich auf einen finsteren, kleinen Lichthof – Wenn man zum Fenster hinaussieht, versteinert man vor Trostlosigkeit.

Möge sich in dieser beschaulichen Klause dieses Jahr abrollen – und ich wills zufrieden sein, wenn es vorüber ist.

Dir aber, lieber Fritz allen Bergsegen und herzlichste Grüße von Deinem

Georg

Falls Du mir schreiben magst, vergiß nicht zu erwähnen wann Du zu Weihnachten Urlaub bekommst. Also auf Wiedersehn!

VIII. Josefstädterstraße N°. 7. III. St. Tür 19.

An Erhard Buschbeck in Wien

[Salzburg, 23. X. 1911]

Lieber Buschbek!

Schicke mir bitte u m g e h e n d die Abschrift von »I m V o r f r ü h l i n g«, da ich eine Strophe hinzugefügt, und etliche Veränderungen daran vorgenommen habe.

Du hast doch die letzten Abschriften hoffentlich schon erhalten, die ich an Ullmanns Braut adressiert habe. Vergiß nicht, das Gedicht g l e i c h abzusenden.

Herzl⟨.⟩ Gr.
Dein
Georg Trakl

An Erhard Buschbeck ⟨in Wien?⟩

Salzburg (?), Spätherbst (?) 1911

Lieber Buschbek!

Anbei das umgearbeitete Gedicht*. Es ist umso viel besser als das ursprüngliche als es nun unpersönlich ist, und zum Bersten voll von Bewegung und Gesichten.

* Es handelt sich um das Gedicht *Klagelied* (vgl. S. 138). [Anm. d. Hrsg.]

Ich bin überzeugt, daß es Dir in dieser universellen Form und Art mehr sagen und bedeuten wird, denn in der begrenzt persönlichen des ersten Entwurfes.
Du magst mir glauben, daß es mir nicht leicht fällt und niemals leicht fallen wird, mich bedingungslos dem Darzustellenden unterzuordnen und ich werde mich immer und immer wieder berichtigen müssen, um der Wahrheit zu geben, was der Wahrheit ist.
Ich bitte Dich, Minnich und Schwab die herzlichsten Grüße zu entrichten. Meine Verhältnisse haben sich noch immer nicht geklärt und ich warte so zwischen Hangen und Bangen. Welch ein widerlicher Zustand! Ich wünschte ein paar Tage in Ruhe zu verbringen, es täte mir wahrhaftig not. Aber ich weiß schon: ich werde wieder Wein trinken! Amen!

Herzl. Gr.
Dein
G. Trakl

An Erhard Buschbeck in Wien

[Innsbruck, *vor dem 21.* IV. 1912]

Ich hätte mir nie gedacht daß ich diese für sich schon schwere Zeit in der brutalsten und gemeinsten Stadt würde verleben müssen, die auf dieser beladenen u. verfluchten Welt existiert. Und wenn ich dazudenke, daß mich ein fremder Wille vielleicht ein Jahrzehnt hier leiden lassen wird, kann ich in einen Tränenkrampf trostlosester Hoffnungslosigkeit verfallen.

Wozu die Plage. Ich werde endlich doch immer ein armer Kaspar Hauser bleiben.
Laß mir bald ein paar Zeilen von Dir zukommen

Dein
G. T.

Apotheke d. Garnisonsspitals Nr 10

An Erhard Buschbeck in Wien

[Innsbruck, 24. IV. 1912]

Lieber Freund!

Für Deine freundliche Karte vielen Dank; ebenso für die Übermittlung des »Ruf«. Es hat mich sehr gefreut, mein Gedicht darin zu finden und weniger überrascht, als Du glauben magst, Dich selber darin unter den Rufern im Streite zu finden.
Ich glaube nicht, daß ich hier jemanden treffen könnte, der mir gefiele, und die Stadt und Umgebung wird mich, ich bin dessen sicher, immer abstoßen. Allerdings glaube auch ich, daß ihr mich eher in Wien aufscheinen sehen werdet, wohl als ich selber will. Vielleicht geh ich auch nach Borneo. Irgendwie wird sich das Gewitter, das sich in mir ansammelt, schon entladen. Meinetwegen und von Herzen auch durch Krankheit und Melancholie.
Immerhin ertrag' ich all' dies Zerfahrene einigermaßen heiter und nicht ganz unmündig. Und das ist das Beste, was ich Dir über mich schreiben kann.
Ich rechne sehr darauf, von Dir gelegentlich besucht zu werden, falls ich den Sommer über noch hier aushalten sollte.
Einige, wenige, neue Arbeiten werden Dir in nächster Zeit zugehen.
Mit herzlichsten Grüßen

Dein
G. T.

An Erhard Buschbeck ⟨in Wien?⟩

Innsbruck, Mitte Oktober 1912

Lieber Freund!

Besten Dank für die Übersendung der Bilder. Ich ersuche Deinen Bruder mir noch drei bis vier Abzüge herstellen zu wollen oder besser von beiden Aufnahmen je drei – sie sind so sehr freundlich.

Subskription: In Innsbruck, Salzburg, Berlin

Hoffnung: 100 Kamele, die subskribieren! 50 Prozent! Sage! fünfzig %! O der Buschbeck und Geschäft! Buschbeck und ein Dichter = zwei (schreibe) 2 heilige (hei-li-ge-) Narren.

Vonwiller: ein lachender Philosoph! O Schlaf! Der Wein war herrlich, die Zigaretten vorzüglich, die Laune dionysisch, und die Fahrt ganz und gar beschissen; der Morgen schamlos, entfiebert, der Kopf voll Schmerzen, Verfluchung und gramvoller Gaukelei!

Es ist so kalt, daß mir die Gedärme erfrieren. Verlogenheit geheizter Zimmer, und die Bequemlichkeit, die einem Hämorroiden im Arsch wachsen läßt. Im Gegenteil! Wein, dreimal: Wein, daß der k. u. k. Beamte durch die Nächte tost wie ein brauner, rotbrauner Pan.

Vergiß nicht Großmächtiger, die Korrekturen der »Drei Blicke in einen Opal« gewissenhaft zu erledigen. Deine Wiener Adresse!!!

Dein
T.

An Erhard Buschbeck ⟨in Wien⟩

Innsbruck, Ende Oktober / Anfang November 1912

Lieber Freund!

Vielen Dank für die Übersendung der Bilder. Die Gedichte kann ich Dir leider nicht per Urlaub schicken, da ich sehr

viel Arbeit zu erledigen habe, Du wirst sie nächster Woche per Post erhalten.
Daß es Winter und kalt wird, spüre ich an der abendlichen Weinheizung. Vorgestern habe ich 10 (sage! Zehn) Viertel Roten getrunken. Um vier Uhr morgens habe ich auf meinem Balkon ein Mond und Frostbad genommen und am Morgen endlich ein herrliches Gedicht geschrieben, das vor Kälte schebbert.
In Wien aber »strahlt« die Sonne am »heiteren« Himmel und die »weiche Melancholie« des Wienerwaldes ist auch nicht »ohne«. Beim Heurigen freut sich das »goldene« Herz und wenn dort die »schmachtenden Weisen« erklingen, so denke o Mensch daran, daß es bei den »wackeren Älplern« schneit und grimmig kalt ist. O! wie weh ist die Welt, wie wahnig das Weh, wie weltlich der Wahn.
Mit Zähneklappern und dampfenden Grüßen

Dein
G.

An Erhard Buschbeck ⟨in Wien⟩

Salzburg, Anfang Dezember 1912

Lieber Freund!
Das Manuskript ist heute an Dich abgegangen. Ich habe zwei Tage daran gearbeitet, und es Dir ohne es nach einem besonderen Gesichtspunkt zu ordnen überschickt. Beiliegend zwei Korrekturen, die ich Dich vorzunehmen bitte. Die erste betrifft das Gedicht »Unterwegs« und zwar die vorletzte Strophe. Die zweite »Die drei Teiche in Hellbrunn« die letzten zwei Zeilen des ersten Gedichts.
Falls Du eine andere Anordnung der Gedichte für angezeigt halten solltest, bitte ich Dich sie nur nicht chronologisch vorzunehmen.

Es wäre mir sehr erwünscht Deine Meinung darüber zu erfahren, ebenso an welchen Verlag Du Dich zu wenden gedenkst.
Vielleicht auch kann man die »Drei Teiche in Hellbrunn« ausschalten. Wäre es nicht besser? Vielleicht auch »Verfall«.
Wann kommst Du nach Salzburg? Ich werde am Montag nach Innsbruck auf etliche Tage fahren. Es wäre sehr schön, wenn Du auch hinkämst. Wenn Du Lust dazu hast, schreibe mir, wann Du von Wien abkommen kannst, weil ich dann die Fahrt noch einige Tage aufschieben könnte.
Mit den herzlichsten Grüßen

Dein
G. T.

Subskription:
2. Exempl. Frau Grete Langen, Berlin Wilmersdorf. Babelsbergerstraße 49
1 » Herr Artur Langen » » » »
Den Namen der dritten Person habe ich leider vergessen, die ebenfalls 2 Exemplare subskribierte.

An Erhard Buschbeck in Salzburg

Schriftleitung »Der Brenner« / Innsbruck-Mühlau 102

[Innsbruck, 4. I. 1913]

Lieber, lieber Freund!
Ich bin wie ein Toter an Hall vorbeigefahren, an einer schwarzen Stadt, die durch mich durchgestürzt ist, wie ein Inferno durch einen Verfluchten.
Ich geh in Mühlau durch lauter schöne Sonne und bin noch sehr taumelnd⟨.⟩ Das Veronal hat mir einigen Schlaf vergönnt unter der Franziska Kokoschkas.

Ich will so lange es geht weilen. Schicke mir bitte meine Reisetasche, da ich notwendig Wäsche benötige.
Schreibe mir, Lieber, ob meine Mutter sehr viel Kummer durch mich hat.
Mit vielen, vielen Grüßen

Dein
Georg

meine Adresse: ⟨Innsbruck-Mühlau 102⟩

An Erhard Buschbeck ⟨in Wien⟩

CAFE · RESTAURANT
MAXIMILIAN
INNSBRUCK
C. STROHMAYER *zweite Hälfte Januar 1913*

Lieber Freund!
Vielen Dank für die Übersendung von Ullmanns Kritik, die mich außerordentlich gefreut hat und für die ich Dich bitte, Ullmann meinen herzlichsten Dank zu übermitteln.
Mit mir steht es noch immer nicht am besten, obwohl ich es hier so gut habe, wie nirgends. Vielleicht wäre es doch besser gewesen, es in Wien zu einer Krisis kommen zu lassen.
Ich lasse Schwab recht sehr bitten, sich im Allgemeinen Krankenhaus über die dortigen Apothekerverhältnisse zu erkundigen, ob ich Aussicht hätte dort unterzukommen, wie und an wen das bezügliche Gesuch abgefaßt werden müßte, welcher Art auch die Dienstesverhältnisse sind und dergleichen.
Vielleicht könntest Du mir dann so bald als möglich darüber etwas mitteilen.

Einen Abzug des Helian werde ich Dir in den nächsten Tagen schicken. Er ist mir das teuerste und schmerzlichste, was ich je geschrieben.
Mit vielen, herzlichsten Grüßen

Dein
G.

An Karl Borromaeus Heinrich ⟨in Innsbruck⟩

Salzburg, etwa 19. II. 1913

Lieber Freund!

Vielen Dank für Ihr liebes Telegramm. Ich wäre so froh, wenn Sie im März nach Salzburg kämen; ich habe jetzt keine leichten Tage daheim und lebe so zwischen Fieber und Ohnmacht in sonnigen Zimmern dahin, wo es unsäglich kalt ist. Seltsame Schauer von Verwandlung, körperlich bis zur Unerträglichkeit empfunden, Gesichte von Dunkelheiten, bis zur Gewißheit verstorben zu sein, Verzückungen bis zu steinerner Erstarrtheit; und Weiterträumen trauriger Träume. Wie dunkel ist diese vermorschte Stadt voll Kirchen und Bildern des Todes.
Doch ich bin so froh, daß Sie nach Salzburg kommen wollen. Schreiben Sie mir bitte vorher noch einige Zeilen, damit ich rechtzeitig ein Quartier für Sie bestellen kann.
Wollen Sie Ihrer lieben Frau meine respektvollsten Grüße sagen und lassen Sie mich Ihnen auf Wiedersehen sagen

Ihr ergebener
Georg Trakl

An Ludwig von Ficker in Innsbruck

[Salzburg, 23. II. 1913]

Lieber Herr von Ficker!

Für Ihren gütigen Brief sage ich Ihnen herzlichsten Dank. Immer tiefer empfinde ich was der Brenner für mich bedeutet, Heimat und Zuflucht im Kreis einer edlen Menschlichkeit. Heimgesucht von unsäglichen Erschütterungen, von denen ich nicht weiß ob sie mich zerstören oder vollenden wollen, zweifelnd an allem meinem Beginnen und im Angesicht einer lächerlich ungewissen Zukunft, fühle ich tiefer, als ich es sagen kann, das Glück Ihrer Großmut und Güte, das verzeihende Verständnis Ihrer Freundschaft.

Es erschreckt mich, wie sehr sich in der jüngsten Zeit ein unerklärlicher Haß gegen mich mehrt und in den kleinsten Geschehnissen des täglichen Lebens in fratzenhafte Erscheinung tritt. Der Aufenthalt ist mir hier bis zum Überdruß verleidet, ohne daß ich Kraft zu dem Entschluß aufbringe, fortzugehn.

Beiliegend die neue Fassung eines Dr. Heinrich gewidmeten Gedichts, das ich Sie bitte in dem nächsten Heft des »Brenner« erscheinen zu lassen. Die erste Niederschrift enthält manches nur zu Angedeutetes.

Wollen Sie Florian und Puppa meine herzlichsten Grüße sagen und nehmen Sie bitte die Ausdrücke der Freundschaft und Ergebenheit entgegen

Ihres
Georg Trakl

An Ludwig von Ficker in Innsbruck

1. Fassung

Salzburg, etwa 10. – 13. III. 1913

Lieber Herr von Ficker!
Ihre Nachrichten über Dr. Heinrich haben mich tief ergriffen. Hat denn der Himmel noch nicht genug Unglück über diesen Armen gebracht; und soll einer nur heimgesucht werden um endlich vernichtet zu werden. Ihr Bericht hat mich mit einer solch wilden Verzweiflung und Grauen über dieses chaotische Dasein erfüllt, daß es mir scheinen will,

2. Fassung

[Salzburg, 13. III. 1913]

Lieber Herr von Ficker!
Die Nachrichten, die Sie mir über Dr. Heinrich geben, haben mich mehr ergriffen als ich es sagen könnte. Es bleibt nichts mehr übrig als ein Gefühl wilder Verzweiflung und des Grauens über dieses chaotische Dasein; lassen Sie mich verstummen davor.
Über das beiliegende Gedicht wollen Sie, bitte, verfügen. Vielleicht können Sie »Melancholie« noch anfügen; die zweite Zeile in der Umarbeitung heißt:

»O Sanftmut der einsamen Seele.«

Alles übrige blieb unverändert.
Mit den innigsten Grüßen

Ihr ganz ergebener
G. Trakl

An Erhard Buschbeck in Wien

[Salzburg, 1. IV. 1913]

Lieber Freund!

Ich bitte Dich sehr, mir die vom Verlag Langen zurückgeschickten Gedichte zu übersenden und zwar nach Innsbruck an die Adresse Fickers, da ich heute dorthin fahre. Ich will das Manuskript noch einmal gründlich und gewissenhaft durchsichten, ehe ich es einem anderen Verlag einreiche und vor allem die Gedichte entfernen, die ursprünglich von mir ausgeschieden waren und später durch Dr. Heinrich eingefügt wurden.

Hoffentlich kommst Du bald nach Salzburg. Mit den herzlichsten Grüßen

Dein
G. Trakl

An Erhard Buschbeck in Wien

[Innsbruck, 2. IV. 1913]

Lieber Freund!

Ich bitte Dich d r i n g e n d mir noch 50 K zu leihen. Ich wollte Herrn von Ficker darum angehen. Es fällt mir aber wahrhaftig zu schwer. Ich wäre Dir überaus dankbar, wenn Du mir diesen Betrag in den nächsten Tagen nach Innsbruck schicken würdest. Ich glaube bestimmt, bis zum Sommer und Eintritt einigermaßen geordneter Verhältnisse Dir dieses Geld zurückerstatten zu können.

Herr von F. sagte mir heute, daß er Dir in Angelegenheit meiner Gedichte geschrieben. Ich glaube, es ist das Beste, wenn das Buch im Brennerverlag erscheint.

In den heutigen Innsbr. Zeitungen las ich von dem pöbelhaften Skandal während des Schönberg Konzerts. Welch eine

trostlose Schmach für einen Künstler, den die Gemeinheit des Gesindels nicht abhält, noch vor das Werk seiner Schüler zu treten.
In längstens 10 Tagen bin ich wieder in Salzburg. Bis dahin wirst wohl auch Du dort eintreffen. Indes ich Dich nochmals bitte, mich nicht in Stich zu lassen verbleibe ich mit den herzlichsten Grüßen

Dein
Georg T.

An den Kurt Wolff Verlag ⟨in Leipzig⟩

CAFE · RESTAURANT
MAXIMILIAN
INNSBRUCK
C. STROHMAYER *5. IV. 1913*

Sehr geehrter Herr!
Erlauben Sie mir, Ihnen für den freundlichen Antrag, den Sie mir gestellt, ergebenst zu danken. Die Manuskripte, die sich in Händen eines Wiener Freundes befinden, werden in einigen Tagen an Sie abgesendet werden; ebenso die Liste der Subskribenten, deren Zahl 120 betragen dürfte, sobald diese abgeschlossen sein wird. Ich bitte um Ihre Vorschläge. Genehmigen Sie, sehr geehrter Herr, die Ausdrücke vorzüglichster Hochachtung

Ihres sehr ergebenen
Georg Trakl

p. Adresse: Salzburg, Mozartplatz 2

An Erhard Buschbeck in Wien

[Innsbruck, 5. IV. 1913]

Lieber Freund!

Heute erhielt ich vom Verlag »Rohwolt« einen sehr freundlichen Antrag wegen meiner Gedichte. Ich nehme ihn mit vieler Freude an und bitte Dich sehr mir das Manuskript umgehend zu senden, da ich es noch ordnen will, ehe ich es einreiche.

Falls Du mir die 50 K leihen kannst, bitte ich Dich den Betrag möglichst gleich zu senden, da ich bereits in absoluter Verlegenheit bin.

Zu der Ohrfeige die Du ausgeteilt, beglückwünsche ich Dich von Herzen.

Mit den schönsten Grüßen

Dein
G. T.

An den Kurt Wolff Verlag ⟨in Leipzig⟩

Schriftleitung »Der Brenner«
Innsbruck-Mühlau *Mitte April 1913*

Sehr geehrter Herr Wolff!

Gestern sandte ich Ihnen das druckfertige Manuskript meiner Gedichte. Ich erlaube mir, Sie um folgendes zu ersuchen: daß das Buch in Fraktur oder ä l t e r e r Antiqua gedruckt wird und daß bei der Wahl des Formats auf die den Gedichten eigene Struktur möglichst Rücksicht genommen wird.

Vielleicht haben Sie die Güte, mir zugleich mitzuteilen, bis wann Sie das Buch in Druck zu legen gedenken.
Nehmen Sie, sehr geehrter Herr, die Ausdrücke vorzüglichster Hochachtung und Ergebenheit entgegen Ihres

Georg Trakl

An den Kurt Wolff Verlag ⟨in Leipzig⟩

Innsbruck, etwa 20. – 22. IV. 1913

Sehr geehrter Herr!
Beigeschlossen übersende ich Ihnen die beiden unterzeichneten Verträge. Wenn Sie der Gedichtsammlung einen anderen Titel gegeben wissen wollen, so schlage ich Ihnen jenen vor, den die Sammlung ursprünglich trug »Dämmerung und Verfall«. Ich glaube, daß er alles Wesentliche ausdrückt.
Ich wäre Ihnen sehr dankbar, wenn Sie mir sagen wollten, bis wann das Buch erscheinen könnte. Eine Korrektur eines Gedichtes werde ich morgen an Sie senden, wollen Sie diese gütigst noch anschließen.
Genehmigen Sie, sehr geehrter Herr die Ausdrücke vorzüglichster Hochachtung

Ihres sehr ergebenen
Georg Trakl

An den Kurt Wolff Verlag in Leipzig

Innsbruck-Mühlau 102 27. IV. 1913.

P. T.
KURT WOLFF VERLAG
Leipzig

Ich bestätige den Empfang Ihrer Zuschrift vom 23. ds., deren Inhalt mich begreiflicherweise sehr verblüfft hat. Sie machen mir darin – und zwar mit einer Nonchalance, die meine Zustimmung als nebensächlich vorauszusetzen scheint – die Mitteilung, daß Sie zunächst eine Auswahlpublikation meiner Gedichte in einer Sammlung »Der jüngste Tag« vorbereiten und daß dieses Heft voraussichtlich in vier Wochen erscheinen wird. Damit bin ich selbstverständlich in keiner Weise einverstanden und ich verbitte mir, daß vor Erscheinen des Gesamtbandes meiner Gedichte, der allein Gegenstand unserer Vereinbarungen war, irgend eine Teilausgabe erscheint, die von mir nie vorhergesehen war und über die auch der mir unterbreitete Vertragsentwurf (dessen Gegenzeichnung übrigens bis heute nicht in meinen Händen ist) nicht die geringste Andeutung enthielt. Ich ersuche Sie daher, von diesem meinem Entschluß, der unumstößlich ist, Kenntnis zu nehmen und die beabsichtigte Auswahlpublikation um so gewisser unterlassen zu wollen, da ich sonst die Unterzeichnung Ihres Vertragsangebots für unverbindlich erachten und meine Gedichte ohne weiters zurückfordern müßte. Dementsprechend sehe ich mich auch veranlaßt, die Annahme des mir angewiesenen Betrages bis auf weiteres zu verweigern.

Hochachtungsvoll
⟨Georg Trakl⟩

An den Kurt Wolff Verlag ⟨in Leipzig⟩

CAFE · RESTAURANT
MAXIMILIAN
INNSBRUCK
C. STROHMAYER *Anfang Mai 1913*

P. t.
Kurt Wolff Verlag

Sehr geehrter Herr!
Ich bestätige den Empfang Ihres Briefes vom 30. d. Mts und danke Ihnen für Ihr Entgegenkommen und die Würdigung meines von rein künstlerischen Gründen diktierten Einspruchs.
Die Liste der Subskribenten geht Ihnen in den nächsten Tagen durch den Präsidenten des akad. Verbandes für Kunst u. Literatur in Wien Herrn E. Buschbeck zu.
Falls Sie n a c h dem Erscheinen des Gesamtbandes der Gedichte eine kleine Sammlung davon herausbringen wollen, so habe ich dagegen keine Einwände.
Beiliegend eine Korrektur eines Gedichtes, die ich Sie bitte dem Ms. anzuschließen und ein anderes, das ich noch gerne dem Buch einverleibt sähe.
Die Korrekturbögen wollen Sie per Adresse: Redaktion des »Brenner« an mich gelangen lassen.

Hochachtungsvoll
Georg Trakl

p. s. Das Gedicht »Drei Blicke in einen Opal« wäre einzureihen nach »In einem verlassenen Zimmer«
An des e r s t e r e n Stelle »An den Knaben Elis«

An Ludwig von Ficker in Innsbruck

[Salzburg, 26. VI. 1913]

Lieber Herr von Ficker!

Besten Dank für Ihr Telegramm. Herrn Loos habe ich leider nicht am Bahnhof angetroffen; ich erwartete, ihn in dem Zug um 1^{h} 40 zu treffen, der als einziger einen *Speisewagen* bis Salzburg führt. Leider war meine Annahme irrig und ich habe es sehr bedauert, Herrn Loos nicht gesprochen zu haben.

Hier ist ein Tag trüber und kälter als der andere und es regnet ununterbrochen. Bisweilen fällt dann ein Strahl der letzten sonnigen Innsbrucker Tage in diese Düsterniß und erfüllt mich mit tiefster Dankbarkeit für Sie und all' die edlen Menschen, deren Güte ich in Wahrheit so gar nicht verdiene. Zu wenig Liebe, zu wenig Gerechtigkeit und Erbarmen, und immer zu wenig Liebe; allzuviel Härte, Hochmut und allerlei Verbrechertum – das bin ich. Ich bin gewiß, daß ich das Böse nur aus Schwäche und Feigheit unterlasse und damit meine Bosheit noch schände. Ich sehne den Tag herbei, an dem die Seele in diesem unseeligen von Schwermut verpesteten Körper nicht mehr wird wohnen wollen und können, an dem sie diese Spottgestalt aus Kot und Fäulnis verlassen wird, die ein nur allzugetreues Spiegelbild eines gottlosen, verfluchten Jahrhunderts ist.

Gott, nur einen kleinen Funken reiner Freude – und man wäre gerettet; Liebe – und man wäre erlöst.

Lassen Sie mich verbleiben

Ihr dankbar ergebener
Georg T.

An Ludwig von Ficker in Innsbruck

[Wien, 11. XI. 1913]

Lieber Herr Ficker!

Ich bin seit einer Woche in Wien. Meine Angelegenheiten sind ganz ungeklärt. Ich habe jetzt 2 Tage und 2 Nächte geschlafen und habe heute noch eine recht arge Veronalvergiftung. In meiner Wirrnis und all' der Verzweiflung der letzten Zeit weiß ich nun gar nicht mehr, wie ich noch leben soll. Ich habe hier wohl hilfsbereite Menschen getroffen; aber mir will es erscheinen, jene können mir nicht helfen und es wird alles im Dunklen enden.

Wollen Sie, lieber Freund, im Kaspar Hauser Lied folgende Änderung machen

1. Zeile: Er liebte die Sonne, die purpurn den Hügel hinabging

2. Strophe. 1. Zeile statt »ernsthaft« »wahrhaft«

Letzte Zeile: Silbern sank des Ungeborenen Haupt hin.

p. s⟨.⟩ Bitte verständigen Sie mich, ob Sie die Korrekturen angebracht haben. Kraus läßt vielmals grüßen, ebenso Loos. Handkuß an Ihre liebe Frau.

An Ludwig von Ficker ⟨in Innsbruck⟩

*Wien, Ende (?) November 1913**

Lieber Herr von Ficker!

Vielen Dank für Ihr Telegramm. Kraus läßt vielmals grüßen. Dr. Heinrich ist hier wieder ernstlich erkrankt und es haben sich sonst in den letzten Tagen für mich so furchtbare Dinge ereignet, daß ich deren Schatten mein Lebtag nicht mehr loswerden kann. Ja, verehrter Freund, mein Leben ist in wenigen Tagen unsäglich zerbrochen worden und es bleibt nur mehr ein sprachloser Schmerz, dem selbst die Bitternis versagt ist.

Wollen Sie bitte, um von meinen nächsten Angelegenheiten zu sprechen, die Güte und Liebe mir erweisen, an Hauptmann Robert Michel zu schreiben (vielleicht ist es wichtig, daß es gleich geschieht) und in meinem Namen um seine freundliche Fürsprache im Kriegsministerium bitten.

Vielleicht schreiben Sie mir zwei Worte; ich weiß nicht mehr ein und aus. Es ⟨ist⟩ ein so namenloses Unglück, wenn einem die Welt entzweibricht. O mein Gott, welch ein Gericht ist über mich hereingebrochen. Sagen Sie mir, daß ich die Kraft haben muß noch zu leben und das Wahre zu tun. Sagen Sie mir, daß ich nicht irre bin. Es ist steinernes Dunkel hereingebrochen. O mein Freund, wie klein und unglücklich bin ich geworden.

Es umarmt Sie innig

Ihr
Georg Trakl

* Metzner (s. Bibliogr., Abschn. II,3) schlägt als Datierung für diesen Brief neuerdings vor: »3./4./5. 11. 1913 wohl aus Salzburg, vielleicht auch aus München an L. von Ficker«; er ordnet also diesen (und den nachfolgend abgedruckten Brief an Karl Borromaeus Heinrich) chronologisch vor den S. 240 wiedergegebenen Brief an Ludwig von Ficker ein. [Anm. d. Hrsg.]

An Karl Borromaeus Heinrich ⟨*in Paris?*⟩

Schriftleitung »Der Brenner«

*Innsbruck, Anfang (?) Januar 1914**

Lieber Freund Borromaeus!
Schönen Dank für Ihre Karte. Gott gebe Ihnen Freude und Gesundheit wieder und segne Ihre Arbeit. O, wie hat es mich gefreut, von Ihnen zu hören, daß Sie ein neues Werk planen. Ich bin so gewiß, daß es vortrefflich, vielleicht das Beste sein wird. Wie könnte es auch anders sein.
Mir geht es nicht am besten. Zwischen Trübsinn und Trunkenheit verloren, fehlt mir Kraft und Lust eine Lage zu verändern, die sich täglich unheilvoller gestaltet, bleibt nur mehr der Wunsch, ein Gewitter möchte hereinbrechen und mich reinigen oder zerstören. O Gott, durch welche Schuld und Finsterniß müssen wir doch gehn. Möchten wir am Ende nicht unterliegen.
Es umarmt Sie innigst

Ihr
G. T.

An Karl Borromaeus Heinrich ⟨*in Innsbruck*⟩

Berlin, Wilmersdorf, 19. 3. 14

Lieber Freund!
Meine Schwester hat vor wenigen Tagen eine Fehlgeburt gehabt, die mit außerordentlich vehementen Blutungen verbunden war. Ihr Zustand ist ein so besorgniserregender, um so mehr, als sie seit fünf Tagen keine Nahrung zu sich genommen hat, daß vorläufig nicht daran zu denken ist, daß sie nach Innsbruck kommt.

* Zu diesem Brief schlägt Metzner (s. Bibliogr., Abschn. II,3) die Datierung »Ende Okt., vielleicht auch 1./2. 11. aus Innsbruck« vor. [Anm. d. Hrsg.]

Ich gedenke noch bis Montag oder Dienstag hier zu bleiben und hoffe bestimmt, Dich in Innsbruck noch wiederzusehen. Teile mir, bitte, mit, ob Herr von Ficker sich in meiner Militär-Angelegenheit erkundigt hat und ob von K. Wolff Nachricht eingelangt ist.
Die respektvollsten Grüße an Deine Frau und alles Gute für Peter. Hoffentlich geht es ihm schon wieder gut. Grüße Ficker herzlichst von mir und sei umarmt von Deinem

G. T.

An Ludwig von Ficker in Innsbruck

[Berlin-Wilmersdorf, 21. III. 1914]

Lieber Herr von Ficker!
Meine arme Schwester ist noch immer sehr leidend. Ihr Leben ist von einer so herzzerreißenden Traurigkeit und zugleich braven Tapferkeit, daß ich mir bisweilen sehr gering davor erscheine; und sie verdiente es wohl tausendmal mehr als ich, im Kreise guter und edler Menschen zu leben, wie es mir in solch übergroßem Maß in schwerer Zeit vergönnt war.
Ich gedenke wohl noch etliche Tage in Berlin zu bleiben, denn meine Schwester ist den ganzen Tag allein und meine Gegenwart für sie doch von einigem Nutzen.
Für die Übersendung des Geldes danke ich Ihnen recht von Herzen. Wollen Sie bitte Ihrer Frau die respektvollsten Grüße übermitteln, ebenso alles Gute Ihren Kindern und nehmen Sie die Ausdrücke der Ergebenheit und Dankbarkeit entgegen

Ihres
G. T.

Viele Grüße an Dr. Heinrich und seine Frau

An den Kurt Wolff Verlag ⟨in Leipzig⟩

CAFE · RESTAURANT
MAXIMILIAN
INNSBRUCK
C. STROHMAYER

7. IV. 1914

Sehr geehrter Herr!

Ich habe Ihnen vor mehr als 4 Wochen das Manuskript eines neuen Gedichtbuches »Sebastian im Traum« eingereicht. Ich wäre Ihnen verbunden, wenn Sie mir umgehend mitteilen wollten, ob das Manuskript in Ihre Hände gelangt ist, ob Sie geneigt sind, das Buch in Ihrem Verlag zu drucken.

Ein baldiger Bescheid wäre mir vor allem deshalb sehr erwünscht, weil ich an dem Manuskript noch einige umgehend nötige Änderungen vornehmen möchte, insbesondere einige Stücke, die mir einer Umarbeitung bedürftig erscheinen vorläufig aus dem Manuskript entfernen möchte, dafür einige jüngere Gedichte einfügen möchte.

Genehmigen Sie, sehr geehrter Herr die Ausdrücke vorzüglichster Hochachtung mit der ich verbleibe

Ihr ergebener
Georg Trakl

Innsbruck Mühlau 102
Redaktion des »Brenner«

An den Kurt Wolff Verlag ⟨in Leipzig⟩

Schriftleitung »Der Brenner«
Innsbruck-Mühlau 10. IV. 1914

Sehr geehrter Herr Wolff!
Besten Dank für Ihre freundliche Verständigung! Als Vertragsbasis würde ich eine einmalige Honorierung einer prozentualen Beteiligung am Erträgnis des Buches vorziehen, da ich gegenwärtig ohne Stellung und ohne eigene Mittel bin, was ich Sie bei Bemessung des Honorars gütigst zu berücksichtigen bitte. Ich erwarte also Ihren diesbezüglichen Vorschlag, den ich möglichst bald erbitte, und bemerke noch, daß der Herausgeber des »Brenner« auch diesmal gerne bereit ist, den Absatz des Buches durch Beilage von Subskriptionskarten im »Brenner« im vorhinein fördern zu helfen. Auch hoffe ich, daß Sie gesonnen sind, meinen neuen Gedichtband als selbständige Publikation (nicht im Rahmen einer numerierten Bücher-Serie) erscheinen zu lassen; in dieser und in Erwartung Ihres sonstigen, recht baldigen Bescheids begrüßt Sie für heute in hochachtungsvoller Ergebenheit

Ihr
Georg Trakl

An den Kurt Wolff Verlag ⟨in Leipzig⟩

Schriftleitung »Der Brenner«
Innsbruck-Mühlau 16/IV 1914.

Sehr geehrter Herr Wolff!
Besten Dank für Ihren freundlichen Brief. Ich bin mit den Bedingungen, die Sie die Güte hatten, mir vorzuschlagen,

einverstanden und bitte Sie, mir das Manuskript des Buches baldmöglichst zu schicken, damit ich daran jene Umänderungen vornehmen kann, von denen ich in meinem vorletzten Briefe sprach. Ich möchte auch noch gerne fünf Gedichte beifügen, die bei meinem Aufenthalt in Berlin vor kurzer Zeit entstanden sind und die E. Lasker Schüler gewidmet sind.
Mit den Ausdrücken vorzüglichster Hochachtung verbleibe ich

Ihr sehr ergebener
Georg Trakl

An den Kurt Wolff Verlag ⟨in Leipzig⟩

Schriftleitung »Der Brenner«
Innsbruck-Mühlau *Mitte Mai 1914*

Sehr geehrter Herr!
Beiliegend retourniere ich Ihnen den unterschriebenen Vertrag. Sie hatten die Freundlichkeit mir einige Druckproben zur Auswahl zu schicken; nach deren Einsicht erscheint es mir besser, eine Antiqua Type zu wählen, die ein ruhiges und wie ich glaube dem Wesen der Gedichte angemessenes Schriftbild gibt. Ich schicke Ihnen als Probe einen Teil der Korrekturbögen von Alb. Ehrensteins Gedichten ein. Vielleicht wäre der nächst kleinere Schriftgrad entsprechend. Wollen Sie, bitte, dieses selbst entscheiden und die Güte haben, mir Bescheid zu geben.
Genehmigen Sie, sehr geehrter Herr, die Ausdrücke vorzüglichster Hochachtung

Ihres sehr ergebenen
Georg Trakl

An den Kurt Wolff Verlag ⟨in Leipzig⟩

Schriftleitung »Der Brenner«
Innsbruck-Mühlau *10. VI. 1914*

Sehr geehrter Herr!
Anbei sende ich Ihnen 4 Gedichte, mit der Bitte, sie an Stelle folgender, in der Abteilung »Gesang d. Abgeschied« enthaltener Gedichte einzureihen: »Ausgang«, »Sommer« »Sommers Neige« »Am Rand eines alten Brunnens« »In Hellbrunn«. (Diese 5 Gedichte sind zu streichen)
Das Gedicht »Ein Winterabend« derselben Abteilung ersuche ich an Stelle des Gedichtes »Trauer« der 2. Abteil. das ebenfalls zu streichen wäre zu stellen.
Zugleich schicke ich Ihnen das dementsprechend umgeänderte Inhaltsverzeichnis. Wollen Sie bitte die Güte haben, mir mitzuteilen, ob Sie diese Umänderungen durchzuführen gewillt sind, da mir außerordentlich daran liegen würde. Die betreffende Abteilung des Buches würde in dieser neuen Fassung unvergleichlich geschlossener und besser sein, wovon Sie sich leicht überzeugen können.
Ich bitte um baldige Nachricht und begrüße Sie in vorzüglichster Hochachtung

als Ihr sehr ergebener
Georg Trakl

IV. Gesang des Abgeschiedenen.

In Venedig
Vorhölle
Gesang einer gefangenen Amsel
Jahr.

Nachtseele
Die Sonne
Abendland
Frühling der Seele
Im Dunkel
Gesang des Abgeschiedenen.

In der II. Abt. »Herbst des Einsamen«
statt »Trauer« »Ein Winterabend«

An Ludwig von Ficker in Innsbruck

Wien, am 26/VIII 1914

Verehrter Freund!

Gestern bei meiner Ankunft in Salzburg teilte mir mein Bruder mit, daß mein neues Buch bereits erschienen ist. Vielleicht können Sie es in einer Innsbrucker Buchhandlung beschaffen. Ich wäre Ihnen dankbar, wenn Sie mir ein Exemplar schicken würden. Meine Feldpostadresse werde ich Ihnen baldigst mitteilen. Mit den herzlichsten Grüßen

Ihr ergebener
Georg Trakl

An Ludwig von Ficker in Innsbruck

Limanowa (?), Anfang Oktober 1914

Verehrter Freund!

Wir haben vier Wochen angestrengtester Märsche durch ganz Galizien hinter uns. Seit zwei Tagen rasten wir in einer kleinen Stadt Westgaliziens inmitten eines sanften und heiteren Hügellandes und lassen es uns nach all' den großen Ereignissen der jüngsten Zeit in Frieden wohl sein. Morgen oder übermorgen marschieren wir weiter. Es scheint sich eine neue große Schlacht vorzubereiten. Wolle der Himmel uns diesmal gnädig sein. Herzliche Grüße an Ihre Frau und Ihre lieben Kinder.

Ihr ergebener
Georg Trakl

An Adolf Loos in Wien

Limanowa (?), Anfang Oktober 1914

Lieber Herr Loos!

Nach monatelanger Kreuzfahrt durch ganz Galizien sende ich Ihnen die herzlichsten Grüße. Ich war einige Tage recht krank, ich glaube vor unsäglicher Trauer. Heute bin ich froh, weil wir beinahe sicher nach Norden marschieren werden und in einigen Tagen vielleicht schon in Rußland einrücken werden. Die herzlichsten Grüße an Herrn Kraus.

Ihr sehr ergebener
Georg Trakl

An Ludwig von Ficker in Innsbruck

Krakau, um den 12. Oktober 1914

Verehrter Freund!

Ich bin seit fünf Tagen hier im Garns. Spital zur Beobachtung meines Geisteszustandes. Meine Gesundheit ist wohl etwas angegriffen und ich verfalle recht oft in eine unsägliche

Traurigkeit. Hoffentlich sind diese Tage der Niedergeschlagenheit bald vorüber. Die schönsten Grüße an Ihre Frau und Ihre Kinder. Bitte telegraphieren Sie mir einige Worte. Ich wäre so froh, von Ihnen Nachricht zu bekommen.
Herzliche Grüße

Ihr ergebener
Georg Trakl.

Viele Grüße an Röck

An Ludwig von Ficker in Innsbruck

Krakau, um den 21. Oktober 1914

Verehrter Freund!
Da ich bis heute noch kein Lebenszeichen erhalten habe nehme ich an, daß Sie meine Feldpostkarten nicht erhalten haben. Ich verlasse nach 14tägigem Aufenthalt im hiesigen Garns. Spital Krakau. Wohin ich komme weiß ich noch nicht. Meine neue Adresse will ich Ihnen baldmöglichst mitteilen.
Herzlichste Grüße

Ihr ergebener
Georg Trakl

[Praha, 9. XI. ⟨1914⟩]

Herr Trakl ist im Garnisonsspital Krakow eines plötzlichen Todes (Lähmung?) gestorben.
Ich war sein Zimmernachbar.

Unterschrift

An den Kurt Wolff Verlag in Leipzig

[Krakow, 25. X. 1914]

sie wuerden mir grosse freude bereiten, wenn sie mir ein exemplar meines neuen buches sebastian im traum schickten. liege krank im hiesigen garnisonspital krakau = georg trakl.

An Ludwig von Ficker in Innsbruck

Krakau, am 27. Oktober 1914.

Lieber, verehrter Freund!
Anbei übersende ich Ihnen die Abschriften der beiden Gedichte, die ich Ihnen versprochen. Seit Ihrem Besuch im Spital ist mir doppelt traurig zu Mute. Ich fühle mich fast schon jenseits der Welt.
Zum Schlusse will ich noch beifügen, daß im Fall meines Ablebens, es mein Wunsch und Wille ist, daß meine liebe Schwester Grete, alles was ich an Geld und sonstigen Gegenständen besitze, zu eigen haben soll. Es umarmt Sie, lieber Freund innigst

Ihr Georg Trakl

Klage.

Schlaf und Tod, die düstern Adler
Umrauschen nachtlang dieses Haupt:
Des Menschen goldnes Bildnis
Verschlänge die eisige Woge
Der Ewigkeit. An schaurigen Riffen
Zerschellt der purpurne Leib

Und es klagt die dunkle Stimme
Über dem Meer.
Schwester stürmischer Schwermut
Sieh ein ängstlicher Kahn versinkt
Unter Sternen,
Dem schweigenden Antlitz der Nacht.

Grodek.

Am Abend tönen die herbstlichen Wälder
Von tötlichen Waffen, die goldnen Ebenen
Und blauen Seen, darüber die Sonne
Düstrer hinrollt; umfängt die Nacht
Sterbende Krieger, die wilde Klage
Ihrer zerbrochenen Münder.
Doch stille sammelt im Weidengrund
Rotes Gewölk, darin ein zürnender Gott wohnt
Das vergoßne Blut sich, mondne Kühle;
Alle Straßen münden in schwarze Verwesung.
Unter goldnem Gezweig der Nacht und Sternen
Es schwankt der Schwester Schatten durch den schweigenden
Hain,
Zu grüßen die Geister der Helden, die blutenden Häupter;
Und leise tönen im Rohr die dunkeln Flöten des Herbstes.
O stolzere Trauer! ihr ehernen Altäre
Die heiße Flamme des Geistes nährt heute ein gewaltiger
Schmerz,
Die ungebornen Enkel.

Nicht genau datierbare Briefe

An Erhard Buschbeck ⟨in Wien⟩

Salzburg, 1909 (?) oder Ende Januar 1912 (?)

Lieber Buschbek!
Indem ich Dir diese wenigen Rythmen aus meinem Inferno übermittle, teile ich Dir mit daß ich Eueren Brief erhalten habe.
Hoffentlich bist ⟨Du⟩ schon wieder hergestellt, und guten Mutes. Grüße mir Schwab recht sehr, der wie ich von Minnich erfahren in Wien einen fröhlicheren Wein trinkt als ich in Salzburg.
Wie lange werde ich noch in dieser verfluchten Stadt verziehen müssen? Alles kommt auf die Stunde an, und ich sitze hier und verbrenne vor Ungeduld und Wüten gegen mich selbst. Das Schicksal scheint mir idiotisch, das mich nicht besser verwertet.
In trauriger Langeweile

Dein
G. T.

An Irene Amtmann ⟨in Wien⟩

Salzburg, Frühherbst 1910 oder 1911

Liebes Fräulein!

Es kommt vor, daß ich tagelang herumvagabundiere, bald in den Wäldern, die schon sehr rot und luftig sind und wo die Jäger jetzt das Wild zu Tode hetzen, oder auf den Straßen in trostlosen und öden Gegenden, oder auch an der Salzach herumlungere und den Möven zuschaue (was noch meine

fröhlichste Faulenzerei ist). Aber es ist mehr Unruhe in mir, als ich mir eingestehen mag, und Ihr so freundlicher Brief ist derart ungebührlich lang unerwidert geblieben. Verzeihen Sie es diesem grantigen Sonderling, der lieber in einen Bauer fahren möchte, als im Schweiße seines Angesichtes Verse zu machen. Brauche ich Ihnen zu sagen, daß ich mehr als ungeduldig bin, nach Wien zurückzukehren, wo ich mir wieder selbst gehören darf, was mir hier nicht verstattet ist. Man könnte mich vielleicht undankbar schelten, unter diesem wunderbaren reinen Himmel der Heimat so zu sprechen – aber man tut gut daran, sich gegen vollendete Schönheit zu wehren, davor einem nichts erübrigt als ein blödes Schauen. Nein, die Losung ist für unsereinen: Vorwärts zu Dir selber! Bisweilen aber gönne man sich Muße, um wenigstens liebenswürdige Briefe liebenswürdig zu beantworten.
Wollen Sie Herrn ⟨Ullmann⟩ die besten Grüße entrichten, damit ich verbleibe

Ihr sehr ergebener
G. Trakl

Anhang

Zu dieser Ausgabe

Werke

Die erste Buchpublikation Traklscher Dichtungen, der Band *Gedichte*, erschien 1913. *Sebastian im Traum*, die zweite, ebenfalls noch von Trakl selbst redigierte Sammlung, konnte, durch die Wirren des Kriegsausbruchs verzögert, erst 1915, im Jahr nach Trakls Tod, ausgeliefert werden. Beide Sammlungen stehen in der von Trakl gestalteten Form am Anfang der vorliegenden Ausgabe. Daran schließen sich, nach Erscheinungsdaten geordnet, Veröffentlichungen in Ludwig von Fickers Zeitschrift »Der Brenner« aus den Jahren 1914 und 1915 an, die solche Gedichte Trakls erfassen, die nicht mehr in den Band *Sebastian im Traum* eingegangen oder erst nach dessen Fertigstellung entstanden sind.

Unter der Rubrik NACHLASS wird eine Auswahl aus der nach dem Jahr ihrer Zusammenstellung benannten SAMMLUNG 1909 geboten, in der Trakl auf Veranlassung seines Freundes Erhard Buschbeck frühe, zum Teil wohl noch seiner Schulzeit entstammende Gedichte vereinigt hatte. Nur zwei dieser Gedichte fanden schließlich – in überarbeiteter Form und mit neuen Titeln[1] – Eingang in die *Gedichte* von 1913. Die SAMMLUNG 1909 wurde von Erhard Buschbeck zusammen mit anderen Jugenddichtungen Trakls erst 1939 unter dem Titel »Aus goldenem Kelch« veröffentlicht. – Auf die Gedichte aus der SAMMLUNG 1909 folgen, in zwei Gruppen angeordnet, GEDICHTE 1909–1912 (diese wiederum in einer Auswahl) und die mit größerer Genauigkeit datierbaren GEDICHTE 1912–1914. – Die bei Trakl reichlich vorhandenen DOPPELFASSUNGEN wurden nur von denjenigen Gedichten aufgenommen, deren Entstehungsstufen gleichzeitig durch die ausgewählten ENTWÜRFE dokumentiert sind, damit an diesen exemplarischen Fällen die für Trakls Lyrik so erhellenden genetischen Prozesse möglichst lückenlos nachzuvollziehen sind. – Ebenso wie die DOPPELFASSUNGEN können auch die sogenannten GEDICHTKOMPLEXE den spezifischen Entstehungsweg Traklscher Gedichte verdeutlichen, zumal der Komplex *Lange lauscht der Mönch dem sterbenden Vogel am Waldsaum* ... (S. 175), der gleich für vier Gedichte (*An die Schwester*, *Nähe des Todes*,

1 Vgl. die Gedichte *Herbst* (S. 122) und *Verfall* (S. 39) sowie *Farbiger Herbst* (S. 125) und *Musik im Mirabell* (S. 12).

Abendlied und *Helian*), eine gemeinsame Vorstufe repräsentiert, während der Komplex *Finster blutet ein braunes Wild im Busch ...* (S. 177) eine weitere Vorstufe für das Gedicht *Helian* und der Komplex *Sommer. In Sonnenblumen gelb klappert morsches Gebein...* (S. 177) eine Vorstufe für das Gedicht *Sebastian im Traum* darstellt. – Das DRAMENFRAGMENT von 1914 schließlich kann Trakls Bemühungen um eine dialogische Ausdrucksform zeigen, gleichzeitig aber – etwa anhand wörtlicher Übereinstimmungen, die sich über Gattungsdifferenzen zwischen lyrischer, epischer oder dramatischer Form hinwegsetzen[2] – die enge Zusammengehörigkeit und zugleich den lyrischen Grundton aller Dichtungen Trakls erweisen.

Entwürfe

1969 erschien die zweibändige historisch-kritische Ausgabe der »Dichtungen und Briefe« Georg Trakls, herausgegeben von Walther Killy und Hans Szklenar. Damit wurden allererst auch die für das Verständnis der Poesie Trakls so bedeutsamen Entwürfe zugänglich, von denen auch in vorliegender Ausgabe eine exemplarische Auswahl wiedergegeben ist, die Einsicht in die zähen und komplizierten Prozesse Traklscher Gedichtgenese bietet.

Briefe

Zahlreiche Briefe Trakls müssen als verloren gelten. Aus dem noch vorhandenen Briefmaterial wurde eine Auswahl getroffen, die geeignet ist, die unruhvolle biographische Situation Trakls – vom Verlassen der Salzburger Heimat und der Übersiedlung zum Studium nach Wien (1908) bis zum Aufenthalt im Krakauer Garnisonshospital (Oktober/November 1914) – widerzuspiegeln und die entscheidenden Personen seines privaten Umgangs einzuführen. Gleichzeitig vermögen die Briefe Trakls jedoch auch auf den ersten Blick akzi-

2 Vgl. etwa die in dem Prosagedicht *Offenbarung und Untergang* (S. 113) nahezu wörtlich erhaltene Formulierung aus dem Dramenfragment: »Meinem Rappen brach ich im Wald das Genick, da der Wahnsinn aus seinen purpurnen Augen brach. Der Schatten der Ulmen fiel auf mich, das blaue Lachen des Wassers.« (S. 182.)

dentell erscheinende Aspekte einer spezifischen Werkgenese zu vermitteln, die noch an ihrer Oberfläche, etwa im Briefwechsel mit dem Kurt Wolff Verlag, mit ihrem permanenten Ändern, Umstellen, Variieren innerhalb eines im ganzen doch relativ engen Zirkels bildlich-verbaler Obsessionen den Eindruck bestätigt, den schon die Vorstufen und Entwürfe so anschaulich belegen. Die an den Kurt Wolff Verlag gerichteten Briefe vom 27. April 1913 und 10. April 1914 wurden von Ludwig von Ficker formuliert.

Zur Überlieferung

Ein großer Teil von Trakls schriftlichem Nachlaß ist in drei Sammlungen zusammengefaßt: der Sammlung Erhard Buschbeck, der Sammlung Ludwig von Fickers, Trakls entscheidendem Förderer, die inzwischen zum »Brenner-Archiv« der Universität Innsbruck gehört, sowie der Sammlung Maria Geipel-Trakl, die sich seit 1967 im Salzburger Museum Carolino Augusteum befindet; die Yale University Library, Yale, verfügt über die Briefe Trakls an seinen Verleger Kurt Wolff. Darüber hinaus ist ein Teil der Handschriften in privaten und öffentlichen Besitz verstreut (vgl. dazu Bibliographie, Abschn. II,3: Szklenar, 1964).

Zur Textgestalt

Der Text der vorliegenden Ausgabe folgt hinsichtlich Orthographie und Interpunktion der historisch-kritischen Ausgabe. Gleiches gilt für die Zeilenzählung der Gedichte: Überschriften und Widmungen werden mitgezählt, in spitzen Klammern ergänzte Überschriften und Zeilen sowie durch ⟨...⟩ angezeigte Textlücken dagegen nicht.

Die Umschlagabbildung der kartonierten Ausgabe der vorliegenden Edition zeigt Georg Trakl nach einer Zeichnung von Max von Esterle und wurde mit freundlicher Genehmigung des Otto Müller Verlages, Salzburg, dem Band entnommen: Max von Esterle, *Karikaturen und Kritiken*, hrsg. von Wilfried Kirschl und Walter Methlagl, Salzburg: Otto Müller, 1971.

Zum kritischen Apparat

Textzeugen

H Handschrift von Trakls Hand
𝔥 Typoskript Trakls mit handschriftlicher Überarbeitung oder Korrektur von Trakls Hand
(𝔥) Typoskript Trakls ohne handschriftliche Überarbeitung oder Korrektur von Trakls Hand
𝔥 Typoskript von fremder Hand
E Erstdruck oder autorisierter späterer Druck

Die Siglen der Textzeugen werden durch Exponenten (z. B. H^1) in eine chronologische Folge gebracht, wobei die jeweilige Art des Textzeugen keine Rolle spielt. Lediglich die mit *E* bezeichneten Zeugen werden gesondert durchnumeriert, dabei jedoch, ihrem Textstand entsprechend, in die Chronologie der gesamten Überlieferung eingegliedert. Wenn nur ein Textzeuge vorliegt, bleibt dieser ohne Exponent. Ein Zusatz von *a* und *b* zum Ziffernexponenten (z. B. H^{2a}) ist (wie auch bei Fassungen) nicht im Sinne einer Chronologie zu verstehen, sondern hat lediglich spezifizierende Funktion.

Zum Begriff der Handschrift

Der Begriff der Handschrift ist nach dem Verständnis der historisch-kritischen Ausgabe inhaltlich bestimmt. Dies bedeutet, daß nicht nur Manuskripte im engeren Sinn, die durch die Sigle *H* repräsentiert sind, als »Handschriften« anzusehen sind, sondern grundsätzlich ein »integraler, nicht unbedingt vollständig vorliegender Textstand« (HKA II, S. 31), der auch dann gegeben ist, wenn es sich um Typoskripte Trakls handelt.

Zum Darstellungsverfahren

Bei der genetischen Darstellung der Entwürfe wird wie folgt verfahren: Weist eine Textstelle nur geringfügige, einzelne Wörter oder Zeichen betreffende Varianten auf, werden diese mittels eines Lemmas angeführt (z. B. S. 189: **15** Hund] Tier). Wo mehrfache Überarbeitungen einer Zeile vorliegen, werden die verschiedenen Fassungen als »Stufen« bezeichnet. Die Stufen stehen chronologisch untereinander, so daß jede neue Stufe die vorausgegangene wieder aufhebt. Werden aus zwei (oder mehreren) Handschriften Zeilenvarianten angeführt, so erscheinen diese stets mit vollem Wortlaut. Bei den Zeilenvarianten aus *einer* Handschrift aber werden die einzelnen Stufen der Zeile nicht mit jeweils vollständigem Wortlaut wiedergegeben, sondern es werden nur die veränderten Wörter oder Zeichen angeführt, so daß im Druck kein Wort öfter erscheint als in der Handschrift. Dabei haben die neuen Wörter oder Zeichen ihren Ort stets exakt unter der entsprechenden Stelle der vorhergehenden Stufe. Vgl. etwa S. 198 *Der Schlaf*, 1. Fassung, Z. 8; statt:

Schwankt,	schon	hinsterbend	
Schwankt,	schon	verstorben	
Schwankt,	vergeßṇe		Trübsal
Schwankt,	ewige		Trübsal
Schwankt,	schweigende		Trübsal
Schwankt,	bittere		Trübsal

erscheinen die Varianten der Zeile folgendermaßen:

Schwankt,	schon	hinsterbend	
		verstorben	
	vergeßṇe		Trübsal
	ewige		
	schweigende		
	bittere		

Die verwendeten Zeichen

Es steht in:

[ ]	ein vom Autor beim Übergang auf die nächste Stufe getilgter Text;
[ ]	ein vom Autor beim Übergang auf die nächste Stufe versehentlich nicht getilgter Text;
⟨ ⟩	1. eine Textergänzung; 2. eine Auswahlvariante;

<table>
<tr><td>( )</td><td>ein vom Autor durch Unterpungieren wiederhergestellter getilgter Text;</td></tr>
<tr><td>|: :|</td><td>1. ein vom Autor durch Korrektur oder Überschreiben eines früheren Wortlautes hergestellter Text;
2. ein vom Autor – z. B. durch Beziffern der einzelnen Wörter – umgestellter Text.</td></tr>
</table>

Es bedeutet:

<table>
<tr><td>∧</td><td>eine vom Autor auf dieser Textstufe vorgenommene Tilgung;</td></tr>
<tr><td>×</td><td>ein unlesbares Wort;</td></tr>
<tr><td>×</td><td>ein unlesbarer Buchstabe;</td></tr>
<tr><td>*</td><td>Unsicherheit in der Zuordnung der Varianten zu dieser Stufe der Zeile;</td></tr>
<tr><td>*1, *1, *A</td><td>Unsicherheit in der Ordnung der Varianten dieser Zeile, dieses Ansatzes;</td></tr>
<tr><td>ṇ, ṛ</td><td>n, r, vielleicht aber auch en, er;</td></tr>
<tr><td>ṃ, ṇ</td><td>m, n, vielleicht aber auch n, m;</td></tr>
<tr><td>ẹ</td><td>nicht mit Sicherheit zu lesendes e;</td></tr>
<tr><td>Geradschrift</td><td>Autortext</td></tr>
<tr><td>Kursive</td><td>Herausgebertext</td></tr>
<tr><td>S p e r r u n g</td><td>vom Autor durch Unterstreichen oder Sperrung hervorgehobener Text</td></tr>
<tr><td>I, II …</td><td>Wenn mehrere Zeilen eine gemeinsame Stufe repräsentieren, wird diese durch kleine römische Ziffern (I, II usw.) markiert.</td></tr>
<tr><td>(I), (II) …</td><td>Halbfette, in Klammern gesetzte römische Ziffern – (I), (II) usw. – charakterisieren größere, dem endgültigen Text aber noch sehr fernstehende Ansätze. Ein Ansatz wird durch den jeweils folgenden wieder aufgehoben.</td></tr>
<tr><td>A, B …</td><td>Kleinere Ansätze werden durch halbfett gedruckte Versalien (A, B usw.) gekennzeichnet. Auch in diesem Fall hebt jeder neue Ansatz den vorausgegangenen wieder auf.</td></tr>
</table>

Zur Zeilenzählung:

1 — Ein halbfett gesetzter Zeilenzähler bezieht sich auf den Text der Gedichte.

1 — Ein in der Grundschrift (mager) gesetzter Zeilenzähler dient der Orientierung innerhalb später verworfener Ansätze.

1/1 — Der Zeilenzähler, sowohl der halbfett wie der mager gesetzte, gibt an, welche Zeile des endgültigen Textes bzw. der Handschrift jeweils in der betreffenden Zeile der Darstellung beginnt. Die Zeilen der Handschrift werden ohne Rücksicht auf die spätere Textgestalt durchgezählt; dadurch wird sofort deutlich, wenn Trakl etwa die Strophenfolge zu einem späteren Zeitpunkt verändert hat.

1^{a} — Nachträglich in den Text eingefügte Zeilen werden durch einen Buchstabenexponenten zum Zeilenzähler gekennzeichnet.

2 = 1^{a} — Muß die Beziehung zum Text hergestellt werden, darf also die laufende Zählung nicht durchbrochen werden, wird der Nachtrag durch den Zusatz des vorausgehenden Zeilenzählers mit Buchstabenexponenten zum laufenden Zeilenzähler angegeben.

1a, 1a — Nach dem endgültigen Text überschüssige Zeilen werden durch kleine lateinische Buchstaben neben dem Zeilenzähler der letzten gültigen Zeile kenntlich gemacht.

Daten zu Leben und Werk Georg Trakls

1887 Am 3. Februar wird Georg Trakl in Salzburg geboren.
Eltern: Tobias Trakl (1837–1910), Eisenhändler, und Maria Catharina Trakl, geb. Halik (1852–1925).
Geschwister: Wilhelm (1868–1939; aus Tobias Trakls erster Ehe); Gustav (1880–1944); Maria (1882–1973); Hermine (1884 bis 1950); Friedrich (1890–1957); Margarethe, gen. Grete (Georg Trakls Lieblingsschwester; 1891–1917).
Am 8. Februar Taufe (ev. Augsburger Konfession).

1892 Ab September Besuch der katholischen »Übungsschule«, die der k. k. Lehrerbildungsanstalt angeschlossen war. Religionsunterricht in der protestantischen Schule, wo Trakl Erhard Buschbeck kennenlernt.

1897 Besuch des humanistischen Staatsgymnasiums.

1905 Trakl, der schon die 4. Klasse wiederholen mußte, wird auch nach der Obersekunda nicht versetzt und verläßt die Schule. Er beginnt ein dreijähriges Praktikum in der Apotheke »Zum weißen Engel«.

1906 31. März: Aufführung des einaktigen »dramatischen Stimmungsbildes« *Totentag*; 15. September: Aufführung der »tragischen Szene« *Fata Morgana* im Salzburger Stadttheater. – Etwa 1904–06 Mitglied des Dichter-Zirkels »Apollo«, später »Minerva«. – 12. Mai: Erste Prosaveröffentlichung in der »Salzburger Volkszeitung« (*Traumland*). Dort auch weitere Veröffentlichungen: *Barrabas* (30. Juni) und *Maria Magdalena* (14. Juli).

1908 26. April: Erste Gedichtveröffentlichung (*Das Morgenlied*). – 20. September: Erwerb des Tirocinalzeugnisses; Abschluß der Praktikantenzeit. – 5. Oktober: Immatrikulation zum Pharmaziestudium in Wien.

1909 17. Juli: Erwerb des Vorprüfungszeugnisses. – Zusammenstellung der ersten Gedichtsammlung (*Sammlung 1909*), die Trakl wahrscheinlich im Frühherbst Erhard Buschbeck übergibt. – Am 17. Oktober erscheinen auf Veranlassung Hermann Bahrs drei Gedichte im »Neuen Wiener Journal«.

1910 18. Juni: Tod des Vaters. – 25. Juli: Rückkehr nach Salzburg als Magister der Pharmazie. – 1. Oktober: Antritt des Präsenzdienstes als Einjährig-Freiwilliger bei der k. u. k. Sanitätsabteilung Nr. 2 in Wien.

1911 30. September: Ende des Militärjahres. – Rückkehr nach Salzburg. Finanzielle Probleme, daher am 10. Oktober Bewerbung um eine Praktikantenstelle am Ministerium für öffentliche Arbeiten in Wien, wofür Trakl am 24. November vorgemerkt wurde. – 15. Oktober bis 20. Dezember arbeitet er als Rezeptuarius in der Apotheke »Zum weißen Engel«. – Am 1. Dezember war Trakl zum Landwehrmedikamentenakzessisten im nichtaktiven Stand ernannt worden; am 20. Dezember stellt er ein Gesuch auf Aktivierung.

1912 1. April: Antritt des Probedienstes in Innsbruck. – Am 1. Mai wird Trakls Gedicht *Vorstadt im Föhn* im »Brenner« veröffentlicht. Bald darauf lernt Trakl Ludwig von Ficker, den Herausgeber des »Brenner«, kennen, der ihm Freund und Förderer wird. Bis einschließlich 1915 erscheinen im »Brenner« regelmäßig Gedichte Trakls. – 17. Juli: Grete Trakl heiratet Arthur Langen in Berlin. – Am 30. September endet der Probedienst; Trakl erhält positive Gutachten und wird in den Aktivstand übernommen. – Buschbeck leitet die Subskription für einen Gedichtband ein; Trakl stellt ein Manuskript zusammen, das er Anfang Dezember an Buschbeck sendet, der Trakls Gedichte dem Münchener Verlag Albert Langen anbietet. – Am 23. Oktober hatte Trakl eine Rechnungspraktikantenstelle im Ministerium für öffentliche Arbeiten in Wien verliehen bekommen, die er am 31. Dezember antritt.

1913 1. Januar: Gesuch um Entlassung aus der am Vortag angetretenen Stelle. – Rückkehr nach Innsbruck. – Am 10. März bewirbt sich Trakl beim Kriegsministerium in Wien um eine Stelle als Rechnungskontrollbeamter. – 19. März: Der Verlag Albert Langen lehnt Trakls Gedichte ab. – Vom 1. April bis 10. Juni ist Trakl Gast Rudolf von Fickers auf der Hohenburg bei Igls. Dazwischen Treffen mit Karl Borromaeus Heinrich in München und Besuch in Salzburg. – Am 5. April erhält Trakl ein Angebot des Kurt Wolff Verlags. Er überarbeitet die von Langen abgelehnte Sammlung noch einmal. Gegen die Absicht des Verlagslektors Franz Werfel, vorerst nur eine Auswahl zu drucken, protestiert Trakl erfolgreich. Das vollständige Manuskript erscheint in der 2. Julihälfte unter dem Titel *Gedichte*. – Am 15. Juli nimmt Trakl den unbesoldeten

Probedienst als Rechnungspraktikant im Kriegsministerium in Wien auf. Spätestens am 19. Juli meldet er sich krank und verzichtet am 12. August formell auf den Probedienst. 21. August: Gesuch um eine provisorische Assistentenstelle im Ministerium für öffentliche Arbeiten, das im Dezember schließlich abgelehnt wird. – In der 2. Augusthälfte reist Trakl in Gesellschaft von Karl Kraus sowie Adolf und Bessie Loos nach Venedig. – September und Oktober als Gast Ludwig von Fickers in Innsbruck. – November: Reise nach Wien, Verkehr mit Karl Kraus, Adolf und Bessie Loos. – 30. November: Rückkehr nach Innsbruck. – 10. Dezember: Im Rahmen der »Brenner«-Abende öffentliche Lesung eigener Gedichte.

1914 6. März: Trakl schickt das Manuskript seiner zweiten Gedichtsammlung *Sebastian im Traum* an den Kurt Wolff Verlag. – Mitte März fährt Trakl zu seiner Schwester Grete, die infolge einer Fehlgeburt erkrankt war, nach Berlin. Bekanntschaft mit Else Lasker-Schüler. – Anfang April Rückkehr nach Innsbruck. Mitte April Besuch Theodor Däublers in Innsbruck, mit dem Trakl ausgedehnte Spaziergänge in die Umgebung macht. – Mai: Trakl und Ludwig von Ficker besuchen vom 20. bis 26. den »Brenner«-Mitarbeiter Carl Dallago am Gardasee. Trakl ist erneut Gast auf der Hohenburg, wo er wahrscheinlich bis Kriegsausbruch bleibt. – 8. Juni: Anfrage beim Kgl. Niederländischen Kolonialamt nach einer Anstellungsmöglichkeit als Apotheker im Kolonialdienst; Trakl erhält ablehnenden Bescheid. – Juli: Ende der finanziellen Misere; Ludwig Wittgenstein überläßt Ludwig von Ficker 100 000 Kronen zur Unterstützung bedürftiger österreichischer Künstler, wovon dieser Trakl und Rilke mit je 20 000 Kronen bedenkt. – Trakl meldet sich nach Kriegsausbruch freiwillig zur Armee und rückt am 24. August ein; seine Einheit, in der er als Militärapotheker Dienst tut, wird Anfang September in Galizien stationiert und in der Schlacht von Grodek/Rawa-Ruska (6.–11. September) eingesetzt. – Auf dem Rückzug wird ein Selbstmordversuch Trakls verhindert. – Während der Stationierung in Limanowa (Westgalizien) wird Trakl in das Krakauer Garnisonshospital zur Beobachtung seines Geisteszustands eingewiesen. 24. und 25. Oktober: Besuch Ludwig von Fickers in Krakau. – Am 3. November stirbt Trakl an den Folgen einer Überdosis Kokain. 6. November: Beisetzung in Krakau.

1915 *Sebastian im Traum* erscheint. Die Auslieferung des bereits 1914 gedruckten Gedichtbandes hatte sich wegen des Kriegsausbruchs verzögert.

1917 Am 21. November begeht Grete Trakl in Berlin Selbstmord.

1925 Trakls Gebeine werden nach Tirol überführt und am 7. Oktober in Mühlau bei Innsbruck beigesetzt.

Nachwort

I

»Ergriffen, staunend, ahnend und ratlos« habe er, so bekennt Rainer Maria Rilke 1915, Trakls *Sebastian im Traum* gelesen und dabei erfahren, »daß selbst der Nahstehende immer noch wie an Scheiben gepreßt diese Aussichten und Einblicke erfährt, als ein Ausgeschlossener« (zit. nach: »Erinnerung an Georg Trakl« [s. Bibliogr., Abschn. IV], S. 9).[1] Auch professionellen Lesern gilt diese gern zitierte Bemerkung als Bestätigung eigener Lektüre-Erfahrung, zugleich aber auch als Ansporn für den unablässigen Versuch, diese Trennscheiben – sei es mit spekulativem »Über-Blick«, sei es mit philologisch-analytischem »Kopf-durch-die-Wand« – zu durchdringen. Die Trakl-Forschung präsentiert sich infolgedessen dem Ratsuchenden als »wahrer Tummelplatz aller möglichen Formen des ›approach‹« (XI: Brinkmann, S. 277) und damit eher als Stolperstein denn als zuverlässiger Leitfaden zu einem gesicherten Verständnis von Autor und Werk. Gleichwohl spiegelt die Heterogenität ihrer »Leseweisen« zugleich den Auslegungsspielraum, den die »Appellstruktur« der Traklschen Texte zu eröffnen scheint. Ein – schon gattungsbedingt leicht der Versuchung zu excathedraler Verkündigung ausgesetztes – Nachwort wird im Falle Trakls daher gut daran tun, die von der Forschung freigelegten Sinnpotentialitäten in die Charakterisierung dieser hermetisch-schönen Poesie mit einzubezie-

1 Im folgenden werden die in der Bibliographie der vorliegenden Ausgabe verzeichneten Publikationen durch die Angabe der römischen Ziffer des jeweiligen Abschnitts dieser Bibliographie sowie des Verfassernamens – gelegentlich des Titels eines Sammelbandes – und gegebenenfalls der Seitenzahl zitiert. Sind im selben Abschnitt mehrere Schriften des gleichen Autors aufgeführt, wird der Verfassername um die Angabe des Erscheinungsjahrs der Publikation ergänzt. Eine Seitenangabe allein bezieht sich stets auf die Paginierung der vorliegenden Ausgabe.

hen. So versteht sich die nachfolgende Einführung in Struktur und Bedeutung des Traklschen Werkes zugleich auch als ein Wegweiser in einige Aspekte seiner Erforschung.
Als die historisch-kritische Ausgabe der *Dichtungen und Briefe* Trakls 1969 erstmals dessen ganze, überhaupt noch greifbare dichterische Hinterlassenschaft präsentierte und seine poetische Verfahrensweise editorisch erschloß, da waren die Erwartungen »auf die Resultate der wissenschaftlichen Kettenreaktion, die eine solche Bereitstellung der Textgrundlage auszulösen bestimmt ist« (II,3: Allemann, S. 365), hochgespannt. Um so bemerkenswerter indessen, daß die Forschung seither von dem erweiterten Textangebot nur zögernd, sporadisch-marginal (vgl. III: Bolli; V: Berger; Doppler, 1975; Koh; IX: Bergsten; X: Kleefeld; Rey) sowie kaum über bereits bekannte Aspekte hinaus (vgl. dazu VI: Denneler) Gebrauch gemacht hat. Dafür lassen sich mehrere Erklärungen finden. Die Entwürfe erwecken den Eindruck von Altvertrautem, nämlich von der kaleidoskopischen Abwandlung von Bildern und Motiven, wie sie inhaltlich und strukturell aus den endgültigen Gedichten Trakls bereits zuvor zum großen Teil bekannt waren. Da die Entwürfe, wie man mehr und mehr zu erkennen glaubt, einem insgesamt durchaus einsichtigen Prozeß semantisch-struktureller Verbesserung unterliegen, so daß sie in Wortlaut und Komposition der endgültigen Gedichte ihr »Telos«, ihre optimale poetische Verwirklichung finden, kann die Einsicht in ihre Genese zwar die Analyse stützen, letztlich aber auch wiederum entbehrlich sein. Jedenfalls blieb die Ansicht unwidersprochen, jeder Interpret sei ohne Rücksicht auf das überlieferungsgeschichtlich zufällige Vorhandensein von Varianten zu einzelnen Gedichten berechtigt, die endgültige Gedichtgestalt »als einen zunächst definitiven Befund und sprachlichen Entscheid« des Autors »aufzufassen« (VII: Philipp, S. VIII).
Noch wichtiger freilich dürfte eine in den siebziger Jahren generell als »Zeitgeist« zu beobachtende Akzentverlagerung

von poetologischen Fragestellungen, welche auch in der Trakl-Forschung u. a. mit dem Variantenproblem die sechziger Jahre beherrschten, hin zu literarhistorischen Problemfeldern gewesen sein, zu Fragen also nach Einflüssen aus Geschichte und sozialem Umfeld auf die Entwicklung von Autor und Werk, nach Entwicklungsstufen, nach Interdependenzen zwischen Biographie und Werk, Autor und Epoche. Indessen hatte die poetologisch orientierte Forschung für eine überzeugende literarhistorische Einordnung Trakls keineswegs sicheren Grund gelegt. Zu subtil und differenziert waren die ästhetischen Einsichten in seine Lyrik, als daß sie sich ohne Schwierigkeiten den notwendigerweise generalisierenden Kategorien eines Epochenstils oder eines Stiltypus fügen wollten. »Kaum versucht man noch, Trakl lediglich im Rahmen des Expressionismus [. . .] zu sehen«, lautete denn auch das Fazit zu Beginn der siebziger Jahre (II,2: Kemper, S. 496*). Die wenigen gleichwohl unternommenen Versuche lassen von Impressionismus (vgl. III: Falk; »Salzburger Trakl-Symposion«), Neuromantik (vgl. V: Kohlschmidt), Symbolismus (vgl. V: Doppler, 1975; XI: Lehnert) und Jugendstil (vgl. III: »Salzburger Trakl-Symposion«; VIII: Metzner) bis hin zum Expressionismus (vgl. XI: Knapp; Vietta/Kemper) keine wichtige Epoche bzw. Stilrichtung um die Jahrhundertwende zur Kennzeichnung des Traklschen Werkes oder einzelner seiner Entwicklungsstufen aus. Seine Dichtung, befand man daher auch salomonisch, »enthält Elemente all dieser Richtungen, doch muß man seine Bedeutung für den Expressionismus hervorheben« (II,1: Saas, S. 65). – Im Blick auf diesen aber erwies sich Trakls Unterschied zu Autoren wie Heym, Stadler, Benn, Werfel, Stramm, van Hoddis oder Becher bei näherem Zusehen als beträchtlich, und so ist denn in letzter Zeit auch eher an ihnen als an Trakl die »Signatur der Epoche« des Expressionismus aufgezeigt worden (vgl. XI: Brinkmann, S. 224 ff.; II,2: Rusch/Schmidt, S. 229).

Gegenwärtig verdient also die offene Frage nach der literarhistorischen Einordnung Trakls vorrangige Beachtung. Wenn erkennbar würde, daß sich in seiner Poesie – besonders in deren Entwicklungsstufen – Epochenproblematik und Stilvielfalt seit der Jahrhundertwende besonders eindrucksvoll spiegeln, gewänne sein Werk vielleicht jene Repräsentativität und damit jenes Interesse zurück, das ihm im Blick auf die Genese der lyrischen Moderne nicht nur unter poetologischem Aspekt gebührt. Die vorliegende Studienausgabe hat zur Untersuchung dieser Frage deshalb auch Trakls frühe Lyrik breiter dokumentiert. Und die nachfolgenden Ausführungen konzentrieren sich – im Anschluß an die Erörterung einiger Aspekte der Epochenproblematik – auf das Problem der historischen Einordnung Trakls anhand der Entwicklungsstadien seiner Poesie.

II

In einem Brief an seine Schwester Minna schildert Trakl 1908 eine Begegnung mit dem »Leben so klar wie es ist, ohne alle persönliche Deutung, nackt, voraussetzungslos, als vernähme ich alle jene Stimmen, die die Wirklichkeit spricht, die grausamen, peinlich vernehmbar«; er erlebt diese Vision als einen die animalischen Triebe aufrührenden »entsetzlichen Alp«, der dann freilich eine ästhetische Gegenwelt hervorruft: »[. . .] ich lausche, ganz beseeltes Ohr, wieder auf die Melodien, die in mir sind, und mein beschwingtes Auge träumt wieder seine Bilder, die schöner sind als alle Wirklichkeit! Ich bin bei mir, bin meine Welt! Meine ganze, schöne Welt, voll unendlichen Wohllauts.« (S. 214.) Allem Gekünstelt-Literarischen der zitierten Briefpassage zum Trotz bezeichnet sie doch einen auch in späteren Entwicklungsstufen immer wieder neu erfahrenen und gestalteten Konflikt Trakls zwischen Schönem und Wahrem, Ästhetik und Ethik, Sinnlichkeit und Rationalität,

Poesie und Leben, Lebensflucht und Realitätsanspruch, zwischen poetischer und ›bürgerlicher‹ Existenzsuche und -sicherung, zugleich indessen hat dieser Konflikt bereits eine facettenreiche literarhistorische und problemgeschichtliche Tradition.

Seitdem Edgar Allan Poe das Gedicht zum Tempel der Schönheit – ihrer Darstellung und Betrachtung – erhoben hatte und in der Lyrik Leidenschaft und Wahrheit auch nur im Gewande des Schönen zulassen wollte (vgl. XI: Höllerer, S. 14 f.), gab es vor allem bei Baudelaire und bei den Symbolisten eine intensive poetische und poetologische Auseinandersetzung um dieses Postulat und seine Problematik, um die künstlerische Verwandlung auch des Häßlichen in eine neue, »reine und bizarre« Schönheit (vgl. XI: Friedrich, S. 43 f.), um die Spannung zwischen Schönheit und Wahrheit, zwischen ›voyant‹ und ›artiste‹, um das Postulat einer rein ästhetischen Opposition »gegen die Wesenlosigkeit der kollektiven Wirklichkeit« (XI: Hoffmann, S. 500), um das L'art pour l'art als Bedingung einer der »diktatorischen Phantasie« und der Sprachmagie hingegebenen »póesie pure« (XI: Friedrich, S. 135 ff.). »Die Landschaften der Seele sind wunderbarer als die Leidenschaften des gestirnten Himmels«, heißt es auch bei Hofmannsthal (zit. nach: XI: Höllerer, S. 125), und das Symbol als »das Element der Poesie« verwandelt sich in einen Symbolismus, der nicht mehr die Landschaft oder die Realität als Spiegel der Seele, als Gegen-Stand und Medium lyrischer Unmittelbarkeit und eines Einsseins von Ich und Welt wie in der traditionellen Erlebnislyrik heranzieht, sondern der das Wort selbst zum autonomen Träger einer magisch bezaubernden Poesie erhebt: »[. . .] sie spricht Worte aus, um der Worte willen, das ist ihre Zauberei. Um der magischen Kraft willen, welche die Worte haben, unseren Leib zu rühren, und uns unaufhörlich zu verwandeln« (ebd., S. 121). – Mit Recht freilich läßt sich die zitierte Briefstelle auch im Kontext der Nietzscheschen »Artisten-Metaphysik« verstehen (vgl. V:

Doppler, 1975, S. 107 f.): Nach der rauschhaft-dionysischen »Erfahrung« des abgründigen »Lebens so klar wie es ist«, die beim Briefschreiber ganz im Sinne der ›Geburt der Tragödie‹ »mit Ekel als solche empfunden« wird und eine »asketische, willensverneinende Stimmung« hervorruft (XI: Nietzsche, 1872/86, S. 48), rettet er sich in den apollinischen Bilder-»Traum« seiner »schönen Welt« wiederhergestellter Individualität »voll unendlichen Wohllauts«. Auch in den drei frühen – in die vorliegende Ausgabe nicht aufgenommenen – Prosastücken Trakls von 1906 (*Traumland. Eine Episode*; *Barrabas. Eine Phantasie*; *Maria Magdalena*), bei denen es um das Thema »Dionysos gegen den Gekreuzigten« geht (vgl. III: Preisendanz, S. 231 f.), wird – wie im Brief – Nietzsches Lehre veranschaulicht, daß »die ganze Welt der Qual nötig ist, damit durch sie der einzelne zur Erzeugung der erlösenden Vision gedrängt werde« (XI: Nietzsche, 1872/86, S. 33). Dies Beispiel mag zunächst verdeutlichen, welch unterschiedliche Traditionen sich für die Zuordnung von Trakls Werk anzubieten scheinen und wie vielfältig und verschiedenartig deshalb auch die für Trakl geltend gemachten »Bezugs«-Autoren sind: Von den Präromantikern des Hainbundes (vgl. III: Preisendanz, S. 255 ff.), von Novalis, Hölderlin, Eichendorff, Lenau, Heine und Büchner über Baudelaire, Rimbaud und Verlaine bis zu George, Hofmannsthal, Rilke, Dehmel und Liliencron glaubt man u. a. Spuren in Trakls Werk entdeckt zu haben (vgl. II,1: Saas, S. 15 ff.), wobei neben dem weltanschaulichen Einfluß Nietzsches die Nachwirkungen von Novalis, Hölderlin und Rimbaud als besonders beweiskräftig gelten.

Gleichwohl vermag ein Nachweis solcher Einflüsse keine überzeugende literarhistorische Einordnung Trakls zu gewährleisten. Dafür gibt es mehrere Gründe. Zum ersten ist die Positionsbestimmung der genannten Autoren im einzelnen selbst häufig zu umstritten und im ganzen zu diffus. Zum zweiten offeriert die kulturhistorische Szenerie um die

Jahrhundertwende eine Vielzahl von unterschiedlich bedeutsamen – im Zusammenhang mit Trakls Werk bereits erwähnten – Stilrichtungen, die ihrerseits oft nur schwer zu bestimmen und zu unterscheiden sind. Der dritte Grund liegt in der hermetisch-abstrakten, vieldeutigen Bildlichkeit der Traklschen Poesie selbst. Sowohl Einflüsse als auch Anspielungen begegnen vor allem im reifen Werk der *Gedichte* und des *Sebastian im Traum* häufig derart verkürzt und verallgemeinert, daß die Identifizierung eines oder gar mehrerer Bilder mit einer bestimmten Tradition, einer Quelle oder einem Autor den Textsinn zu verkürzen scheint. Gerade an Trakls Entwürfen läßt sich erkennen, wie sehr er bemüht ist, solch eindeutige Bezüge wieder zurückzunehmen, wenn sie einmal – was ohnehin selten der Fall ist – den Orientierungsrahmen im Entstehungsprozeß bildeten. So war z. B. bei der Entstehung der Nachlaßgedichte *Gestalt die lange in Kühle finstern Steins gewohnt* und *O die entlaubten Buchen und der schwärzliche Schnee* ein biblisch-christlicher »Einfluß«, nämlich Leiden und Tod sowie die Geburt Christi, als strukturbildendes und imaginationsleitendes Motiv beteiligt; doch wurde er auf den nachfolgenden Schaffensstufen mehr und mehr getilgt. Hieß es beispielsweise im Entwurf zum zweiten Gedicht zunächst: »aber in Hütten von Stroh erwarten die Hirten Weihnacht«, und »heilige Weihnacht / Wo ein schöner Stern erglänzt« sowie »Stille die Hütte von Stroh, schläft friedlich die Kuh«, so sind die Verse »Leer die Hütte von Stroh; ein Kindliches / Sind die wehenden Birken im Nachtwind« das einzig »Christliche«, das von diesem ursprünglichen »Weihnachtsgedicht« noch Eingang in die Endversion gefunden hat (vgl. S. 154). Ein zentrales Ereignis christlichen Glaubens ist zu einem Zitat als Assoziationssignal, als Anspielung, zusammengeschrumpft. Und eben weil die Überarbeitungsstufen diese Sinnebene zurückdrängen und verunklaren, legitimieren sie uns ja gerade nicht mehr, dieses Gedicht nun noch insgesamt auf einen christlichen Gehalt hin zu interpretieren. Im

Gegenteil taucht das Motiv der »Hütte« auch sonst so oft innerhalb einer bukolisch-arkadischen Szenerie auf, daß man – bestärkt durch die winterliche Landschaft des Gedichts sowie die Vorstellung des »Leeren« der »Hütte« – zugleich die Sinndimension einer Trauer über den Verlust oder den Untergang Arkadiens als eines weiteren wichtigen Motivkomplexes bei Trakl hier hinzuassoziieren möchte.
Und wenn Trakl einmal umgekehrt ein Gedicht erst zum Schluß eindeutig *An Novalis* adressiert, dann bleibt gleichwohl der Wortlaut durch alle Entstehungsphasen hindurch so allgemein, daß das Gedicht, hätte es die ursprünglich erwogenen Titel *Grabsteinschrift* oder *Im Traum* behalten (vgl. S. 206), auch auf andere Bezugsautoren Trakls applizierbar gewesen wäre: auf den von ihm geschätzten Johann Christian Günther ebenso wie auf Hölderlin, Rimbaud oder Nietzsche (Analoges hat man zur »Stadtbeschreibung« in Trakls Gedicht *An Venedig* beobachtet; vgl. X: Lösel). Das einzige, unmittelbar auf Novalis selbst zurückführbare Motiv, die »blaue Blume« aus dem *Heinrich von Ofterdingen*, ist bezeichnenderweise bildungsgeschichtlich längst zu *dem* Symbol der Romantik geworden. Kein Wunder also, daß die Forschung immer wieder Mühe hat, wirklich stilbestimmende Einflüsse auf diese »novalishafte Nachtlyrik« (II,3: Finck, S. 222) von »anverwandelten Reminiszenzen« (III: »Salzburger Trakl-Symposion«, S. 110) sowie von Anspielungen auf traditionelles Bildungsgut zu unterscheiden (vgl. II,2: Rusch/Schmidt, S. 218 ff.).
Angesichts der skizzierten Situation ist es begreiflich, daß in zwei gewichtigen neueren Untersuchungen des Traklschen Werkes zur literarhistorischen Bestimmung des Autors nicht primär auf diese unsicheren Einflüsse und historischen Filiationen, sondern auf stiltypologische Abstraktionen zurückgegriffen wird: Einerseits operiert man mit den komplementären Haltungen oder »Daseinsweisen« des traditionellen »lyrischen Gesangs« und des modernen »Artistischen« und verfolgt deren phasenweise Dominanz und Verflechtung in

der Entwicklung des Werkes (vgl. III: Bolli), andererseits analysiert man genetisch die Abkehr Trakls von dem um die Jahrhundertwende allgemein immer noch vorherrschenden traditionellen Typ der »Erlebenslyrik« (vgl. III: Esselborn). Doch fungieren die stilistischen Bezugsgrößen und Kategorien nur als Folie zur Aufdeckung »einiger Wesenszüge von Trakls dichterischer Existenz« (III: Bolli, S. 10) und leisten, indem sie auf die Erhellung seines Individualstils bedacht sind, gerade nicht die »epochenmäßige Festlegung Trakls« (ebd.), der sie doch dienen sollen. Am Ende erscheint der Österreicher wieder einmal als der »große Einsame« und »ziemlich entfernt vom historischen Augenblick« (V: Berger, S. 231). Die abstrakten Stiltypen müßten demnach bestimmte, historisch lokalisierbare Epochen, Richtungen oder Schulen charakterisieren und in einer an den jeweiligen Grundanschauungen orientierten typologisch-historischen Zuordnung zueinander stehen, die auch für Trakl selbst von Belang ist.

Der folgende Vorschlag für eine Epochengliederung, der auf einem in der Reihe ›Deutsche Literatur im 20. Jahrhundert‹ ausführlich erprobten Konzept basiert (vgl. XI: Hoffmann [i. Vorb.]; Mahal; Philipp; Vietta/Kemper), geht von einer spannungsvollen Komplementarität zwischen Symbolismus und Naturalismus aus, die beide »die Entwicklung der gesamten modernen Literatur ausgelöst« haben (XI: Hoffmann, 1981, S. 498) und die *eine* literarhistorische Epoche zwischen 1885 und 1914 ausmachen (ebd., S. 498 ff.), indem sie die Alternative und die Epochendialektik im Verhältnis der Poesie zur Wirklichkeit repräsentieren: einerseits schroffe Ab- und Eingrenzung sowie Autonomie im verschwenderisch ausgestatteten Medium der Poesie in Symbolismus und literarischem Jugendstil als dessen »Modifikation« (ebd., S. 495), andererseits sozialkritisch inspirierte Hingabe an die ›ganze‹ Realität und deren Mimesis im Naturalismus, wobei dieser zwar »stilgeschichtlich die Grundlage des Impressionismus« bildet, letzterer aber alsbald »von Proletarierelend« und von der häßlichen Alltags- und Großstadtwelt als Sujet der Dichtung »nichts mehr« »weiß« und »lieber eine Frühstücksszene im Grünen bietet oder ein Mädchen mit Sonnenschirm« (XI: Mahal, S. 176). Insofern sind Symbolismus und Impressionismus, aller poetischen und poetologischen Innovationen unerachtet, ständig von der Unverbindlichkeit eines L'art pour l'art bedroht.

Der vorausgehenden Epochenspannung entsprechend (und zum Teil folgend), erwuchs auch in der Epoche des Expressionismus zwischen 1910 und 1925 ein »dialektisches« Miteinander zweier Richtungen: einer realitätszugewandten, »kultur- und zivilisationskritischen« Strömung, welche die Auswirkungen des »technischen Fortschritts«, den »Zerfall der Werte« sowie Enthumanisierung und Ich-Verlust inhaltlich und poetisch zu reflektieren suchte, sowie einer – ebenfalls »einem im Innersten gestörten Verhältnis zur Wirklichkeit« entspringenden, nun aber als Folge dessen bereits auf »geistige Autonomie«, auf innere Erneuerung, Aufbruch und Wandlung zum »neuen Menschen« drängenden – messianisch-pathetischen Richtung (XI: Knapp, S. 131 ff.). Die Epochenspannung zwischen »Dissoziation« und »Erneuerung« kulminierte dann noch mitten in der Katastrophe des Ersten Weltkriegs im produktiven künstlerischen Anarchismus der Dadaisten (vgl. XI: Philipp). – An diesem Epochengerüst mag sich die Anschauung im folgenden entlangtasten.

III

Daß die poetischen Anfänge Trakls unter dem Einfluß von Symbolismus und Jugendstil stehen, wird bereits am programmatischen Eingangsgedicht der von ihm selbst zusammengestellten *Sammlung 1909* deutlich. Vor allem im zweiten der *Drei Träume* entfaltet sich ein unverkennbares Panorama »niegeseh'ner Meere, / Verlass'ner, tragisch phantastischer Länder, / Zerfließend ins Blaue, Ungefähre« sowie von »seltsam belebten, schimmernden Gärten, / Die dampften von schwülen, tödlichen Wonnen« (S. 119). Die jugendstilhaften Züge und zugleich der rhetorisch aufgeplusterte Charakter der Traklschen Nachahmung dieses Typs werden am besten deutlich im Vergleich mit einem symbolistischen Gedicht mit Jugendstil-Einschlag, und zwar aus dem Frühwerk eines anderen Expressionisten – Ernst Stadlers –, der mit seinen 1904 erschienenen *Praeludien* seinerseits unverkennbar unter dem Einfluß des frühen Stefan George steht (XI: Stadler, S. 59 f.; vgl. XI: Hermand, S. 253 ff.):

Aus der Dämmerung

In Kapellen mit schrägen Gewölben · zerfallnen Verließen
und Scheiben flammrot wie Mohn und wie Perlen grün
und Marmoraltären über verwitterten Fliesen
sah ich die Nächte wie goldne Gewässer verblühn:

der schlaffe Rauch zerstäubt aus geschwungnen Fialen
hing noch wie Nebel schwankend in starrender Luft ·
auf Scharlachgewirken die bernsteinschillernden Schalen
schwammen wie Meergrundwunder im bläulichen Duft.

In dämmrigen Nischen die alten süßen Madonnen
lächelten müd und wonnig aus goldrundem Schein.
Rieselnde Träume hielten mich rankend umsponnen ·
säuselnde Lieder sangen mich selig ein.

Des wirbelnden Frühlings leise girrendes Locken ·
der Sommernächte Duftrausch weckte mich nicht:
Blaß aus Fernen läuteten weiße Glocken . .
Grün aus Kuppeln sickerte goldiges Licht . .

Der Tempel der Schönheit, der hier aus Elementen und Motiven einer verfallenden religiösen Kultstätte errichtet wird, nimmt in hohem Maße die Sinnen gefangen: Der

durch den ständigen Wechsel von Daktylen und Trochäen unruhige, durch parataktische Satzstruktur und Enjambements eilige Rhythmus evoziert eine artistisch inszenierte Musikalität, die sich durch den raschen Wechsel von hohen und tiefen Vokalen, in der Dominanz von Liquiden und Sonanten, in der verschwenderischen Vielfalt von Assonanzen und Alliterationen schon in den beiden ersten Strophen akustisch aufdrängt und im zweiten Teil des Gedichts noch durch die Motivik – »säuselnde Lieder«, »girrendes Lokken«, »läutende Glocken« – eine Verstärkung erfährt. Aber auch die optische Wahrnehmung und der Geruchssinn werden im unermüdlichen Vorbeigleiten der kultischen Requisiten bis zum Mitvollzug synästhetischer Empfindungen beansprucht, und dies so sehr, daß sich in der Vergegenwärtigung des Gedichts über dieser auffälligen »Versinnlichung« der Inhalt, der sich durch die Pluralisierung der Motive – »Kapellen«, »Verließe«, »Marmoraltäre«, »Fliese«, »Nächte« usw. – einer konkreten topographischen Imaginierbarkeit ohnehin schon entzieht, zusätzlich verflüchtigt und verdunkelt.
Der Dichter als »Priester der Schönheit« vermag es sogar, den – für Trakl so typischen – Motiven von *Dämmerung* und *Verfall* durch das dekorative szenische Arrangement, die verschwenderische Evokation von Farben, Klängen und Düften sowie durch die in Vergleichen und Metaphern hinzuarrangierte kunstvoll-erlesene Natur-Motivik jeden Schrecken zu nehmen und das Ganze in ein »künstliches Paradies« zu verwandeln. Dabei verwischen sich die Ebenen des ›Eigentlichen‹ und ›Uneigentlichen‹, die Vergleiche und Metaphern verlieren im Kontext ihre »dienende« Funktion und werden zu selbständigen »Stimmungsträgern«, die nicht mehr einer Präzisierung des Comparandums, sondern eher dessen »Diffusion« und Auflösung dienen; die nur auf der Ebene des Uneigentlichen in das Gedicht gelangende Naturmotivik wird so als nahezu gleichgewichtiges, zugleich als kunstvoll-exotisches Arrangement (»Mohn«, »Perlen«,

»Nächte«, die »wie goldne Gewässer verblühn«, »Meergrundwunder«) aufgewertet und der zeremoniellen Draperie aus dem ganz ästhetisierten Bereich des Religiösen analogisiert. Beide Bereiche geben sich so als Inszenierungen eines lyrischen Ichs zu erkennen, das seine eigene poetische Welt im Medium von »Rausch« – repräsentiert durch »Mohn« und »Düfte« aus »geschwungnen Fialen« – und »rieselnden Träumen« erschafft und damit die jahreszeitlichen Vorgänge geradezu übertäubt. Die Künstlichkeit der »Kapellen«-Landschaft filtert gleichsam alle Außeneindrücke und gewährt ihnen nur als kunstgebildlichen Kostbarkeiten Einlaß in den Gedicht-Raum.

So sehr das Gedicht also einerseits mit der formalen Musikalisierung und der inhaltlichen Tendenz zum Entschweben, Verdämmern, Verblühen, zur Auflösung und Ent-Wirklichung den Eindruck einer poetischen Entgrenzung zu beschwören sucht, so sehr begrenzt es sich doch zugleich im rankenden Umsponnensein durch die »rieselnden Träume« als poetisches Kunstgebilde gegenüber aller andrängenden Objektwelt. Und in dieser ruhelosen Bewegung des Verwitterns, Verblühens, Zerstäubens, des Schwankens, Rieselns und Säuselns im ornamentalen Arrangement zwischen »geschwungnen Fialen« und »rankendem Umsponnensein« läßt sich eine jugendstilhafte Komponente bestimmen (vgl. XI: »Lyrik des Jugendstils«).

Der zweite der Traklschen *Drei Träume* gibt sich zwar ebenfalls als Ausgeburt einer kosmische Sphären »gebärenden« und damit Welt *setzenden* »Seele« zu erkennen, doch im Unterschied zu der frühvollendeten Stadlerschen Artistik kann man der in Trakls Frühwerk waltenden »diktatorischen Phantasie« mit Recht einen »Überhang an Reflexion«, eine »Neigung zu weiträumig-universalen Vokabeln« (»niegeseh'ne Meere«, »tragisch phantastische Länder« usw.) sowie »rhetorische Pathetik« (V: Berger, S. 232 f.; vgl. V: Wölfel, S. 52 f.; Strohschneider-Kohrs, S. 213), kurz, zuviel Rationalität und Abstraktion auf Kosten lyrischer Anschaulichkeit und Sinnlichkeit vorhalten (V: Blass, S. 55 ff.; III: Bolli, S. 27). Doch während man Stadlers Wandlung hin zur expressionistischen »Stufe des ›Aufbruchs‹« als »Wendung von einer ästhetisch bestimmten zu einer ethisch gerichteten Kunst« deutete (V: Strohschneider-Kohrs, S. 212), glaubte man bei der Entwicklung Trakls bis zu den *Gedichten* von 1913 »eine bewußte Literarisierung und Stilisierung des Lebens mit der Absicht, die bürgerliche Existenz durch eine ästhetische zu überbieten«, konstatieren zu können (V: Doppler, 1975, S. 100), so daß auch noch die »Gedichte der mittleren Schaffensperiode« dem Symbolismus zuzurechnen seien (V: Doppler, 1971, S. 352).

Indessen eine solche – vorwiegend anhand der beiden Fassungen des Gedichts *Farbiger Herbst* bzw. *Musik im Mirabell* gewonnene – Einschätzung ist problematisch. Gewiß gibt es Jugendstilmotive in beiden Schaffensphasen, und ein Gedicht wie *Einklang* kann als Beispiel für einen gelungeneren Versuch Traklschen Weltentwurfs im Kontext jenes lebensphilosophisch fundierten Gefühls »monistischen Verwobenseins« (XI: »Lyrik des Jugendstils«, S. 20) gelten, das selbst den Tod als Instrument höherer Vollendung palingenetisch umdeutet. Und doch bezeugt die *Sammlung 1909* bereits das Überwiegen eines kritischen, ja destruktiven Verhaltens gegenüber dieser Art poetischer Daseinsgestaltung. Das Gedicht *Dämmerung* thematisiert deutlich diese »Krise des Dichtens« (III: Esselborn, S. 155) und läßt das vielfach kritisierte poetische Unvermögen des frühen Trakl im Kontext der viel beschworenen Sprachkrise um die Jahrhundertwende als Klage des Autors über das »Ungenügen des dichterischen Ausdrucks« verstehen (III: Bolli, S. 17 ff.). *Sabbath* zeigt exemplarisch, wie sich eine deutlich »aufgeschönte« musikalische Struktur in Kontrast setzt zu der bis zum Vampirismus gesteigerten Umkehr des Motivs der Entgrenzung des Ichs. Wird hier die Schönheit der Form durch die »trüben Geiferbronnen ekler Qualen« unrettbar desavouiert und so dieser Gedichttypus gleichsam durch

Überspannung von innen aufgebrochen, so führt ein Gedicht wie *Ermatten* die Auseinandersetzung mit dem L'art pour l'art bereits als Konflikt zwischen der Schönheit, deren »Süße« nur noch »Ekel« und ein »überwach Gefühl der Scham« hervorruft, und »des Alltags grauem Gram«, der schließlich die Oberhand behält (vgl. III: Esselborn, S. 248). Damit markiert dieses Gedicht die genaue Umkehr jener zu Beginn dieses Abschnitts mit dem Brief Trakls an seine Schwester Hermine zitierten Position. Hatten ihn dort die »peinlich vernehmbaren« »Stimmen der Realität« in die schönere Welt der Träume und des »unendlichen Wohllauts« flüchten lassen, so erweist sich nun die alltägliche Realität als jene der poetischen Phantasie immer wieder die Grenzen setzende Macht, der sie sich zu stellen, ja zu subordinieren hat, auch wenn – wie das Gedicht *Confiteor* enthüllt – die demaskierte Wirklichkeit nur den Anblick von »Angst, Verzweiflung, Schmach und Seuchen« bietet. Damit reicht die Kritik des frühen Trakl an diesem Gedichttypus bereits weiter als diejenige, die Stadler gegen Ende seiner *Praeludien* auch schon an seinen »künstlichen Paradiesen« übt.

Die Beobachtung der auffälligen Ambivalenz in der dichterischen Einstellung zu Kunst und Wirklichkeit sowie zu einer »artistischen« und »lyrischen Haltung« läßt sich durch den bedeutenden – bislang leider noch nicht gründlicher untersuchten – Einfluß Friedrich Nietzsches auf Georg Trakl problemgeschichtlich schärfer beleuchten und begründen. Schon um 1906 soll Trakl sich im Freundeskreis als Nietzsche-Verehrer bekannt haben (vgl. IV: Basil, S. 46; V: Blass, S. 141). Sein Bücherverzeichnis weist ihn als Besitzer von »›Zarathustra‹, ›Geburt d. Tragödie‹ und ›Jenseits von Gut und böse‹« aus (vgl. HKA II, S. 727). Die nachhaltigsten Spuren auf Trakls Frühwerk haben dabei die in der *Geburt der Tragödie* entfaltete »Artisten-Metaphysik« und deren »Widerruf« im *Zarathustra* hinterlassen. Um zeigen zu können, daß sich dieser Einfluß geradezu programmatisch und

strukturbildend nicht nur auf die *Drei Träume* ausgewirkt hat, seien die in unserem Zusammenhang wichtigsten Aspekte und Begriffe der Nietzscheschen Kunstmetaphysik kurz erläutert.
Nietzsche hält – das ist zunächst konstitutiv für seinen frühen kunstphilosophischen Ansatz von 1872 – an der erkenntnistheoretischen Unterscheidung zwischen der Welt als »Erscheinung« und dem wahren, allen empirischen Erscheinungen zugrunde liegenden, ewig schaffenden – zeugenden und zerstörenden – »Wesen« der Welt fest, welches Schopenhauer »Willen« nannte. Dionysus und Apollo repräsentieren dabei zwei gegensätzliche »Triebe«, die als künstlerische Grundkräfte in der Welt der Erscheinungen »aus der Natur selbst« »hervorbrechen« (XI: Nietzsche, 1872/86, S. 25), und zwar das Dionysische als *Rausch*, auf das »Wesen« zielend, das Apollinische als *Traum*, auf die Welt des Scheins bezogen. Dionysus ist »jener die Leiden der Individuation an sich erfahrende Gott« (ebd., S. 61), von dem zu lernen ist, daß wir »den Zustand der Individuation als den Quell und Urgrund alles Leidens, als etwas an sich Verwerfliches, zu betrachten hätten« (ebd.); daher ist der Dionysus-Kult Ausdruck der rauschhaften Ent-Grenzung, der Versöhnung zwischen den Menschen sowie zwischen Mensch und Natur (ebd., S. 24), der Rückkehr zum Ur-Einen, des Drangs nach Vereinigung mit dem »Urgrund des Lebens«. Dessen »Urlust« freilich speist sich nicht nur aus solcher Rückkehr, sondern zugleich auch aus dem ständig neuen »Aufbauen« der Individualwelt, um sich in ihr zu fassen, darin zur Ruhe zu gelangen und diese doch immer wieder angesichts ihrer Vergänglichkeit zu verlieren und zu verfehlen. Eben in diesem *Spiel* ist »das Wahrhaft-Seiende und Ureine« zugleich »das ewig Leidende und Widerspruchsvolle« (ebd., S. 32), ist selbst auf Schein und Täuschung, die durch das ständige Erzeugen und Auflösen des »Wahrhaft-Nichtseienden«, nämlich der »empirischen Realität« (ebd., S. 32 f.) zustande kommen, essentiell angewie-

sen. Was so sein Leid ist, ist zugleich als Spiel beständige Lust, wobei es dazu aber eben der apollinischen Verherrlichung der Individuation bedarf. So ist Apollo in der Welt der Erscheinungen »das herrliche Götterbild des principii individuationis« (ebd., S. 24), der »maßvollen Begrenzung«, des »Erkenne dich selbst« sowie der Rechtfertigung und »entzückenden Vision« des jeweils Daseienden in der »Weihe des schönen Scheins« (ebd., S. 23). Die apollinische Illusion kann und soll als Wahnbild den Leidcharakter der »erbarmungslos thronenden Moira« verschleiern (ebd., S. 30), ja die Arbeit am »schönen Schein« kann auch als Ausdruck des Kampfes gegen das Leiden verstanden werden (ebd., S. 32), indessen geschieht sie für den Apolliniker gerade im Wissen um den »verhüllten Untergrund des Leidens und der Erkenntnis, der ihm wieder durch jenes Dionysische aufgedeckt wurde« (ebd., S. 34).

Im engeren Sinne sind Dionysus und Apoll »die lebendigen und anschaulichen Repräsentanten zweier in ihrem tiefsten Wesen und ihren höchsten Zielen verschiedenen Kunstwelten« (ebd., S. 88). »Das Dionysische, mit seiner selbst am Schmerz perzipierten Urlust, ist der gemeinsame Geburtsschoß der Musik und des tragischen Mythus« (ebd., S. 131). Dagegen findet das Apollinische seinen reinsten Ausdruck in der Plastik und in der dichterischen Prosa. Im Blick auf die Poesie behauptet Nietzsche unter Verweis auf die antike Lyrik die »Identität des Lyrikers mit dem Musiker« im Lied (ebd., S. 37). Der Lyriker hat demnach zwischen Dionysischem und Apollinischem zu vermitteln: »Er ist zuerst, als dionysischer Künstler, gänzlich mit dem Ur-Einen, seinem Schmerz und Widerspruch, eins geworden und produziert das Abbild dieses Ur-Einen als Musik [. . .]; jetzt aber wird diese Musik ihm wieder, wie in einem *gleichnisartigen Traumbilde*, unter der apollinischen Traumeinwirkung sichtbar.« (Ebd., S. 37.) Während indessen Bildhauer und Epiker als Apolliniker »in das reine Anschauen der Bilder versunken« bleiben, tönt das »Ich« des Lyrikers »aus dem

Abgrunde des Seins«, ist also bereits im dionysischen Prozeß an das Ur-Eine preisgegeben, so daß die von diesem absoluten Ich hervorgerufenen Bilder »eine ganz andere Färbung, Kausalität und Schnelligkeit« haben »als jene Welt des Plastikers und Epikers«, sie sind »nichts als *er* selbst und gleichsam nur verschiedene Objektivationen von ihm, weshalb er als bewegender Mittelpunkt jener Welt ›ich‹ sagen darf: nur ist diese Ichheit nicht dieselbe, wie die des wachen, empirisch-realen Menschen, sondern die einzige überhaupt wahrhaft seiende und ewige, im Grunde der Dinge ruhende Ichheit, durch deren Abbilder der lyrische Genius bis auf den Grund der Dinge hindurchsieht« (ebd., S. 38).

Trakls *Drei Träume* suchen offenkundig jener Funktion der Kunst im Bereich der Lyrik gerecht zu werden, die der frühe Nietzsche ihr zugedacht hat. Das Gedicht vermittelt in einem prozessualen Geschehen die Einsicht in den Zusammenhang von Wesen und Erscheinung, von Sein und Werden im ständigen Wechsel der Phänomene. Der erste ›Traum‹ verharrt noch auf der Stufe des apollinischen »Träumens«; indem sich das »Ich« im Verlauf der Strophen in Beziehung sieht zu analogen Erscheinungen im Bereich von Natur und Kosmos und sich dabei schließlich zu jenem »Selbst« steigert, das sich als »bewegenden Mittelpunkt jener Welt« benennen kann (»So sah ich mich ewig kommen und gehn«), vermag es sich gleichwohl nur als beständigen Teil eines Wiederkehrens, eben eines Wechsels der *Erscheinungen* wahrzunehmen, dessen *Sinn* es aber – wie der identische Schlußrefrain der drei Strophen pointiert – gerade nicht zu verstehen vermag.

Im zweiten ›Traum‹ nun wird das »Ich« selbst zum *Schöpfer* imaginärer Welten – »In meiner Seele dunklem Spiegel / Sind Bilder niegeseh'ner Meere ...« – und bildet damit den dionysischen Welt-Erzeuger ab. Dies eingedenk der zentralen Bedeutung der Musik bei Nietzsche als des unmittelbaren Abbilds des »Ureinen« auch in Gestalt »von namenlosen Gesängen« bzw. »tiefen Gesängen ohn' Anfang und Ende«.

Damit vollzieht das »lyrische Ich« jene Bewegung, die Nietzsche am »metaphysischen Schwanengesang« von Wagners Isolde als Beispiel für den Wunsch des Individuums nach Rückkehr in den dionysischen »Schoß der wahren und einzigen Realitäten« zitiert (ebd., S. 121):

»In des Wonnemeeres
wogendem Schwall,
in der Duftwellen
tönendem Schall,
in des Weltatems
wehendem All –
ertrinken – versinken –
unbewußt – höchste Lust!«

Das »lyrische Ich« verleiht seinem »Schaffen« Begründung und Trost in dem »Schauer«, »als ob« die Seele »in allem sich wiederfände«, und zwar in den Erscheinungen *und* in der Kunst (den »tiefen Gesängen«), und dabei deuten sich in dem »Schauer« Leid- und Lustcharakter und in dem »als ob« der Scheincharakter dieses Schaffens an. Da gute und böse Erscheinungen zum apollinischen Traum gehören (vgl. ebd., S. 23), folgt auf »eines Lächelns Widerhall« denn auch sogleich »blasser Augen weinendes Flehn«.

Der dritte ›Traum‹ schließlich nimmt eine neue Perspektive ein, nämlich die eines *Sehers*, der das Apollinische und Dionysische gleichsam von außen in ihrem wechselseitigen Zusammenspiel als »ewig gleiche Tragödia« zu begreifen sucht. Während Nietzsche – erst in seiner dritten Schaffensstufe und damit auch im *Zarathustra* – den Gedanken der »ewigen Wiederkunft des Gleichen« expliziert, um dem geschichtlichen Denken angesichts des chaotisch erscheinenden Werdens und Vergehens durch die Vorstellung des Ständigen und damit Wiederkehrenden und Bewahrenden einen Halt zu geben, in welchem das große »Ja« zum Leben als »Wille zur Macht« positiv begründbar ist (vgl. XI: Ulmer, S. 53 f.), biegt das Trakl-Gedicht die historische und ontologische Rechtfertigung der Einzelerscheinung durch das Moment ihrer Wiederkehr in die »ewig gleiche Tragödia« des sich im Einzelnen enthüllenden Leid- und Verfallscharakters der Dinge zurück. Die aus der Betrachtung der Geschichte (vgl. Str. 1), aus Metaphysikverlust, aus Religions- und Kulturkritik (vgl. Str. 2) bei Nietzsche gewonnene Emphase, in der eigenen Gegenwart aus der Einsicht in das Negative nun das Positive, nämlich den »Willen zum großen Menschentum und zur höheren Kultur«, zu verwirklichen (XI: Ulmer, S. 12), wird im Gedicht zu einem Pessimismus umgeformt, der weder aus der Perspektive des Einzelnen (wie im 1. Traum) noch aus dem Gesamtanblick des Seins und Werdens eine Sinndimension, ein Verstehen, eine Rechtfertigung zu gewinnen vermag.

Dies bleibt nicht ohne Folgen für die Betrachtung der Kunst selbst. »Der Schönheit sanfte Gloria«, so zeigt sich am Schluß im Sinne der *Geburt der Tragödie*, ist nicht nur »Schein des Scheins« der Realität, sondern besitzt eine essentielle Bedeutung für das »Wesen«, den »Willen«, weil sie als illusionsstiftendes Relativieren und Mildern zugleich Bedingung und Garant für das Fortzeugen der ewig gleichen Welt-»Tragödia« ist. Indem das Gedicht aber diese der Kunst zugesprochene »Schein«-Funktion nicht nur poetisch gestaltet, sondern ausspricht und damit zur *Erkenntnis* dieser Funktion führt, durchstößt es zugleich jene Illusion, die doch Bedingung des poetischen Funktionierens im Bereich des Weltganzen und der Kultur ist. Und damit wird der Anspruch des frühen Nietzsche an die Kunst, nämlich anstelle der Religion Zentrum einer neuen Kultur zu werden, diese herbeizuführen und mitzugestalten (vgl. XI: Ulmer, S. 37), abgewiesen. Auch die Kunst als Erscheinung, so scheint das Gedicht besagen zu wollen, unterliegt wie alles andere der Vergänglichkeit: »Ich sah [...] Die heiligsten Harfen ohnmächtig [!] zerschellen«. Freilich vermochte Trakl eine solche Kritik an der Kunst gerade auch im *Zarathustra* zu finden, dessen Urteil »Und die Dichter lügen zuviel« von der Figur des Zauberers in zwei der ›Dionysos-Dithyramben‹ nachvollzogen (XI: Nietzsche, 1883–85, S. 765 ff.) und unter dem Gegensatz Wahrheit–Lüge ausgesprochen wird (ebd., S. 808; vgl. III: Bolli, S. 168 f.):

> Das – der Wahrheit Freier?
> Nein! Nur Narr! Nur Dichter!
> Nur Buntes redend,
> Aus Narren-Larven bunt herausschreiend,
> Herumsteigend auf lügnerischen Wort-Brücken,
> Auf bunten Regenbogen,
> Zwischen falschen Himmeln
> Und falschen Erden,
> Herumschweifend, herumschwebend,
> *Nur* Narr! *Nur* Dichter!

So enthält denn bereits das Eingangsgedicht jene Ambivalenz und Spannung in der Funktionsbestimmung der Poesie, die inhaltlich und kompositorisch in dieser frühen Sammlung ausgetragen wird.

Die auf *Drei Träume* unmittelbar folgenden – in die vorliegende Ausgabe aufgenommenen – sechs Sonette zeigen Perspektiven einer von Nietzsche ausgehenden Kritik an seiner frühen »Artisten-Moral«. *Von den stillen Tagen* parallelisiert mit Hilfe ausufernder Wie-Vergleiche die »Krankheit zum Tode« bei Mensch und Natur, wobei die »Feste« und »Lieder« als »halb vergessene« Erinnerung und die im apollinischen Bilderreigen transitorisch beschworene Schönheit keinerlei Trostfunktion mehr gegenüber dem unaufhaltsam hereinbrechenden Untergang besitzen. In *Dämmerung* gar erscheint das »Ich« als von dionysischer Schwermut geschlagen, seines göttlichen »Funkens« und allen metaphysischen Trostes beraubt; doch dies wiederum nicht aus der ideologiekritisch-triumphierenden Perspektive eines *Jenseits von Gut und Böse*; denn die Terzette desavouieren die dionysischen Motive von Musik und Tanz als letztlich *»welken«* »Reigen um der Schönheit Dornenkranz«, welche den *»ver-*

lornen« »Sieger« krönt: »Ein schlechter Preis, um den Verzweiflung rang, / Und der die lichte Gottheit nicht versöhnt« (S. 121). Hier scheint Nietzsches Weltanschauung und Kunstauffassung im Zeichen eines Glaubens an eine Gottheit negiert zu werden, deren Existenz Nietzsche so energisch als »Projektion« der »Schwachen« entlarvt und denunziert hatte. – *Das Grauen* wiederum läßt das apollinische Postulat des ›Erkenne dich selbst!‹ mit dem alttestamentlichen Kains-Motiv in auswegloser Selbstentfremdung enden: Narziß zerstört sich selbst! – Dem hier angedeuteten Motiv des Ich-Verlusts korrespondiert das Scheitern apollinischer Selbsterkenntnis in der Erfahrung der Fremdheit und Unverstehbarkeit der eigenen Kindheit (wie in *Naturtheater*), ja des Sinnverlusts »vergangner Zeiten« allgemein (*Verfall*), wobei die Vergangenheit nur noch als Dimension des Todes (*Am Friedhof*) erfahren werden kann und deshalb in das Postulat des »Vergessens« einmündet – in *Sebastian im Traum* wird Trakl diesen Motivbereich verstärkt wieder aufgreifen. – Die eigene Existenz kann deshalb aber auch als ein negatives Traumdasein erfahren werden, an dem das eigentliche »Leben« vorübergleitet (*An einem Fenster*). – Scheint es im Kontext der sechs noch zur Einleitung der *Sammlung 1909* gehörigen Sonette bisweilen so, als führe ein auch christlich inspiriertes Glaubens- und Sündenbewußtsein bis zum Verdikt der Nietzscheschen Welt- und Kunstanschauung, so vollzieht sich offenbar zugleich – wie im Schlußterzett von *Andacht* mit dem durch ein »Frauenbild« ausgelösten »Kelch verruchter Schauer« oder mit der orgiastisch-mänadischen Auflösung der Individualität als schokkierendem Ziel des dionysischen Taumels in *Sabbath* – eine Depravation christlicher Frömmigkeit und Moral ganz im Sinne Nietzsches. Und ebenso wird man dem »Poète maudit« auf Grund von Gedichten wie *Blutschuld* oder *Der Heilige* die Absicht der Provokation im Blick auf die von Nietzsche so heftig attackierte christliche Moral zubilligen

müssen (zum Postulat geschlechtlicher Enthaltsamkeit der ›Heiligen‹ vgl. XI: Nietzsche, 1886, S. 57 ff.).
Solche Ambivalenz, die offenbar auch als kompositorische Spannung in der *Sammlung 1909* ausgetragen wird, bewegt sich zwischen zwei extremen Polen, wie sie in den Gedichten *Dämmerung* und *Confiteor* fixiert sind, nämlich zwischen einer ebenso radikalen Verneinung wie Bejahung des Nietzscheschen Weltbilds. In *Confiteor* durchschaut das »Ich« die Maskenhaftigkeit und den Scheincharakter der vom »Leben« »gemalten« »bunten Bilder«, hinter denen es nur »Angst, Verzweiflung, Schmach und Seuchen« zu erkennen vermag, und es empfindet – ganz im Sinne Nietzsches – »Ekel« vor diesem »wüsten Traumgesicht«. Doch rettet es sich nun nicht mehr in »seine schöne Welt«, sondern verharrt bei dieser dionysischen Erfahrung in das Wesen der Welt, auch wenn dies die Selbsterkenntnis eines »Komödianten« einschließt, der auf ein »Machtgebot« hin »seine Rolle« »gezwungen, voll Verzweiflung – Langeweile« weiterspielen muß. Beide Pole kongruieren damit aber letztlich in der Erfahrung des Leidcharakters der Welt, den auch die (christlich-)kritische Sicht der Nietzscheschen Kunst-Metaphysik eher bestätigt und vertieft als aufhebt. Insofern hat Trakl seiner Poesie die Funktion eines apollinischen Trostes und einer Täuschung über den wahren Zustand von Sein und Wirklichkeit verweigert.
Von daher war dann auch der Weg zu seiner späteren Poesie vorgezeichnet, welche die Darstellung des Einzelnen zur Enthüllung des Leidcharakters der Welt heranzuziehen sucht. Hierin liegt auch der entscheidende Unterschied zum Jugendstil. Das zitierte Stadler-Gedicht, das ja ebenfalls von Rausch und Traum und dem Prinzip der apollinischen Verwandlung des Leidens in Schönheit bestimmt ist, kann verdeutlichen, daß die skizzierte Nietzschesche Kunstauffassung auch mit den Intentionen symbolistisch-jugendstilhafter Poesie zu verwirklichen war. Von daher ist zu verstehen, daß und warum dieser Gedichttyp stilbildend auf

Trakls frühes Werk eingewirkt hat. Doch von Anfang an sucht Trakl den »Schein« der apollinischen Selbsttäuschung auf die Realität hin zu durchbrechen. Vor allem an den vermutlich 1909 und 1910 entstandenen Gedichten läßt sich dieser Prozeß zunehmender Anreicherung seiner Poesie mit Realitätselementen beobachten. *Am Friedhof* verfolgt noch die Tendenz, die Todesszenerie durch Evokation jugendstilhaft geprägter Sinnlichkeit in »Schönheit« zu verwandeln, doch mißlingt dies bereits durch die für den späteren Trakl so typische »Technik« der Konfrontation »positiver« und »negativer« Bilder, die das Gedicht zu keinem einheitlichen Gesamteindruck zusammenschließen. Schon die nächsten Gedichte *Sonniger Nachmittag*, *Zeitalter* und *Sommersonate* indessen beziehen ihre Bilder fast ganz aus der Prätention einer ›angeschauten‹ Realität, wenn diese auch – vor allem im zuletzt genannten Gedicht – noch weitgehend mit den Motiven des »Brunnens« oder des »Tümpels«, der »Blumenwände«, »Liebesschreie«, »Schmetterlinge« usw. sowie mit der »schwülen« Atmosphäre und dem Kreisen, Flimmern und Tanzen der Jugendstil-Akrobatik verpflichtet sind. Hier scheint bereits ein Elemente der Wirklichkeit zu einem »Eindruck« komponierendes »lyrisches Ich« am Werk zu sein, und die Bandbreite dieser »heiß errungenen Manier« zeigt sich an einem Gedicht wie *Leuchtende Stunde* einerseits, das sich ganz im arkadischen Umfeld des griechischen Mythos ansiedelt, sowie in den Gedichten *Im Weinland* und *Das dunkle Tal* andererseits, in denen Bilder einer häßlichen, abstoßenden Realität im kaleidoskopischen Ablauf der Verse und Strophen eine Welt von ›Trübsinn‹ und ›Verfall‹ beschwören, wie sie dann auch in den *Gedichten* von 1913 in dem für den Expressionismus typischen Reihungsstil vorherrschen.

Indessen befindet Trakl nur zwei Gedichte aus der *Sammlung 1909* einer Aufnahme in seine *Gedichte* von 1913 für würdig: *Farbiger Herbst* (S. 125) als *Musik im Mirabell* (S. 12) und *Herbst* (S. 122) als *Verfall* (S. 39). An den

Entwürfen zu ersterem (vgl. S. 188) läßt sich gut – vor allem an der veränderten letzten Strophe – der Übergang von einer jugendstilhaften Szenerie zum Reihungsstil nachvollziehen (vgl. V: Doppler, 1975, S. 100 ff.; VI: Kemper, 1970, S. 92 ff.). *Herbst* gestaltet mittels der Sonettstruktur in der apollinischen Bildfolge selbst den Prozeß einer Überwindung der in den Quartetten noch evozierten Schönheit durch das Motiv des eintretenden *Verfalls* in den Terzetten und spiegelt somit das Ergebnis von Trakls poetischer Adaption der Ideenwelt Nietzsches. Geradezu exemplarisch verweisen damit beide Gedichte aber auch auf das Fortwirken der beiden hier vorrangig erläuterten stil- und problemgeschichtlichen Einflüsse auf die nachfolgende Schaffensstufe.

IV

»[. . .] man tut gut daran, sich gegen vollendete Schönheit zu wehren, davor einem nichts erübrigt als ein blödes Schauen. Nein, die Losung ist für unsereinen: Vorwärts zu Dir selber!« Diese briefliche Äußerung Trakls (vgl. S. 254) liest sich wie ein Motto über den Entwicklungsstufen seines Werkes, geschrieben zu einem Zeitpunkt, wo er die epigonale Phase seiner Jugenddichtungen endgültig zugunsten jener »heiß errungenen« »bildhaften Manier« überwunden hatte, »die in vier Strophenzeilen vier einzelne Bildteile zu einem einzigen Eindruck zusammenschmiedet« (vgl. S. 220) und in denen nun – in dem für die expressionistische Lyrik charakteristischen ›Reihungsstil‹ – das Häßliche und Böse, das Bedrohliche und Zerstörerische, das Morbide und Dekadente der modernen Realität in z. T. krassen Bildern zum anschaulich-»unschönen« Sujet seiner Poesie wurden. Und doch sind auch diese Bilder von *Trübsinn* und *Verfall* so sehr eingebettet in eine Schönheit der Form, der poetischen Architektur und des musikalischen Wohlklangs, daß der Inhalt sich bisweilen zum »dunklen Wohllaut« zu verflüchtigen scheint und der Autor die Schreckensbilder im »schönen Schein« aufzuheben oder gar an diesen zu verraten droht. Eben darin steckt aber unverändert das Problem einer angemessenen Relation von Dionysischem und Apollinischem im Blick auf die darzustellende Wahrheit.

Bereits in den *Drei Träumen* ist jenes die *Gedichte* von 1913 charakterisierende Formmerkmal der Bilderreihung tendenziell angelegt (»ich träumte von ..., von ..., von ...«; »Ich sah ... Und sah ... Ich sah ...«): Wenn Nietzsche die empirische Realität als ein »fortwährendes Werden in Zeit, Raum und Kausalität« definiert (XI: Nietzsche, 1872/86, S. 33), wenn er den Bildern des Lyrikers eine besondere »Färbung, Kausalität und Schnelligkeit« attestiert (ebd., S. 38) und wenn er die Traumbilder in Relation sieht zur apollinischen Intention nach begrenzender Konkretion, so hat er damit den Lyrikern dieses Gestaltungsprinzip der Reihung jedenfalls dann nahegelegt, wenn es um die poetische Gestaltung der Polarität von Dionysischem und Apollinischem im ständigen Wechsel von Setzen und Auflösen der Erscheinungen gehen soll.

Tatsächlich aber verändert die mechanisch anmutende Reihung von Wirklichkeitsfermenten den Charakter dieser hauptsächlich zwischen 1909 und Sommer 1912 entstandenen Gedichte entscheidend. Und in deren Charakterisierung besteht denn auch in der Forschung weitgehende Übereinstimmung. Am Beispiel von *Im roten Laubwerk voll Guitarren* (vgl. S. 11) lassen sich die dominanten Merkmale dieses »heiß errungenen« Typs veranschaulichen. Das Gedicht ist von Entpersönlichung und Anonymisierung des Ich gekennzeichnet (vgl. V: Strohschneider-Kohrs, S. 214; Wölfel, S. 54). Dieses scheint gleichsam von Erscheinung zu Erscheinung zu wandern (V: Berger, S. 235) – nur an einer Stelle in Strophe 3 tritt es hier noch explizit in Erscheinung –, es ist offenbar auf die Funktion eines formalen Gestaltens im Reihungsstil reduziert (III: Esselborn, S. 211), wenn es seine Anwesenheit auch noch in den deutlichen – gegensätzlichen – Wertungen des einzeln Wahrgenommenen bekundet. Die Bilder scheinen auf den ersten Blick austauschbar zu sein, das Gedicht strebt nicht auf einen besonderen Höhepunkt zu, es wäre beliebig verlänger- oder verkürzbar. Die Bilder selbst stehen weitgehend unverbunden nebeneinander. Dies fördert den Eindruck der Gleich-Gültigkeit der registrierten Phänomene und eines entsprechend dissoziierten »Subjekts«; dies gilt sowohl für die unmittelbar aufeinanderfolgenden »positiven« und »negativen« Phänomene aus banaler Alltagswelt und dem Bereich des Sakralen, aus »Himmel« und Erde, Natur und Kultur wie für die Ebenen des Konkreten und Abstrakten, des Innen und Außen in der Betrachtung.

Schon die Heterogenität der in dieses Gedicht aufgenommenen »Impressionen« und die räumliche Diskontinuität zwischen den Bildern machen deutlich, daß es sich hier auch nicht um ein »impressionistisches« Gedicht handelt, obwohl sich dieser Typ ebenfalls des Reihungsstils bedient, weshalb man denn auch neuerdings auf impressionistische Gedichtbeispiele von Dehmel, Liliencron, Holz und Dauthendey als mögliche Vorbilder für Trakl verwiesen hat (vgl. VIII: Schneider, S. 115 ff.). Der Blick auf ein Gedicht von Dauthendey mag indessen den Unterschied verdeutlichen (XI: Dauthendey, S. 48):

Oben am Berg

Kein Baum glänzte im Abend mehr, alle Blätter löschten aus,
Ein paar Stimmen im Feld gingen nebenher, sprachen vom Wetter
und zogen nach Haus.
Oben am Berg, auf einem offenen Acker frisch gepflügt,
Stand ein Leiterwagen und war schwarz an den gelblichen Himmel
gefügt.
Drinnen im Wagen, rot wie ein Rostklumpen, die Sonne als Fracht.

Ein Bauer hat mit der Peitsche laut geschlagen, die Deichsel hat
gekracht,
Zwei Gäule haben angezogen und fuhren die Sonne in die Nacht.

Auch hier reiht sich »Bild an Bildchen«, doch handelt es sich um die Beschreibung *eines* Vorgangs aus einer einheitlichen Perspektive von »unten« nach »oben«, und das Gedicht bezieht einen Teil seines Reizes aus der optischen Täuschung der Betrachterperspektive, die den Leiterwagen am Himmel und die Sonne als Fracht darin sieht. So entsteht die Einheitlichkeit eines Raum- und Zeitkontinuums und einer Stimmung, an deren Evokation alle einzelnen Bilder mitzuwirken suchen. Dies führt zwar nicht zu einer Symbolstruktur des Gedichts, wohl aber zu einer in den Versen selbst angedeuteten »Remythisierung« im Bild des Sonnenwagens und seines Lenkers, und der weitere Reiz besteht in der Übereinstimmung der mythischen Vorstellung mit einer »real denkbaren Landschaft«, aus der heraus sie entsteht und die gleichwohl Auswahl und Abfolge des Wahrgenommenen lenkt.

Der expressionistische Lyriker Alfred Lichtenstein übernimmt und rechtfertigt nun dies poetische Verfahren der optischen Täuschung und des Reihungsstils in seinem im März 1911 erstmals publizierten Gedicht *Die Dämmerung*, dessen letzte Strophe lautet (XI: »Gedichte des Expressionismus«, S. 70):

An einem Fenster klebt ein fetter Mann.
Ein Jüngling will ein weiches Weib besuchen.
Ein grauer Clown zieht sich die Stiefel an.
Ein Kinderwagen schreit und Hunde fluchen.

Dieselben Phänomene bewirken hier Entgegengesetztes. Während der Reihungsstil bei Dauthendey gerade im Bild des Sonnenuntergangs die Zeit als Kontinuum poetisch zur Anschauung bringt, will Lichtenstein sein Poem von dieser

Orientierung an der Empirie und an den Kategorien von Raum und Zeit lösen. »Der Urheber des Gedichtes will nicht eine als real denkbare Landschaft geben«, erklärt er. »Vorzug der Dichtkunst vor der Malkunst ist, daß sie ›ideeliche‹ Bilder hat.« (Zit. nach: XI: Kemper, S. 29.) Daher können für ihn die aus heterogenen ›Lokalitäten‹ stammenden Bilder dennoch »ein dichterisches ›Bild‹ hergeben, obwohl sie malerisch nicht komponierbar sind« (ebd.). Der Reihungsstil leistet hier poetisch den Stillstand, die Aufhebung der Zeit, weil er allen Bildern dasselbe Kontinuum und damit auch Gleich-Zeitigkeit zuspricht. Dies Gedicht strebt auf keinen Höhepunkt und kein Ende zu wie dasjenige Dauthendeys, und die Auswahl seiner Bilder ist eben auch von der Idee des Sichtbarmachens verschiedener Aspekte eines Phänomens – der Dämmerung – bestimmt. Die schein-exakte Mimesis dient dabei im Kontext der anderen Bilder der Ridikülisierung und zielt auf einen parodistischen Effekt. Und eben deshalb ist bei Lichtenstein – und übrigens auch bei van Hoddis – »die Reihungsform noch ein Symptom des souveränen Umgangs mit den Scherben der Wirklichkeit« (VIII: Schneider, S. 117).

Während sich nun in Stadlers Gedichtsammlung *Der Aufbruch* die Abkehr von Symbolismus und Jugendstil und die Hinwendung zur »messianischen« Variante des Expressionismus deutlich – bis in die Verwendung der prosanahen Langzeile hinein – auch durch »produktive Rezeption« des Dauthendeyschen Impressionismus vollziehen, läßt sich, scheint mir, Analoges von Trakls Lyrik nicht behaupten. Gewiß finden sich bei ihm z. B. auch die Stilfigur der Synekdoche und die Mythisierung der Motive. Und doch überwiegen die Unterschiede, auch im Gebrauch des Reihungsstils. Metapher, Vergleich und Synekdoche dienen bei Trakl nicht einer Präzisierung der Realität, sein Reihungsstil komponiert auch nur selten und vorübergehend einen einheitlichen Imaginationsraum, der noch Raum und Zeit als funktionierende Kategorien der Anschauung zugrunde legte

und eben daraus seine besondere Wirkung und Stimmung bezöge (wie z. B. in *Sommersonate*, *Leuchtende Stunde*, *Jahreszeit*, *Im Weinland*, *Das dunkle Tal*). Wenn seine Gedichte andererseits auch nicht Produkt und Ausdruck eines souverän mit den Realitätsfermenten um eines parodistischen Effekts willen operierenden Ichs sind, steht seine Poesie dennoch bei aller Eigentümlichkeit seines Individualstils dem frühexpressionistischen Lyrik-Typus, wie ihn Lichtenstein und van Hoddis (*Weltende*) repräsentieren, nahe. Denn es geht auch ihm um ein »ideeliches« Bild, das mittels heterogener, häufig gegensätzlich zu empfindender und zu wertender Bilder erzeugt wird und in dem die »messianische Suche nach Aufbruch und Erlösung« weit seltener Ausdruck zu finden vermag als eine ganz auf *Untergang* und *Verfall* gewendete Verzweiflung als Ausdruck eines an der Realität leidenden und dissoziierten Subjekts (wie in *Unterwegs*, 2. Fassung, und *Dezembersonett*).
Wenn man im übrigen den Übergang von Trakls Frühwerk zu jenem in den *Gedichten* von 1913 dominierenden Gedichttyp auch angesichts der »Erweiterung des Wortschatzes und damit zugleich des Weltausschnitts« nicht losgelöst von der »zeitweiligen Übersiedlung Trakls aus dem provinziellen Salzburg in die moderne Hauptstadt Wien« sehen möchte (III: Esselborn, S. 90), wird man jene Deutungsperspektive nicht außer acht lassen, die den expressionistischen Reihungsstil aus den spezifischen Lebensumständen und »akzelerierten« Wahrnehmungsbedingungen des modernen Großstadtlebens herleiten möchte, für welche »Simultaneität des Disparaten in der raschen Folge wechselnder Bilder« charakteristisch ist (XI: Vietta/Kemper, S. 33): »Die im expressionistischen Reihungsstil zutage tretende Dialektik macht deutlich, daß die vom Subjekt gesetzte, aber ihm entfremdete Wirklichkeit in ihrer Diffusität zersetzend auf das Wahrnehmungsich einwirkt, dieses dissoziiert, um so auch die im Wahrnehmungsakt gegebene Objektwelt zu dissoziieren.« (Ebd., S. 39.) – Der reine

Reihungsstil, bei dem in jeder Zeile ein neues, auch syntaktisch selbständiges Bild erscheint, findet sich allerdings nur in sehr wenigen Gedichten, wie z. B. in *Zu Abend mein Herz* oder *Im Winter*; eine große Anzahl von Gedichten verwirklicht ihn überwiegend, sei es in einigen Strophen, sei es in der Zusammenfassung eines Bildes in zwei Zeilen: doch diese besonders häufige Gestaltungsweise ist durchaus auch schon in der *Sammlung 1909* geläufig (z. B. in *Farbiger Herbst*), und sie wiederum gleicht der Bildstruktur in Heyms expressionistischen Gedichten.
Der ganze Stoff sowie Reiz und Zauber der Dauthendeyschen Nach-Bildung eines Sonnenuntergangs und dessen mythische Versinnbildlichung fallen im Zeilenstil des Traklschen Gedichts *Im roten Laubwerk voll Guitarren* dem – mit dem Gedichtganzen kaum vermittelbaren – Vers »Durch Wolken fährt ein goldner Karren« zum Opfer. – Zusammenhänge zwischen den Versen werden statt dessen bei Trakl – abgesehen vom Generalthema des ›Verfalls‹, in dem sie semantisch zusammenklingen – zunächst eher bei Einzelheiten der sinnlichen Wahrnehmung erkennbar, bei Farben, Tönen und Gerüchen. So nimmt in der zuletzt zitierten Zeile das »Golden« sowohl das »Gelb« der wehenden Mädchenhaare als auch der Sonnenblumen aus der ersten Strophe auf. Der Schluß der zweiten Strophe: »In gelben Dünsten Fliegen summen«, scheint das zunächst so »positive« »Gelb« dann aber ins Negative umzudeuten. Durch solche Wiederholungen aktiviert Trakl das ohnehin jedem Farbeindruck mitgegebene Moment der Erinnerung (vgl. XI: Philipp, S. 39 ff.), die sich im Blick auf den jeweiligen Farb*wert* ständig zu korrigieren hat und die Farbe schließlich nur noch als abstrakten Eindruck rezipiert, dessen konkrete »Bedeutung« aus dem Kontext nicht mehr zu erschließen ist (wie etwa das »Rot« im »roten Laubwerk voll Guitarren«).
Diese Tendenz zur Abstraktion der Farbe ist ein allgemeines Kennzeichen expressionistischer Lyrik, und in der Lösung der Farbe vom Gegenständlichen liegt gewiß die wichtig-

ste Analogie zur expressionistischen Malerei (vgl. ebd., S. 28 ff.). Die Farbmetaphorik nimmt in den *Gedichten* von 1913 stark zu, und in kühnen Metaphern wie »blaues Wild« oder »blaue Kindheit« »beansprucht der Farbwert größere Aufmerksamkeit« als das zugehörige Substantiv, dessen Bedeutung sich dadurch zu entleeren scheint (ebd., S. 54). Auch akustische und haptische Sinneswahrnehmungen dienen nicht mehr – wie oft im impressionistischen Gedicht – der präzisen, nuancierten Wiedergabe einer Erscheinung oder einer Empfindung, sondern sie verselbständigen sich häufig schon zu kontextunabhängigen Stimmungsträgern. In der für die *Gedichte* ebenfalls typischen Zunahme der Synästhesien (»rotes Laubwerk voll Guitarren«) verdeutlicht sich ebenfalls die Tendenz zur Verunklärung des Sinngehalts, zum Überwuchern der semantischen Logik durch die Evokation der sinnlichen Wahrnehmungen. Die erste Strophe mag im übrigen als Beleg für die in den *Gedichten* allgemein zu beobachtende Tendenz zur »Abschwächung der syntaktischen Verhältnisse« gelten (III: Bolli, S. 52), wodurch die Mehrdeutigkeit zusätzlich gefördert wird. Einige dieser Stileigentümlichkeiten gehören – wie wir am Beispiel von Stadlers *Aus der Dämmerung* sahen – zum Bestandteil des symbolistischen Gedichts. Im Gesamtensemble der Traklschen Verse gewinnen sie aber eine andere Funktion, weil sie nicht mehr dem Aufbau eines aller Realität entgegengesetzten »künstlichen Paradieses«, sondern nur der partiellen Entrealisierung und Strukturierung einer auf Erscheinungen der Wirklichkeit bezogenen, heterogenen Bilderkette dienen. Die Abstraktionstendenzen dominieren ohnehin nicht in den *Gedichten*, sondern stehen noch in spannungsvollem Kontrast zur Intention Trakls, gerade auch mit Hilfe sinnlicher Eindrücke einzelne Bilder besonders zu konkretisieren, um einen starken Kontrast bewirken zu können, wie z. B. in der letzten Strophe von *Im roten Laubwerk voll Guitarren* mit der Konfrontation von »Verwesungs«-Geruch und dem »Duft von Brot und herben

Würzen«. Analog zur Bildgestaltung kontrastiert der Autor auch die Wertigkeit der Bilder: Auf »Die Alten, die sich blöd umschlingen« (Str. 2) folgen z. B. unmittelbar »Die Waisen«, die »süß zur Vesper singen«.
Aus Elementen des impressionistischen und symbolistischen Gedichttyps formt Trakl somit einen neuen Typ, dessen hervorstechendes Merkmal die inhaltliche und strukturelle Dissonanz als Ausdruck eines dissoziierten Subjekts und Wiedergabe einer von Verfall und Untergang geprägten Welt ist. – Die Dominanz der gleichbleibenden metrisch-rhythmischen Grundstruktur der *Gedichte* mit dem Vorherrschen des regelmäßig alternierenden Vierzeilers (zumeist mit umarmendem Reim) eröffnet die Möglichkeit zur Repetition bzw. Variation von Motiven, aber auch von Lauten, Klängen und Rhythmen, wodurch die semantischen und verstechnischen Zäsuren des Zeilenstils die inhaltlich betonten Gegensätze im metrisch-rhythmischen Gleichklang zusätzlich einebnen können. Die apollinische Begrenzung wird somit im gleichmäßigen Wechsel und im nivellierenden Gleich-Klang durchlässig für ihre dionysische Überwindung.
Klänge und Töne bestimmen überhaupt in hohem Maße die *Gedichte* von 1913. Dies gilt zunächst für den Bereich der Motivik, wie auch unser Beispiel mit den »Guitarren« und dem »Singen« der Waisen »zur Vesper« belegt. Man hat dazu ein stattliches »Wörterbuch der musikalischen Motive bei Georg Trakl« zusammengetragen (VII: Hellmich, S. 161 ff.) und mit Recht darauf aufmerksam gemacht, daß viele seiner Jugendgedichte »im Formalen manchen in der Musik üblichen Bauschemata« ähneln (ebd., S. 54), wofür die drei Einleitungs-*Träume* der *Sammlung 1909* als Thema mit Variationen – und hier wiederum besonders der erste mit der identischen Strophenschlußzeile – symptomatisch sind (ebd., S. 53). Diese Nachahmung äußerer musikalischer Variations- und Imitations-Formen wird auf der Schaffensstufe der *Gedichte* »durch innere musikalische Formen«

abgelöst (ebd., S. 54), durch eine bestimmte Leitmotiv-Technik und durch eine ausgefeilte Lautstruktur mit einer häufig geradezu verschwenderischen Ausstattung der Wörter mit Assonanzen und Alliterationen.
Noch ein im Bildablauf – wie es scheint – so sehr dem Nachvollzug eines äußeren Geschehens verpflichtetes Gedicht wie *Der Gewitterabend* (vgl. S. 17) kann verdeutlichen, wie sehr seine Komposition von musikalischen Formen der Leitmotivik und Variation entscheidend geprägt wird. Dies gilt nicht nur für die Alliterationen (z. B. »*W*einlaub *w*irr ins Blau ge*w*unden«) und für den auffälligen – die gespannte Atmosphäre vor der »Entladung« des Gewitters symbolisierenden – Wechsel dunkler und heller Vokale, sondern für die Repetition derselben Motive in der jeweils gleichen Strophenzeile (so in Z. 2: »Fenster«, »Scheiben«, »Fensterrahmen« und – nach der voraufgegangenen Kontamination dieses Motivs mit »Wind« und »Möven« schließlich die variierende Übertragung: »Bläulich schwirrt der Nacht Gefieder«; vgl. ferner die Analogien von »Rossen« und »Feuerreiter«, »Wolken« und »Regen«, »Blitzen« und »Flammen«). Aus der Beobachtung der ebenso auffällig inszenierten Kontraste und der »Gegenbildlichkeit« (vgl. IX: Heselhaus) »positiver« oder »negativer« Bilder (besonders auffällig wieder *Im roten Laubwerk voll Guitarren*) hat man sowohl das Entwurfsstadium als auch die fertigen Gedichte – zuletzt noch den *Psalm* (V: Doppler, 1975, S. 111 ff.) – nach dem »Modell der Sonate« (VII: Held, S. 163 ff.) interpretiert oder allgemeiner die »musikalische Struktur« etwa der *Passion* untersucht (VI: Killy, S. 21 ff.; vgl. VII: Hellmich, S. 72 ff.). Und da man das Variieren als »das eigentlich vorherrschende Prinzip der Musik« bezeichnen kann (VII: Hellmich, S. 72), ist die – sowohl durch Trakls Arbeit an den Entwürfen als auch durch die hohe Rekurrenz und Ähnlichkeit seiner Bilder und Gedichte hervorgerufene – Auffassung keineswegs abwegig, die Variation eines relativ schmalen Bild- und Motivbestands zu immer

anderen poetischen »Melodien« als »bestimmendes Merkmal der Traklschen Lyrik« zu betrachten (ebd.). Die sich hierin offenbarende grund-legende Nähe zur Musik und die durch mehrere Fassungen hindurch stetig verfolgte Suche nach der optimalen poetischen Umsetzung einer musikalischen Struktur, nämlich des Baugesetzes der Sonate, lassen sich am Beispiel der Entwürfe von *Melancholie I* besonders gut verfolgen (vgl. S. 190): Schon in der zusammenhängenden Niederschrift der ersten 12 Verse unter dem Titel *Leise* sind die Exposition, die Aufstellung zweier Themen aus dem Bereich von Natur und Mensch, die Verarbeitung des motivischen Themenmaterials, die Aufnahme der Exposition in der Reprise sowie das Ausschwingen der »Sonatenklänge, die im Ohr erstarben«, in der Koda als Bestandteile eines Sonatensatzes zu erkennen.

Die Musik wurde in Trakls Elternhaus hoch geschätzt. Georg erhielt bereits als Volksschüler Klavierunterricht, seine Schwester Grete ließ sich sogar zur Konzertpianistin ausbilden (vgl. VII: Hellmich, S. 18 ff.). Daß er selbst für die musikalische Wirkung von Literatur ein feines Gespür besaß, bezeugt seine 1908 erschienene Rezension einer Dichterlesung von Gustav Streicher, dessen Weg vom »Naturalismus« der »Heimatkunst« bis zur »Neuromantik« er zuvor charakterisierte: »In diesen Versen ist etwas von der süßen, frauenhaften Überredungskunst, die uns verführt, dem Melos des Wortes zu lauschen und nicht zu achten des Wortes Inhalt und Gewicht; der Mollklang dieser Sprache stimmt die Sinne nachdenklich und erfüllt das Blut mit träumerischer Müdigkeit.« (HKA I, S. 208.) Eine analoge Wirkung wird man der Traklschen Poesie auch attestieren können, zumal wenn man die Ergebnisse einer Untersuchung über das Verhältnis von »Wortklang und Wortbedeutung« (VII: Wetzel, S. 108 ff.) berücksichtigt: »Der gleiche Klang schafft zwischen Wörtern, die dazu disponiert sind – ihr Stellenwert kann dies bewirken oder dazu beitragen –, eine Affinität in der Bedeutung.« (Ebd., S. 116.) Gewiß

vermögen die Klänge auch »die sinnliche Wahrnehmbarkeit des Bilddetails« zu erhöhen (ebd., S. 152), doch da viele Motive und »Zeichen« der Traklschen Bildwelt in ihrer Bedeutung nicht oder kaum zu entschlüsseln sind und die Sprache Trakls somit »zwischen Sinn und Sinnlosigkeit zu oszillieren« scheint (ebd., S. 153), erhöht dies die Wirkung der Klänge, und diese wiederum tragen damit auch zur inhaltlichen Nichtfestlegbarkeit der Motive nicht unerheblich bei (vgl. dazu auch III: Simon, S. 73). Diese Beobachtung gilt vor allem für die Lyrik der nachfolgenden Schaffensstufe. Die *Gedichte* indessen bewegen sich bei aller Deutlichkeit, Anschaulichkeit und Verstehbarkeit im einzelnen bereits in diese Richtung. Es ist, als umgebe sie ein polyphoner Klang-Schleier, der noch die größten inhaltlichen Kontraste in eine dissonante »Tonalität« einbindet. Insofern läßt sich der Reihungsstil mit seiner Komprimation von »vier einzelnen Bildteilen zu einem einzigen Eindruck« mit einem musikalischen Akkord vergleichen (vgl. V: Doppler, 1968, S. 228), und dies um so mehr, als in der expressionistischen Musik von Arnold Schönberg, den Trakl offenbar schätzte (vgl. S. 233 f.), Struktur und Form des traditionellen, auf dem Abstand der Terz basierenden Akkords durch die Inthronisation der Quarte selbst in Frage gestellt wird (vgl. XI: Stuckenschmidt, S. 253 f.). Musikalische Atonalität in Verbindung mit der Tendenz, Ausdruck »in kleinste Phrasen« zu komprimieren, »mitunter in einen Akkord, der dann eben als vertikales Gerinnsel, als Aufrechtstellung, als statisches Symbol einer Melodie fungiert« (ebd., S. 259), läßt sich mit dem dissoziierten Reihungsstil analogisieren. Die musikalische Tendenz zur Kürze als Bedingung der Verwirklichung des »hochgespannten Ausdrucks«, also der »Expression«, wurde entsprechend bei Trakl als »Konzentration« hervorgehoben (V: Strohschneider-Kohrs, S. 220).
Die »heiß errungene Manier« des aus Dissonanzen »zusammengeschmiedeten Eindrucks« evoziert und repräsentiert

zugleich eine Skala von Gefühlen. Und gerade diese dienen für Nietzsche dazu, »die Musik zu symbolisiren: wie dies der Lyriker thut, der jenes begrifflich und bildlich unnahbare Bereich des ›Willens‹, den eigentlichen Inhalt und Gegenstand der Musik, sich in die Gleichnißwelt der Gefühle übersetzt.« (XI: Nietzsche, 1871, S. 24.) »Alle Lust- und Unlustgrade – Äußerungen *eines* uns nicht durchschaubaren Urgrundes – symbolisiren sich im *Tone des Sprechenden*: während sämmtliche übrigen Vorstellungen durch die *Geberdensymbolik* des Sprechenden bezeichnet werden.« (Ebd., S. 21.) Zu letzterer zählt für Nietzsche der »ganze Bereich des Consonantischen und Vokalischen« (ebd., S. 22), der »Tonuntergrund« dagegen ist »der allgemeine und über die Verschiedenheit der Sprachen hinaus verständliche« (ebd.).

Solche – an Schopenhauers und Wagners musikästhetische Überlegungen anknüpfenden – Auffassungen Nietzsches sind *ein* wichtiger Anstoß für die Überlegungen Kandinskys im *Blauen Reiter*, alle Künste im Medium des »inneren Klangs« zusammenführen zu wollen (vgl. XI: Kemper, S. 81 ff.), für die Wirkung seiner Auffassung vom Wort als »innerem Klang« auf die Vortragskunst Rudolf Blümners und die Wortkunst August Stramms sowie für die Erfindung des Lautgedichts bei Hugo Ball und anderen Dadaisten (vgl. XI: Philipp, S. 48 ff.). Die Zugehörigkeit Trakls zu diesen klang-hörigen Initiatoren einer expressionistischen Bild- und Wortkunst scheint mir evident zu sein. In diesem Kontext wirkt die musikalische Struktur seiner Gedichte nicht als Versuch, die bedrückende Realität mittels der »ins Wort gesetzten Musik« symbolistisch im schönen Schein zu erlösen (vgl. V: Doppler, 1975, S. 107 ff.; III: Falk, S. 229 ff.), sondern als wesentlicher Garant für die poetische Sprache, Verfall und Leid in ihrer Sinn-losigkeit und damit zugleich den Leidens-Urgrund durch akustische Dissonanz *sinnenfällig* zu machen. So verstanden dient die musikalische Struktur noch einer mimetischen Intention. Das Klang-Spiel symbolisiert also keine Gegenwelt, keine ästhetische Autonomie. Gerade die Monotonie des Reihungsstils bezeugt die Unwilligkeit oder Unfähigkeit des »lyrischen Ichs«, eine solche Gegenwelt poetisch zu entwerfen (vgl. III: Bolli, S. 78).

V

Wenn man Nietzsches Bestimmung des Apollinischen mit der Entwicklung des Reihungsstils in Verbindung bringen kann, dann auch mit dessen Überwindung durch Trakl. Denn in Apolls Bestreben, feste »Grenzlinien« zwischen den Einzelerscheinungen zu ziehen, sah Nietzsche bereits die Gefahr, daß dadurch »die Form« »zu ägyptischer Steifigkeit und Kälte erstarre« und »die Bewegung des ganzen Sees ersterbe«, weswegen »die hohe Flut des Dionysischen alle jene kleinen Zirkel« »von Zeit zu Zeit« zerstört habe (XI: Nietzsche, 1872/86, S. 60). Tatsächlich hat man in Trakls Reihungsstil die Gefahr des »poetischen Formalismus«, des Erstarrens in einer gewissen »Mechanik« als bedeutsamen Grund für seine Suche nach einer modifizierten Ausdrucksform gesehen, wie sie sich dann in der Mehrzahl der Gedichte in *Sebastian im Traum* dokumentiert (V: Berger, S. 236). Nach einer Schaffenskrise im Sommer 1912 lösen zunehmend Gedichte in sogenannten »freien Rhythmen« die »metrischen« Gedichte der zweiten Schaffensphase ab. Einige dieser seit dem Herbst 1912 entstandenen Gedichte wie *An den Knaben Elis*, *Nähe des Todes*, *Amen*, *Abendlied* und *Helian* lockern bereits kompositorisch die Sammlung von 1913 auf. – Die »hohe Flut des Dionysischen« wird indessen erst mit den späten, im »Brenner« veröffentlichten Hymnen in Trakls Poesie durchbrechen.
Ein Gedicht wie *Verklärung* (vgl. S. 78) mag Konstanz und Wandel gegenüber dem Typ der *Gedichte* von 1913 verdeutlichen. Die Anschaulichkeit als Zeichen des echten Apollini-

schen wird keineswegs abgeschwächt. Die Imagination orientiert sich aber nicht mehr an einem z. T. aufdringlichen Naturalismus der Bilder, den Nietzsche übrigens als »undionysisch« und »unkünstlerisch« kritisiert hatte (XI: Nietzsche, 1872/86, S. 72), sondern am Entwurf einzelner Szenen (vgl. III: Esselborn, S. 44). Diese treten an die Stelle der formal identischen Bilderreihung, und zwar ohne Rücksicht auf die Zeilengrenzen. Dabei handelt es sich um zumeist gestisch verkürzte, »finale« Handlungsabläufe (z. B. »Ein sanfter Mönch / Faltet die erstorbenen Hände«) im Wechsel mit iterativen Aktionen (z. B. »Ein kleiner Vogel singt im Tamarindenbaum«) oder Zuständen (z. B. »Ein nächtiger Kranz [...] Ist das Jahr des Schauenden«). Die Abfolge der Szenen sorgt jeweils – hierin noch analog zum Reihungsstil – für einen raschen Wechsel der Schauplätze, der Motive, Personen, Aktionen und Gesten.

Auch die strenge Komposition des Einzelgedichts bleibt auf dieser Stufe erhalten. So korrespondiert in *Verklärung* z. B. das »Singen« des »Vogels« am Anfang mit dem »Tönen« der »blauen Blume« am Schluß, das »Blau« der »Blume« wiederholt das »Blau« des »Antlitzes« vom Gedichtbeginn und des »Veilchens« aus der Gedichtmitte. Die Beobachtungen ließen sich fortsetzen; die Beispiele zeigen indessen bereits, daß diese Korrespondenzen in der Gedichtvertikale ebenfalls Konnotationen zu stiften suchen zwischen Motiven, deren Bedeutungszusammenhang von der »Alltagssemantik« her rätselhaft bleibt. Der Eindruck der kaleidoskopischen Bildabfolge, wie er durch den Reihungsstil hervorgerufen worden war, wandelt sich bei den Gedichten aus *Sebastian im Traum* zur Imagination der variierenden Wiederkehr des Gleichen. Und dies wird noch beträchtlich gefördert durch eine – stärker als in den *Gedichten* von 1913 auch äußerlich durchgeführte – zyklische Komposition des *Sebastian im Traum*: So tauchen nahezu alle Motive und Bilder aus *Verklärung*, das im Mittelpunkt des Teilzyklus *Siebengesang des Todes* steht, in gewandelten Konstellationen auch in den benachbarten Gedichten auf. Und ebenso läßt sich eine bemerkenswerte motivische und kompositorische Verwandtschaft zwischen den Entwürfen konstatieren; so beispielsweise zwischen den ersten acht Zeilen der jeweils ersten Fassungen von *Ruh und Schweigen* und *Geistliche Dämmerung* (S. 192 und 194; zur Analyse dieser Entwürfe vgl. VI: Kemper, 1970, S. 75 ff., 86 ff., 112 ff.). Insofern ist die Beobachtung richtig, daß sich der Eindruck einer hohen Bildrekurrenz erst bei den seit Herbst 1912 entstandenen Gedichten *aufdränge* (III: Bolli, S. 60); offenkundig ist er vom Autor durch die kompositorische Anordnung der Gedichte in *Sebastian im Traum* noch verstärkt worden. Eine gründliche Analyse der Traklschen Kompositionsprinzipien in seinen Gedichtsammlungen fehlt allerdings bis heute.

Ferner bleibt diesen Gedichten auch die Musikalität der Lautstruktur erhalten: »Stille wohnt / An deinem Mund der herbstliche Mond, / Trunken von Mohnsaft dunkler Gesang« (*Verklärung*). Die assonierenden und alliterierenden Laute dieser Strophe evozieren ein magisches Konnotationsgeflecht zwischen den Motiven, die »Sinnlichkeit« der Klänge scheint hier die inhaltliche Paradoxie förmlich zu »übertönen«.

Doch dem »Tönen« steht mit einem nicht weniger großen Wortfeld das Motiv des »Schweigens«, der »Stille« und »Ruhe« gegenüber, und diese Stille ist nicht nur Thema, sie wird auch strukturell »vollzogen«. Denn dadurch, daß Trakl bei seinen neuen Gedichten auf ein festes Metrum, den Endreim und eine einheitliche Strophenform verzichtet, mildert er zugleich den »Eindruck der kreisenden, reigenartigen Bewegung« (VII: Wetzel, S. 159), der die »Kreiskomposition« der metrischen Gedichte zumeist charakterisiert und klangliche Responsionen besonders gut vernehmbar machte. »Mit dem Übergang zu freien Rhythmen haben Trakls Verse einen Teil ihrer Sangbarkeit eingebüßt.« (III: Bolli, S. 103.)

Doch dies nicht wegen einer »prosaischeren« Betonung; denn hierin ändert sich kaum etwas: Selbst in Versen, in denen sich – wie am Beginn von *Föhn*: »Blinde Klage im Wind, mondene Wintertage« – schwergewichtige Trochäen mit »eiligeren« Daktylen abwechseln, kommt es zu keiner Beschleunigung des Rhythmus, vielmehr tendieren die Betonungsverhältnisse – hier offenbar mitbedingt durch das Gleichmaß der assonierend-dissonierenden Lautstruktur – zu »gleichen Hebungsabständen« (VII: Wetzel, S. 64) und zu einer geregelten Alternation, welche die allgemeine Neigung zum »Versinken in Stille und Dunkelheit« fördert (ebd., S. 159). Trakls *Helian*, so schrieb Rilke, sei ihm »ergreifend« »durch seine inneren Abstände, es ist gleichsam auf seine Pausen aufgebaut« (zit. nach: IV: »Erinnerung an Georg Trakl«, S. 8), und an der »Vorlese-Art« Trakls selbst kritisierte ein Rezensent im Dezember 1913 die »übergroße Gedämpftheit« (HKA II, S. 720 f.). Ein anderer führte aus: »Der Dichter las leider etwas zu schwach, wie von Verborgenheiten heraus, aus Vergangenheiten oder Zukünften, und erst später konnte man in dem monotonen gebethaften Insichsprechen dieses schon äußerlich ganz eigenartigen Menschen Worte und Sätze, dann Bilder und Rhythmen erkennen, die das Gefüge seiner Dichtung bilden.« (HKA II, S. 721.) – Und wenn ein Gedicht wie *Verklärung* mit dem »Tönen« der »blauen Blume« endet, so schließt das nachfolgende – *Föhn* – mit der »schweigenden Trauer« und einer Schlußzeile – »Silbern zerschellt an kahler Mauer ein kindlich Gerippe« –, die eine geradezu schockhafte Todes-Stille beschwört. Damit tritt dieses »final« komponierte und ganz ins Negative gewendete Gedicht offenkundig in Kontrast zu der voraufgehenden *Verklärung*.

Während der Reihungsstil der *Gedichte* die Abfolge der Zeit gleichsam dadurch zu neutralisieren vermochte, daß er sie in gleiche Teile segmentierte und die Wiederkehr desselben Ablaufs den Eindruck zeitlicher Identität und damit des Verschwindens des Zeitfaktors als solchen zugunsten des

»ideelichen Bildes« bewirkte, sind die Gedichte des *Sebastian im Traum* durch Tempuswechsel (vgl. III: Bolli, S. 94 ff.) und damit durch eine zeitlich gestufte, »finale« Bildabfolge (V: Berger, S. 242) charakterisiert. Zeit wird damit auch als Diskontinuität thematisch und auf verschiedene geschichtliche Stadien von der paradiesischen Vorzeit bis zur Apokalypse bzw. Erlösungsvision appliziert. An die Stelle der Simultaneität tritt somit die Perspektivierung von Zeit und Geschichte. Das den Teilzyklus *Siebengesang des Todes* eröffnende Gedicht *Ruh und Schweigen* (vgl. S. 73) kann verdeutlichen, daß die Strophen mit je zwei knappen Bildern einen Zeitraum von den Anfängen des Mythos bis zur Erlösungsepiphanie durchlaufen. Daß hier die Pausen zwischen den Strophen gleichsam vom Inhalt her erforderlich sind, dürfte einleuchten. Die Bereicherung des Satzbaus um hypotaktische Strukturen sowie die zunehmende Nominalisierung von Adjektiven und Verben (»Den Schauenden«, »das Heilige blauer Blumen«, »Vergessenes«) sind Anzeichen einer neuen Bemühung um poetische Reflexion; dabei verknüpft sich das Motiv des »Denkens« – »Denkt die nahe Stille Vergessenes, erloschene Engel« – mit dem Motiv der Erinnerung, die aber »Schlaf« als Vorstufe des Todes (»erloschene Engel«) einschließt und daher immer wieder in »sinnendes« Schweigen verfällt. Solches »Anheben und Hingehen« – wie Rilke es nannte (zit nach: IV: »Erinnerung an Georg Trakl«, S. 8) – bedingt zusätzlich diesen ständigen Wechsel von magischem Tönen und mystischem Schweigen in und zwischen diesen Gedichten, und darin macht sich die für diese Schaffensphase konstitutive Komplementarität von lyrischem Gesang und meditativer Stille geltend.

Damit indessen erweitert sich auch – als Pendant zur auffälligen Bildrekurrenz – der Motivbereich in dem neuen Gedichttyp. Am *Psalm* ist z. B. gut erkennbar, wie der Autor versucht, seine realitätsbezogenen Verfallsbilder mit paradiesisch-arkadischen, mythischen, aber auch christlichen Vorstellungen gleichsam kontrapunktisch zu korrelieren. Zugleich nehmen die literarischen Anspielungen und Zitate beträchtlich zu. Neuerdings unterstellt man Trakl sogar die »Absicht, Zitate bewußt als kompositionelles Formprinzip zu verwenden, indem Entsprechungen und Verbindungen, die zwischen verschiedenen Texten bestehen, zum Strukturprinzip erhoben werden« (VII: Schier, 1972, S. 1062; vgl. auch VIII: Metzner, S. 145). So lassen sich etwa die wichtigsten Bilder und Motive des *Abendländischen Liedes* sowie dessen – wie *Ruh und Schweigen* den großen Geschichtsepochen von mythischer Vorzeit bis zur »Erlösung« folgende – Komposition als inhaltliche und strukturelle Entsprechung, ja poetische »Wiederholung« von Novalis' *Hymnen an die Nacht* nachweisen (vgl. die analoge Beziehung zwischen *Geburt* und Novalis' *Heinrich von Ofterdingen* in XI: Vietta/Kemper, S. 237 ff.). Im Kontext dieser Gedichte, so hat man ferner erkannt, wird auch die Wirklichkeit in Einzelbildern »bloß zitiert«: »Sind seine Bilder Abbildungen von Wirklichkeit oder nicht vielmehr freie Gebilde mit Hilfe von Wirklichkeitszitaten? ›Zitieren‹ aber heißt hervorrufen.« (V: Binder, S. 359.) Die Beobachtung, die Lyrik des späten Trakl nehme »den Charakter der Montage an« (V: Doppler, 1971, S. 356), kongruiert mit dem Vorschlag, sie »Zitatendichtung« zu nennen (VII: Schier, 1972, S. 1061).

Eine solche »Technik« erhöht die Polyvalenz der Bilder und Gedichte und steigert damit zugleich die Unsicherheit der semantischen und ›historischen‹ Zuordnung. So reichert sich z. B. *Verklärung* konnotativ mit den Bedeutungen an, welche dieselben Bilder und Motive auch in den umliegenden Gedichten besitzen, und man ist versucht, den einzelnen Strophen in Analogie zum voranstehenden *Abendländischen Lied* ebenfalls eine »geschichtsabbildende« Struktur zu unterstellen, indessen ist diese nicht evident zu machen. Die Rezeption, welche den Winken der »poetischen Reflexion« zu folgen sucht, sieht ihre Sinnsuche deshalb immer wieder zur – im Gedichtzyklus offenbar angelegten – Korrektur genötigt, ja letztlich zum Scheitern verurteilt. Damit würde der Leser im Lektüreprozeß in jene »Dissoziation« gestürzt, die bereits Kennzeichen des »lyrischen Ichs« auf der vorangegangenen Schaffensstufe Trakls war, wobei nunmehr neben der Gegenwart auch der Bereich der Vergangenheit offenbar keine Sinngebung mehr zu begründen vermag (vgl. III: v. Matt, S. 58 ff., 71 f.).

Doch scheint es so, als setze Trakl mit diesem sinnsuchenden und zugleich sinnverwehrenden poetischen Verfahren wiederum eine bedeutsame zeitkritische Erkenntnis Nietzsches poetisch ins Bild: »[. . .] und nun steht der mythenlose Mensch, ewig hungernd, unter allen Vergangenheiten und sucht grabend und wühlend nach Wurzeln, sei es, daß er auch in den entlegensten Altertümern nach ihnen graben müßte. Worauf weist das ungeheure historische Bedürfnis der unbefriedigten modernen Kultur, das Umsichsammeln zahlloser anderer Kulturen, das verzehrende Erkennenwollen, wenn nicht auf den Verlust des Mythus, auf den Verlust der mythischen Heimat, des mythischen Mutterschoßes?« (XI: Nietzsche, 1872/86, S. 125.) So betrachtet, wäre die »Zitatendichtung« also Mimesis des zeitgenössischen »Wühlens« nach solchen »Wurzeln«.

Es scheint so, als gelte dies auch für den Autor selbst. Denn offenkundig zitiert Trakl auf dieser späten Stufe auch Bilder, ja Gedichte aus seinen eigenen vorangegangenen Schaffensphasen. Wenn es z. B. in dem Gedicht *Landschaft* (2. Fassung) aus dem Anfang des ersten Zyklus von *Sebastian im Traum* heißt: »Feuer sprüht in der Schmiede. / Gewaltig bäumt sich ein schwarzes Pferd; die hyazinthenen Locken der Magd / Haschen nach der Inbrunst seiner purpurnen Nüstern« (S. 56), dann ist der Leser gehalten, sich an den Teilzyklus *Die junge Magd* aus dem Anfang der Sammlung *Gedichte* – insbesondere an das vierte Gedicht (»In der Schmiede dröhnt der Hammer . . .«) – zu erinnern. Das fünfte Gedicht wiederum mit dem Anfang »Schmächtig hingestreckt im Bette« und der Schlußzeile »Und ihr Mund gleicht einer Wunde« wird ihm u. a. wiederum zusammen mit den vorherigen Motiven bei der Lektüre des ersten Abschnitts von *Traum und Umnachtung* in Erinnerung gebracht: »Nachts brach sein Mund gleich einer roten Frucht auf [...] der Schatten eines Rappen sprang aus dem Dunkel und erschreckte ihn. Wenn er in seinem kühlen Bette lag, überkamen ihn unsägliche Tränen.« (S. 95.) Die zitierenden Verweise auf frühere Gestaltungen dieser Motive verstärken den Eindruck der Konnotation des Erotisch-Geschlechtlichen im Zusammenhang von Magd bzw. Engel und Rappen. Zugleich verweisen sie zurück in einen Bereich des Unpersönlichen, einer prätendierten ›objektiven‹ Mimesis von Realität. Doch wird diese »Impersonalität« der Motive am Ende von *Sebastian im Traum* mittels »neutralem« Zitat und poetischer Montage unter familiaren Konstellationen »personalisiert«: »Vater«, »Mutter« und »Schwester« sind die dominierenden Figuren des Prosastücks (Analoges im Blick auf Personenkonstellation und Thematik findet sich auch im *Dramenfragment von 1914*). Das erinnernde Zitat holt also, indem es die Interpretierbarkeit der »jungen Magd« als Konfiguration der »Schwester« erleichtert, die »objektive« Realität in die Sphäre des »Privaten« zurück. Gerade das Schlußstück der Sammlung *Sebastian im Traum*, das die zentralen Begriffe des apollinischen »Traums« und der dionysischen »Umnachtung« im Titel führt, scheint demnach ein besonders persönliches, autobiographisch relevantes Prosastück zu sein, mit dem Trakl seine zitierte Aufforderung »Vorwärts zu Dir selber!« poetisch eingelöst hätte. Je zitathaft-objektiver Form und Inhalt erschienen, desto subjektiver und autobiographischer vermochte der Autor in seiner Poesie offenbar zu werden.

Damit deutet sich bereits die auf dieser Stufe gewandelte Struktur des »lyrischen Ichs« an. Erinnerung, Reflexion und finale Komposition setzen ja bereits dessen Vorhandensein voraus. Im Unterschied zur Subjektlosigkeit und Anonymität eines im Reihungsstil noch formalisierten Mediums von Realitätserfahrung ist das »Ich« nun – darin die Anonymität wahrend – in verschiedene Subjekte dissoziiert (vgl. III: Bolli, S. 122) – in *Ruh und Schweigen* also z. B. in die »Hirten«, den »Fischer«, den »bleichen Menschen«, den »Schauenden« und den »strahlenden Jüngling«; doch indem es sich so in verschiedene Perspektivfiguren aufteilt, behauptet es sich auch wiederum »als perspektivegebendes Zentrum des Gedichts« (V: Berger, S. 240). Als »Kontaktpunkt aller Zeiten« (III: Simon, S. 138) setzt es Erinnerung und Reflexion zugleich zur Selbstvergewisserung ein (V: Berger, S. 238 f.). Es konstituiert sich also im Gedicht als einem genetischen Prozeß, indem es sich »perspektivisch aus seinem Woher und Wohin zu ergründen« sucht (III: Bolli, S. 124). Indem die Gedichte dieser Schaffensstufe mit der thematischen Ausdehnung auf »menschheitsgeschichtliche Abläufe« (ebd.) zugleich die »autobiographische Rückwendung« ermöglichen, scheinen sie geradezu Funktion und Form einer literarischen Selbstanalyse anzunehmen (vgl. III: Esselborn, S. 227 ff.): In deren Verlauf »werden die vorher tabuisierten Wünsche und Hoffnungen rehabilitiert, d. h. sie werden zwar nicht erfüllbar, aber immer deutlicher aussprechbar« (ebd., S. 249). Möglicherweise läßt sich die szenische Sprache dieser Gedichte von daher auch als »Darstellungsmedium des Unbewußten« deuten, weil die »stumme Faktizität der Szenen« »eine besondere Eignung zur Wiedergabe prälogischer Vorgänge« besitzt, so daß sich in ihr »die Seelenvorgänge wie in einer Pantomime« zeigen können (ebd., S. 144). Eine ästhetische und moralische »Selbstzensur«, deren Wirken auch an den Entwürfen erkennbar ist, sorgt für die nötige Allgemeinheit, in der sich das private Ich auszusagen wagt (ebd., S. 177 ff.).

Von diesem Aspekt her liegt eine psychoanalytische Deutungsperspektive der Gedichte nahe. Während der Traum in Trakls vorangegangenen Schaffensstufen eher als Motiv wirksam war, weisen Genese wie auch endgültige Struktur der Gedichte aus der Sammlung *Sebastian im Traum* charakteristische Merkmale jener »Traumarbeit« auf, die Trakls – in Wien wirkender – Landsmann Sigmund Freud in seiner 1900 erschienenen *Traumdeutung* beschrieben hat und bei der insbesondere inhaltliche »Verdichtung« und strukturelle – durch die Zensur bedingte – »Verschiebung« dominieren, wobei in der Rückführbarkeit der Traumgedanken auf Kindheitserlebnisse archaische Strukturen und ein Element der Regression in Erscheinung treten (vgl. XI: Vietta/Kemper, S. 256 ff.). Auch die Textverknüpfung scheint der Traumstruktur zu entsprechen: Bei letzterer ist die »Folge visueller Szenen« »nicht mehr nach syntaktischen Regeln geordnet, denn die differenzierenden sprachlichen Mittel für logische Beziehungen fehlen; selbst elementare Grundregeln der Logik sind außer Kraft gesetzt« (XI: Habermas, S. 274). So schließen sich auf dieser Schaffensstufe »Tagesreste« und Elemente des Unbewußten zu einer ununterscheidbaren poetischen Einheit zusammen. Und doch bewirkt diese Gedichtstruktur eine widersprüchliche Rezeption: Die mittels des Denkens und der »Erinnerung« erfolgende Rekonstruktion der Frühgeschichte des »lyrischen Ichs« irritiert und dissoziiert den Leser und Analytiker angesichts der differenten Sinnebenen im selben Maße, wie sie die narrativ inszenierte, autobiographische Selbsterkenntnis zum Ziel zu führen scheint.

Demnach ist es kein Wunder, daß man anders als in der »poetologischen« Forschungsphase (vgl. III: Preisendanz, S. 245) neuerdings wieder mit Nachdruck auf der Interdependenz zwischen Trakls krisenhafter, von Jugend auf gefährdeter Existenz und seiner Poesie insistiert: »Die allgegenwärtigen Bilder des herbstlichen Verfalls, der Dämmerung und der Fäulnis, des Erstarrens, Ertrinkens, Erlöschens, der Einsamkeit, der Schwermut und der Angst – sie stellten sich dar als poetische Formeln für authentische Daseinserfahrungen des Dichters, ja zum Teil sogar als dichterisches Korrelat schizophrener Krankheitssymptome: Depersonalisationszustände, Weltuntergangsphantasien, Vorstellungen von Erstarren und Ertrinken, Angstzustände und Depressionen gehören zum psychopathologischen Syndrom der Schizophrenie, die das Leben Trakls überschattete« (X: Kleefeld, S. 52; vgl. auch IX: Bergsten; vgl. dagegen III: v. Matt, S. 67 ff.). (Insofern waren in die vorliegende Ausgabe nicht nur die Briefe Trakls mit seinen »poetologischen« Äußerungen aufzunehmen.)

Die in Biographie und Werk dieses Autors zum Ausdruck gelangenden und ausgetragenen Leidens- und Depersonalisationszustände als Kennzeichen tiefgreifender Entfremdung lassen sich freilich nicht aus jenem gesellschaftlichen Kontext lösen, in dem Trakl sie erfuhr, auf den er mit seiner Poesie zu reagieren und ihm standzuhalten suchte – und dies um so mehr, je mehr er in seiner ›bürgerlichen‹ Existenz zu scheitern drohte. So hat seine individuelles Leiden gestaltende Poesie auch von diesem Aspekt her »einen gesellschaftlichen Gehalt« (X: Kleefeld, S. 66; vgl. dazu auch III: Kleefeld und Sharp).

Dies freilich auch deshalb, weil sich das »lyrische Ich« »durch das empirische Ich des Autors hindurch« gleichsam »zum mythischen Subjekt« steigert (V: Berger, S. 243). Schon in den fünfziger Jahren hat man versucht, das Gesamtwerk Trakls unter dem Aspekt des Mythischen zu begreifen (vgl. III: Buch). Mythos gilt dabei als ein Erlebensraum, der durch seinen Gegensatz zur Welt des Logos und der Geschichte geprägt ist und in dem daher die gängigen Axiomata und Denkkategorien »unserer Welt sauberer logischer Distinktion« (ebd., S. 56) außer Kraft gesetzt sind. Antinomien sind für das mythische Bewußtsein höchstens innerlich zusammengehörige Polaritäten (ebd., S. 81), so daß auch alle räumliche und zeitliche Isolation »in einem universalen, magischen Bezugssystem, in dem ein Element der Zwilling und Doppelgänger des anderen ist«, aufgehoben erscheint (ebd., S. 93). Ziel allen dichterischen »Sinnens« und (apollinischen) »Schauens« sei paradoxerweise das Vergessen und der (dionysische) Wahnsinn als Bedin-

gung und Garant eines Umschlags in »seinen zweiten, positiven Pol«, »den des Lebens« (ebd., S. 184).
Diese ›werkimmanent‹ gewonnene Einsicht steht wiederum Gedanken Nietzsches nicht fern. Dieser hat bereits in der *Geburt der Tragödie* als einem selbst mythologisch inspirierten Diskurs die bekannte These von der ›Dialektik der Aufklärung‹ – »Der Fluch des unaufhaltsamen Fortschritts ist die unaufhaltsame Regression« (XI: Horkheimer/Adorno, S. 35) insofern vorweggenommen, als er den Glauben der Wissenschaft, »daß das Denken, an dem Leitfaden der Kausalität, bis in die tiefsten Abgründe des Seins reiche« und dieses »sogar zu *korrigieren* imstande sei«, als »Wahn« und »Instinkt der Wissenschaft« bezeichnet, der »sie immer und immer wieder zu ihren Grenzen« führt, »an denen sie in *Kunst* umschlagen muß: *auf welche es eigentlich, bei diesem Mechanismus, abgesehen ist*« (XI: Nietzsche, 1872/86, S. 84 f.). Schließlich müsse der Mythos »als notwendige Konsequenz« des im Bereich der »ratio« scheiternden Versuchs herhalten, »das Dasein als begreiflich und damit als gerechtfertigt erscheinen zu machen« (ebd., S. 85). Vor allem besitzt die Musik die Kraft, »den Mythus wieder aus sich gebären zu können« (ebd., S. 95), doch vermag auch der Lyriker mit der gefühlshaft-musikalischen Abbildung des Dionysischen in apollinischen Bildern an diesem Vorhaben zu partizipieren (ebd., S. 92). (Hier erhält übrigens der – am deutlichsten in den »O«-Rufen faßbare – »Evokativstil« dieser Gedichte [V: Binder, S. 360 f.] seine dionysisch-metaphysische Berechtigung.)
Trakl überführt, so scheint es, seine Gedichte in einen oszillierenden mythischen Kosmos. Doch ist dieser offen (vgl. X: Rainer, S. 413 f.), und dies auch im Sinne des Nietzscheschen Verständnisses vom modernen Mythos, der »zugunsten offener Totalität das Disparateste und Diffuseste mitumfassen soll«: »Was religions- und mythengeschichtlich den einzelnen Mythen durchaus eignet, nämlich organisierte Sinndeutung innerhalb eines geschlossenen Systems, dem

Beziehungsgeflecht des klassischen Kunstwerks vergleichbar, das leistet der Mythos für Nietzsche nicht mehr« (XI: Pütz, 1979, S. 259). Analoges gilt für Trakls »Mythopoesie« des *Sebastian im Traum*, deren semantische Nichtfestlegbarkeit alle logischen und historischen Sinngebungsversuche im Akt der Beschwörung doch zugleich wieder transzendiert zugunsten einer Offenheit, angesichts derer logische oder moralische Kategorien ihre Funktion verloren zu haben scheinen (vgl. III: v. Matt und Sharp).

Die »ratio« als Unterdrückerin des Mythos und als Verantwortliche für die Selbstentfremdung des Subjekts erfährt nunmehr gerade darin die »Rache des Mythos«, daß er sich inhaltlichem Begreifenwollen verschließt und eben dadurch der »ratio« das ihr spezifische »Leid« zufügt. Zugleich aber verdeutlichen diese Gedichte durch die – der kultischen Wiederholbarkeit des Mythos entsprechende – Motivrekurrenz und durch den – der ätiologischen Funktion des Mythos analogen – Rekurs auf frühere Geschichts- und Schaffensstufen, daß die von ihnen vollzogene perspektivische Aufhebung zentraler Kategorien des damals geltenden Wissenschafts- und Weltbildes eine unmittelbare Folge von dessen Herrschaft ist. Indem Trakls Poesie die kritische Einsicht in diese ›Dialektik der Aufklärung‹ vermittelt, ist sie der parabolischen Erzählweise Kafkas und der mythologischen Dichtung Georg Heyms verwandt (vgl. XI: Vietta/Kemper, S. 277 ff., 303 ff.).

Doch auch bei dieser Stufe ist Georg Trakl nicht stehengeblieben. Die *Veröffentlichungen im »Brenner« 1914/15* lassen einen nochmals veränderten Gedichttyp erkennen. An ihm hat man eine mythische Steigerung ins Monumentale beobachtet, bei der nicht nur einzelne Motive (z. B. die »Amsel« durch den »Adler«) ersetzt und heroisiert würden (III: Buch, S. 18), sondern bei der mit dem Zitieren des Prometheus- und Ikarus-Mythos (vgl. *Das Gewitter*, *Die Nacht*, *Klage*) jetzt das Thema der Selbstermächtigung des Subjekts im Sinne eines trotzigen Empörertums angeschlagen werde (III: Buch, S. 15 ff.). Das Hervortreten einer ins Archaische gesteigerten Vorstellungswelt des Mythos, so hat man – unter Verweis auf *Die Heimkehr* – ergänzt, geht einher mit dem »odischen« Charakter dieser Gedichte, der »zu Gespanntheit und dramatisch-pathetischer Steigerung« neigt: »Charakteristisch dafür ist die durch äußerste Bildkonzentration bewirkte Verkürzung vieler Verse und – damit zusammenhängend – die Wendung der Gedichtachse in die Vertikale, als optische Entsprechung einer nach innen stürzenden Finalität, die Trakl dem Gedicht ohne Rücksicht auf satz- und textsyntaktische Verknüpfungsregeln aufzwingt« (V: Berger, S. 244). Dieser forcierte Charakter bestimmt – wie der Entwurf zu *Der Schlaf* bezeugen mag (S. 198) – bereits die erste Niederschrift des Gedichts.

Es scheint so, als vollzöge sich in dieser »apokalyptischen Bildstruktur« mit der Aneinanderreihung von Nominalblöcken ohne finites Verb (V: Doppler, 1975, S. 123 ff.) der Aufbruch in den von Zarathustra geforderten »großen Wahnsinn«. Der »Schein« der Realität löst sich zu Beginn des Ersten Weltkriegs selbstzerstörerisch als Scheinwelt in einem dionysisch-»finalen« »Stürzen« auf. Dies Apokalyptische hat eher etwas Definitives als etwas Dionysisch-Palingenetisches, und doch bedeutet die Aufhebung der Individuation nicht Erlösung im christlichen Sinne, sondern Untergang und Eingang in den allgemeinen Leidensurgrund. Von daher ist auch die Vergegenwärtigung christlicher Heilssymbolik selbst nur apollinisch-transitorischer Schein. In der Unbedingtheit, mit welcher nunmehr der Untergang poetisch »besungen« wird, enthüllt sich am radikalsten Trakls Wille zur zeitkritischen Wahrheit und gegen das Verharren in der apollinischen Illusion. Damit gelangt zugleich seine bereits in der *Sammlung 1909* wahrnehmbare Auseinandersetzung mit der Funktion der Poesie an ihr Ziel.

Man hat neuerdings angesichts der in diesen Gedichten und in der Lyrik des Expressionismus vorherrschenden appellativen und expressiven Sprache behauptet, Trakl habe »in den späten Hymnen« expressionistische »Charakteristika« »am deutlichsten« gezeigt (III: Esselborn, S. 62). Dies würde die These stützen, daß er konsequent wie kein anderer Lyriker seiner Zeit die ›Dialektik‹ der Epochenbewegung des Expressionismus herbeigeführt habe und insofern auch repräsentiere: Er radikalisiert einige Schaffensphasen hindurch beharrlich jene zivilisationskritische, den »Zerfall der Werte« abbildende und bis zur Selbst-Entfremdung »dissoziierte« Richtung des Expressionismus bis hin zum endgültigen poetischen »Vollzug« der Zerstörung in der Widerspiegelung des begonnenen Ersten Weltkriegs; indem sein »Aufbruch« den endgültigen Untergang beschwört, hält er sein Werk frei von allem unglaubwürdigen, letztlich substanzlosen Pathos der Menschheitserneuerung mancher seiner Zeitgenossen. Und dennoch verraten seine Verse damit die in seinem Werk häufig genug in Erinnerung gerufene Idee der »Erneuerung« nicht. Noch im Modus der Absenz – im Denken an die »ungebornen Enkel« am Schluß seines letzten Gedichts *Grodek* – beschwört er im Bild des drohenden Verlustes der Zukunft zugleich deren – im Status unschuldiger Kindheit angelegte – Verheißung. So haben wir seine Poesie unter zweifacher Perspektive zu lesen: als repräsentativ im Blick auf die »mythopoetische« Verarbeitung der Erfahrungen seiner Zeit, wobei diese von der Realität erpreßte mythische Poesie in ihrer Unzugänglichkeit gleichwohl die Dissoziation als ›wahre‹ Erfahrung des Ichs jener Zeit spiegelt – und zugleich unter der Perspektive einer aus der uneingelösten Hoffnung auf die Zukunft resultierenden Zeitgenossenschaft, unter der er selbst seiner poetischen Vor-Bilder gedachte: »Fortlebt sein Lied im nächtlichen Haus der Schmerzen« (*An Novalis*, 2. Fassung (a)).

Hans-Georg Kemper

Bibliographie

Vorbemerkung. Im Anschluß an meine »Kommentierte Auswahlbibliographie zu Georg Trakl« (s. Abschn. II,1) habe ich im vorliegenden Verzeichnis vor allem die seit 1970 erschienene Literatur stärker berücksichtigt. Ab 1983 soll in den *Mitteilungen aus dem Brenner-Archiv* (Universität Innsbruck) jährlich eine »Kommentierte Auswahlbibliographie« zum fortlaufenden Trakl-Schrifttum erscheinen (vgl. *Mitteilungen* 1, 1982, S. 71).

H.-G. K.

I. Werkausgaben, Briefe, Nachlaß

Gedichte. Leipzig: Kurt Wolff, 1913. 69 S. (Bücherei »Der jüngste Tag«. 7/8.)

Sebastian im Traum. Leipzig: Kurt Wolff, 1915 [Copyright 1914]. 88 S.

Die Dichtungen. Erste Gesamtausgabe. (Anordnung und Überwachung der Drucklegung besorgte Karl Röck.) Leipzig: Kurt Wolff, 1917 [ersch. 1919]. 201 S. – Inzwischen zahlreiche Auflagen und um mehrere Titel vermehrt; seit der 3. Aufl. 1938 im Otto Müller Verlag, Salzburg; 7. Aufl. 1952, eine Seitenkonkordanz der 1. – 7. Aufl. in Walter Ritzers *Trakl-Bibliographie* (1956; s. Abschn. II,1); die 12. Aufl. 1965 ist revidiert und bietet bereits den Text der historisch-kritischen Ausgabe. 14. Aufl. 1978.

Der Herbst des Einsamen. München: Kurt Wolff, 1920. (Stundenbücher. 1.) 43 S.

Gesang des Abgeschiedenen. Gedichte. Leipzig: Insel Verlag, [1933]. (Insel-Bücherei. 436.) 55 S. – Nach mehreren Auflagen Neuausg. mit einem Nachw. von Felix Braun, Frankfurt a. M.: Insel-Verlag, 1963 [u. ö.]; 63 S.

Aus goldenem Kelch. Die Jugenddichtungen. Vorw. von Erhard Buschbeck. Salzburg: Otto Müller, 1939. 157 S. – Seither mehrere Auflagen mit z. T. divergierender Paginierung. Nur die 2., erw. Aufl. 1951 enthielt einige wichtige Dramenfragmente der Früh- und Spätzeit.

Offenbarung und Untergang. Die Prosadichtungen. Mit 13 Federzeichnungen von Alfred Kubin. Vorw. von Otto Mauer (»Alfred

Kubins Traklsche Verwandlung«). Salzburg: Otto Müller, [1947]. 13 S. 12 Taf. – Reprogr. Nachdr. (3. Aufl.) Ebd. [1976].

Nachlaß und Biographie. Gedichte, Briefe, Bilder, Essays. Hrsg. von Wolfgang Schneditz. Salzburg: Otto Müller, [1949]. 215 S.

Gesammelte Werke. Hrsg. von Wolfgang Schneditz. 3 Bde. Salzburg: Otto Müller, [1948–51]. – Unter diesem Titel werden folgende zuvor genannten Einzelausgaben zusammengefaßt: Bd. 1: Die Dichtungen. [1948.] Bd. 2: Aus goldenem Kelch. [1951.] Bd. 3: Nachlaß und Biographie. [1949.]

Gedichte. Hrsg. von Hans Szklenar. Frankfurt a. M. / Hamburg: Fischer, 1964 [u. ö.]. (Fischer Bücherei. 581.) 139 S.

Dichtungen und Briefe. Historisch-kritische Ausgabe. Hrsg. von Walther Killy und Hans Szklenar. 2 Bde. Salzburg: Otto Müller, 1969. Bd. 1: 586 S. Bd. 2: 829 S. [Zit. als: HKA.] Eine Konkordanztabelle in Walter Ritzers *Neuer Trakl-Bibliographie* (s. Abschn. II,1), S. 35.

Dichtungen und Briefe. Hrsg. von Walther Killy und Hans Szklenar. Salzburg: Otto Müller, 1970. [Sonderausg.] 3. Aufl. 1974. – Im Wortlaut identisch mit Bd. 1 der historisch-kritischen Ausgabe.

Das dichterische Werk. Auf Grund der historisch-kritischen Ausgabe von Walther Killy und Hans Szklenar. München: Deutscher Taschenbuch Verlag, 1972 [u. ö.]. (dtv 6001.) 333 S. – Enthält außer den Dichtungen auch einige Entwürfe.

Gedichte. Ausw. und Nachw. von Marie Luise Kaschnitz. Frankfurt a. M.: Suhrkamp, 1974 [u. ö.]. (Bibliothek Suhrkamp. 420.) 250 S.

Gedichte. Ausw. von Franz Fühmann. Nachw. von Stephan Hermlin. Leipzig: Reclam, 1975. 119 S.

Der Wahrheit nachsinnen – Viel Schmerz. 2 Bde. Wiesbaden: Drei Lilien Verlag, 1982. Bd. 1: Georg Trakl: Gedichte. Dramenfragmente. Briefe. Hrsg. von Franz Fühmann. 251 S. Bd. 2: Franz Fühmann: Gedanken zu Georg Trakls Gedicht. 99 S.

II. Bibliographien; Forschungsberichte; Editionsprobleme; Übersetzungsprobleme; Hilfsmittel

1. Bibliographien

Brown, Russel E.: Trakl-Bibliographie 1956–1969. In: Librarium. Zeitschrift der Schweizerischen Bibliophilen-Gesellschaft 13 (1970) H. 2. S. 120–126; H. 3. S. 195–199.

Kemper, Hans-Georg: Kommentierte Auswahlbibliographie zu Georg Trakl. In: Text + Kritik 4/4a (1969) S. 62–71.

Ritzer, Walter: Trakl-Bibliographie. Salzburg 1956. (Trakl-Studien. 3.)

– Neue Trakl-Bibliographie. Salzburg 1983. (Trakl-Studien. 12.)

Saas, Christa: Georg Trakl. Stuttgart 1974. (Sammlung Metzler. 124.) S. 1–26 u. pass.

2. Forschungsberichte

Brinkmann, Richard: Expressionismus. Forschungsprobleme 1952 bis 1960. Stuttgart 1961. – Über Trakl: S. 30–42 und S. 83–87. Zuvor in: Deutsche Vierteljahrsschrift für Literaturwissenschaft und Geistesgeschichte 33 (1959) S. 104–181; 34 (1960) S. 306–322.

Cierpka, Helga: Interpretationstypen der Trakl-Literatur. Eine kritische Betrachtung der wissenschaftlichen Arbeiten über das Werk Georg Trakls. Diss. Berlin 1963.

Kemper, Hans-Georg: Trakl-Forschung der sechziger Jahre. Korrekturen über Korrekturen. In: Deutsche Vierteljahrsschrift für Literaturwissenschaft und Geistesgeschichte 45 (1971) S. 496* bis 571*.

Rusch, Gebhard / Schmidt, Siegfried J.: Das Voraussetzungssystem Georg Trakls. Braunschweig/Wiesbaden 1983. (Konzeption Empirische Literaturwissenschaft. 6.) S. 225–259.

Saas, Christa: Georg Trakl. Stuttgart 1974. (Sammlung Metzler. 124.) S. 60–67.

3. Editionsprobleme

Allemann, Beda: Anmerkungen zur kritischen Trakl-Ausgabe. In: Neue Rundschau 81 (1970) S. 355–365.

Dietz, Ludwig: Zur Druck- und Textgeschichte der Dichtungen

Georg Trakls. In: Jahrbuch der Deutschen Schillergesellschaft. Bd. 6. Stuttgart 1962. S. 340–352.

Ficker, Ludwig von: Frühlicht über den Gräbern – Zur Geschichte des »Brenner« 1949–1954. III. Das Vermächtnis Georg Trakls – Dem Herausgeber der Salzburger Gesamtausgabe von Trakls Dichtungen in einem Rückblick zugedacht. In: L.v.F.: Denkzettel und Danksagungen. Aufsätze. Reden. Hrsg. von Franz Seyr. München 1967. S. 222–255.

Finck, Adrien: Ein unveröffentlichtes Gedicht Georg Trakls. In: Recherches Germaniques 4 (1974) S. 216–224.

Gröbenschütz, Edith: Zur Datierung im Werk Georg Trakls. Im Zusammenhang mit einem kürzlich bekannt gewordenen Brief. In: Euphorion 58 (1964) S. 411–427.

Kofler, Christine: Trakls Gedichte, von Karl Röck und von ihm selbst geordnet. In: Untersuchungen zum »Brenner«. Festschrift für Ignaz Zangerle zum 75. Geburtstag. Hrsg. von Walter Methlagl [u. a.]. Salzburg 1981. S. 358–380.

Metzner, Ernst Erich: Zur Datierung und Deutung einiger Trakl-Texte der letzten Lebensphase. In: Euphorion 69 (1975) S. 69–85.

Röck, Karl: Über die Anordnung der Gesamtausgabe von Trakls Dichtungen. In: Erinnerung an Georg Trakl. Zeugnisse und Briefe. Innsbruck 1926. 3., erw. Aufl. [mit dem Untertitel »Zeugnisse und Briefe« und einem Nachw. von Hans Szklenar]. Salzburg 1966. S. 225–249.

Szklenar, Hans: Ein vorläufiger Bericht über den Nachlaß Georg Trakls. In: Euphorion 54 (1960) S. 295–311.

– Bericht über den Nachlaß Georg Trakls. In: Text + Kritik 4 (1964) S. 25–26.

– Beiträge zur Chronologie und Anordnung von Georg Trakls Gedichten auf Grund des Nachlasses von Karl Röck. In: Euphorion 60 (1966) S. 222–262.

– 12 Jahre Arbeit an der historisch-kritischen Trakl-Ausgabe. In: Jahrbuch für Internationale Germanistik. Bd. 1. Bad Homburg 1969. S. 159–168.

Untersuchungen zum »Brenner«. Festschrift für Ignaz Zangerle zum 75. Geburtstag. Hrsg. von Walter Methlagl [u. a.]. Salzburg 1981.

4. Übersetzungsprobleme

Finck, Adrien: Remarques sur la traduction de quelques mots clés. In: Revue d'Allemagne 5 (1973) S. 313–326.
– Die französischen Trakl-Übersetzungen. In: Salzburger Trakl-Symposion (s. Abschn. III). S. 28–43.
– / Giraud, Jean et Huguette / Kniffke, Frédéric: Les traductions françaises des poèmes de Georg Trakl. In: Bulletin de la Faculté des Lettres de Strasbourg. Études allemandes 48 (1969) S. 85–126.
Giraud, Huguette et Jean: L'impossible traduction de la syntaxe de Trakl. In: Revue d'Allemagne 5 (1973) S. 327–356.
Hamburger, Michael: »Trakl in English«. Reading and discussion of translations of selected poems. In: Londoner Trakl-Symposion (s. Abschn. III). S. 114–128.
Kniffke, Frédéric: Vérité de Trakl, vérité de la traduction. In: Revue d'Allemagne 5 (1973) S. 357–365.
Legrand, Jacques: Überlegungen eines Trakl-Übersetzers. (Mit Disk.) In: Salzburger Trakl-Symposion (s. Abschn. III). S. 124 bis 147.
– Le thème de l'eau chez Georg Trakl. In: Revue d'Allemagne 5 (1973) S. 366–381.

5. Hilfsmittel

Klein, Wolfgang / Zimmermann, Harald: Trakl. Versuche zur maschinellen Analyse von Dichtersprache. In: Sprachkunst 1 (1970) S. 122–139.
– Index zu Georg Trakls Dichtungen. Frankfurt a. M. 1971. (Indices zur deutschen Literatur. 7.)
Wetzel, Heinz: Konkordanz zu den Dichtungen Georg Trakls. Salzburg 1971. (Trakl-Studien. 7.)

III. Gesamtdarstellungen, Einordnungsversuche

Berger, Albert: Dunkelheit und Sprachkunst. Studien zur Leistung der Sprache in den Gedichten Georg Trakls. (Diss. Wien. 1968.) Wien 1971.
Bleisch, Ernst Guenther: Georg Trakl. Mühlacker 1964.

Bolli, Erich: Georg Trakls »dunkler Wohllaut«. Ein Beitrag zum Verständnis seines dichterischen Sprechens. Zürich/München 1978. (Zürcher Beiträge zur deutschen Literatur- und Geistesgeschichte. 48.)

Buch, Karl Wilhelm: Mythische Strukturen in den »Dichtungen« Georg Trakls. Diss. Göttingen 1954. [Masch.]

Detsch, Richard Ralph: Georg Trakl. A search for oneness. Diss. University of Colorado 1970.

Dolei, Giuseppe: L'arte come espiazione imperfetta: Saggio su Trakl. Stuttgart 1978. (Stuttgarter Arbeiten zur Germanistik. 41.)

Esselborn, Hans: Georg Trakl. Die Krise der Erlebenslyrik. Köln/Wien 1981. (Kölner Germanistische Studien. 15.)

Falk, Walter: Leid und Verwandlung. Rilke, Kafka, Trakl und der Epochenstil des Impressionismus und Expressionismus. Salzburg 1961. (Trakl-Studien. 6.)

Ficker, Ludwig von: Denkzettel und Danksagungen. Aufsätze, Reden. Hrsg. von Franz Seyr. München 1967. – Darin folgende Beiträge über Trakl: Georg Trakl. 1919. S. 31–33. Für Georg Trakls Grab. 1922. S. 71–75. Der Abschied. 1926. S. 80–101. Nachruf am Grabe. 1925. S. 102–104. Aus einem Brief an Werner Meyknecht. 1934. S. 116–122. Frühlicht über den Gräbern (s. Abschn. II,3). An den Herausgeber des Salzburg-Jahrbuchs 1963. S. 282–289.

Finck, Adrien: Georg Trakl. Essai d'interprétation. (Thèse Strasbourg 1973.) Lille 1974.

– Hermétisme et Protestation. A propos de l'œuvre de Georg Trakl. In: Revue d'Allemagne 8 (1976) S. 555–572.

Focke, Alfred: Georg Trakl. Liebe und Tod. Wien/München 1955. (Wissenschaft und Weltbild.)

Fühmann, Franz: Der Sturz des Engels. Erfahrungen mit Dichtung. Hamburg 1982.

– Gedanken zu Georg Trakls Gedicht. Wiesbaden 1982. (Der Wahrheit nachsinnen – Viel Schmerz. Bd. 1. [Vgl. Abschn. I.])

Grasshoff, Wilhelm: Joseph Roth – Georg Trakl. Zwei Essays. Zürich 1966. (Sammlung »Die Löwengrube«. 11.) [Über Trakl S. 29–51.]

Gumtau, Helmut: Georg Trakl. Berlin 1975. (Köpfe des 20. Jahrhunderts. 82.)

Hamburger, Michael: Georg Trakl. In: M. H.: Vernunft und Rebellion. Aufsätze zur Gesellschaftskritik in der deutschen Literatur.

München 1969. S. 169–194, 234–235. – Nachdr. Frankfurt a. M. / Berlin / Wien 1974. (Ullstein Buch. 3024.)

Heidegger, Martin: Georg Trakl. Eine Erörterung seines Gedichtes. In: Merkur 7 (1953) S. 226–258. – Vgl. dazu: William H. Rey: Heidegger – Trakl: Einstimmiges Zwiegespräch. In: Deutsche Vierteljahrsschrift für Literaturwissenschaft und Geistesgeschichte 30 (1956) S. 89–136. – Vgl. ferner: Walter Falk: Heidegger und Trakl. In: Literaturwissenschaftliches Jahrbuch N. F. Bd. 4. Berlin 1963. S. 191–204.

Jaspersen, Ursula: Georg Trakl. In: Deutsche Dichter der Moderne. Ihr Leben und Werk. Unter Mitarb. zahlreicher Fachgelehrter hrsg. von Benno von Wiese. Berlin 1965. 2., überarb. und erw. Aufl. 1966. S. 379–399.

Jünger, Friedrich Georg: Trakls Gedichte. In: Text + Kritik 4/4a (1969) S. 2–14.

Kaiser, Gerhard R.: Georg Trakl – »moderne Lyrik im Dirndlkleid«? In: Komparatistik. Theoretische Überlegungen und südosteuropäische Wechselseitigkeit. Festschrift für Zoran Konstantinović. Hrsg. von Fridrun Rinner und Klaus Zerinschek. Heidelberg 1981. S. 233–252.

Kars, Gustav: Georg Trakl in wechselnder Deutung. In: Literatur und Kritik 10 (1975) S. 132–144.

Kaschnitz, Marie Luise: Georg Trakl. Ein Vortrag. In: M. L. K.: Zwischen Immer und Nie. Gestalten und Themen der Dichtung. Frankfurt a. M. 1971. S. 264–278.

Killy, Walther: Über Georg Trakl. Göttingen 1960. 3., [um den außer hier noch an drei anderen Stellen früher und später veröffentlichten Aufsatz »Bestand und Bewegung in Gedichten Georg Trakls«] erw. Aufl. 1967. (Kleine Vandenhoeck-Reihe. 88/89/89a.)

Kleefeld, Gunther K.: Das Gedicht als Sühne. Untersuchungen zur Beziehung von Poesie und Psychose bei Georg Trakl. Diss. Tübingen 1984. [Masch.]

Klein, Johannes: Georg Trakl. In: Expressionismus als Literatur. Gesammelte Studien. Hrsg. von Wolfgang Rothe. Bern/München 1969. S. 374–397.

Lachmann, Eduard: Kreuz und Abend. Eine Interpretation der Dichtungen Georg Trakls. Salzburg 1954. (Trakl-Studien. 1.)

Lindenberger, Herbert: Georg Trakl. New York 1971. (Twayne's world authors series. 171.)

Londoner Trakl-Symposion. Hrsg. von Walter Methlagl und William E. Yuill. Salzburg 1981. (Trakl-Studien. 10.)

Matt, Peter von: Die Dynamik von Trakls Gedicht. Ich-Dissoziation als Zerrüttung der erotischen Identität. In: Expressionismus – sozialer Wandel und künstlerische Erfahrung. Hrsg. von Horst Meixner und Silvio Vietta. München 1982. S. 58–72.

[Methlagl/Yuill (Hrsg.): s. Londoner Trakl-Symposion.]

Müller, Joachim: Der Lyriker Georg Trakl und sein Werk. In: Universitas 25 (1970) S. 35–48.

Palmier, Jean-Michel: Situation de Georg Trakl. Paris 1972. (Textes et critique.)

Piontek, Heinz: Georg Trakl. In: Triffst *du* nur das Zauberwort. Stimmen von heute zur deutschen Lyrik. Hrsg. von Jürgen Petersen. Frankfurt a. M. / Berlin 1961. S. 244–254. 2. Aufl. 1967. S. 145–155.

Preisendanz, Wolfgang: Auflösung und Verdinglichung in den Gedichten Georg Trakls. In: Immanente Ästhetik. Ästhetische Reflexion. Lyrik als Paradigma der Moderne. Hrsg. von Wolfgang Iser. München 1966. S. 227–261. (Disk. S. 485–495.)

Rovini, Robert: Georg Trakl. Paris 1964. (Poètes d'aujourd'hui. 108.)

– La Fonction Poétique de l'Image dans l'œuvre de Georg Trakl. Paris 1971. (Publications de la Faculté des Lettres et des Sciences Humaines de Nice. 7.)

Salzburger Trakl-Symposion. Hrsg. von Walter Weiß und Hans Weichselbaum. Salzburg 1978. (Trakl-Studien. 9.)

Schinagl, Helmut: Die dunklen Flöten des Herbstes. Der Lebensroman des Dichters Georg Trakl. Graz/Wien/Köln 1971.

Sharp, Francis Michael: The poet's madness. A reading of Georg Trakl. Ithaca/London 1981.

– Georg Trakl. Poetry and psychopathology. In: The turn of the century. German literature and art, 1850–1915. The McMaster Colloquium on German literature (2). Ed. by Gerald Chapple and Hans H. Schulte. Bonn 1981. S. 117–133.

Simon, Klaus: Traum und Orpheus. Eine Studie zu Trakls Dichtungen. Salzburg 1955. (Trakl-Studien. 2.)

Spoerri, Theodor: Georg Trakl. Strukturen in Persönlichkeit und Werk. Eine psychiatrisch-anthropographische Untersuchung. Bern 1954.

Szklenar, Hans: Georg Trakl. In: Lexikon der deutschsprachigen Gegenwartsliteratur. Begr. von Hermann Kunisch. Neu bearb. und hrsg. von Herbert Wiesner. München 1981. S. 483–485.

[Weiß/Weichselbaum (Hrsg.): s. Salzburger Trakl-Symposion.]
Wetzel, Heinz: Zum Verständnis der Dichtungen Trakls. In: Monatshefte 58 (1966) S. 97–114.

IV. Biographische Beiträge und Zeugnisse

Basil, Otto: Georg Trakl in Selbstzeugnissen und Bilddokumenten. Reinbek bei Hamburg 1965 [u. ö.]. (rowohlts monographien. 106.)

Detsch, Richard: Die Beziehungen zwischen Karl Borromäus Heinrich und Georg Trakl. In: Modern Austrian Literature 16 (1983) H. 2. S. 83–104.

Erinnerung an Georg Trakl. Innsbruck 1926. 3., erw. Aufl. [mit dem Untertitel »Zeugnisse und Briefe« und einem Nachw. von Hans Szklenar]. Salzburg 1966.

Ficker, Ludwig von: Rückblick auf Georg Trakl. In: Eckhart-Jahrbuch 1961/62. Hrsg. von Kurt Ihlenfeld. Witten/Berlin 1962. S. 107–123.

Kleefeld, Gunther K.: Das Gedicht als Sühne. Untersuchungen zur Beziehung von Poesie und Psychose bei Georg Trakl. Diss. Tübingen 1984. [Masch.] S. 45–192.

Konitzer, Ulrich: Georg Trakl: Die Angst vor der Wirklichkeit. In: Brigitte Dörrlamm / Hans-Christian Kirsch / U. K.: Klassiker heute. Die Zeit des Expressionismus. Frankfurt a. M. 1982. S. 67–105.

Lipinski, Krysztof: Mutmaßungen über Trakls Aufenthalt in Galizien. In: Untersuchungen zum »Brenner« (s. Abschn. II,3). S. 389–397.

Orendi-Hinze, Diana: Frauen um Trakl. In: Untersuchungen zum »Brenner« (s. Abschn. II,3). S. 381–388.

Rusch, Gebhard / Schmidt, Siegfried J.: Das Voraussetzungssystem Georg Trakls. Braunschweig/Wiesbaden 1983. (Konzeption Empirische Literaturwissenschaft. 6.) S. 39–173.

Saas, Christa: Georg Trakl. Stuttgart 1974. (Sammlung Metzler. 124.)

Sauermann, Eberhard: Die Widmungen Georg Trakls. In: Salzburger Trakl-Symposion (s. Abschn. III). S. 66–100.

Schweckendiek, Adolf: Dichter und Krankheit. Zum Leben und

Werk Georg Trakls. In: Psychobiologie. Korrespondenz der Psychobiologischen Gesellschaft 15 (1967) Nr. 3/4. S. 69–75.

Stupp, Johann Adam: Der Vater des Dichters Georg Trakl. In: Südostdeutsche Semesterblätter (München) 17/18 (1967) S. 31–41.

– Neues über Georg Trakls Lazarettaufenthalte und Tod in Galizien. In: Südostdeutsche Semesterblätter (München) 19 (1967) S. 32–39.

Szklenar, Hans: Die Überführung Georg Trakls von Krakau nach Mühlau. In: Untersuchungen zum »Brenner« (s. Abschn. II,3). S. 398–409.

V. Analysen der Entwicklungsstufen

Berger, Albert: Lyrisches Ich und Sprachform in Trakls Gedichten. In: Die andere Welt. Aspekte der österreichischen Literatur des 19. und 20. Jahrhunderts. Festschrift für Hellmuth Himmel zum 60. Geburtstag. Hrsg. von Kurt Bartsch [u. a.]. Bern/München 1979. S. 231–247.

Binder, Wolfgang: Trakls späte Lyrik. In: W. B.: Aufschlüsse. Studien zur deutschen Literatur. Hrsg. von Rolf Tarot. Zürich/München 1976. S. 347–367.

Blass, Regine: Die Dichtung Georg Trakls. Von der Trivialsprache zum Kunstwerk. Berlin 1968. (Philologische Studien und Quellen. 43.)

Bolli, Erich: Georg Trakls »dunkler Wohllaut«. Ein Beitrag zum Verständnis seines dichterischen Sprechens. Zürich/München 1978. (Zürcher Beiträge zur deutschen Literatur- und Geistesgeschichte. 48.)

Doppler, Alfred: Orphischer und apokalyptischer Gesang. Zum Stilwandel in der Lyrik Georg Trakls. In: Literaturwissenschaftliches Jahrbuch N. F. Bd. 9. Berlin 1968. S. 219–242.

– Bemerkungen zur poetischen Verfahrensweise Georg Trakls. In: Sprache und Bekenntnis. Hermann Kunisch zum 70. Geburtstag. Hrsg. von Wolfgang Frühwald und Günter Niggl. Berlin 1971. (Literaturwissenschaftliches Jahrbuch N. F. Sonderbd.) S. 349 bis 359.

– Poetisches Bild als historisches Abbild. Der Wandlungsprozeß in der Lyrik Georg Trakls. In: A. D.: Wirklichkeit im Spiegel der

Sprache. Aufsätze zur Literatur des 20. Jahrhunderts in Österreich. Wien 1975. S. 100–132.
Esselborn, Hans: Georg Trakl. Die Krise der Erlebenslyrik. Köln/Wien 1981. (Kölner Germanistische Studien. 15.)
Falk, Walter: Leid und Verwandlung. Rilke, Kafka, Trakl und der Epochenstil des Impressionismus und Expressionismus. Salzburg 1961. (Trakl-Studien. 6.)
Finck, Adrien: Georg Trakl. Essai d'interprétation. (Thèse Strasbourg 1973.) Lille 1974.
Koh, Wee-Kong: Der Wandlungsprozeß der Landschaftsgestaltung in der Lyrik Georg Trakls. Versuch einer Interpretation auf Grund der Varianten. (Diss. Tübingen 1979.) Bamberg 1979.
Kohlschmidt, Werner: Der deutsche Frühexpressionismus im Werke Georg Heyms und Georg Trakls. In: Orbis litterarum 9 (1954) S. 3–17, 100–119. – Wiederabgedr. in: W. K.: Dichter, Tradition und Zeitgeist. Gesammelte Studien zur Literaturgeschichte. Bern/München 1965. S. 128–159. [Über Trakl S. 141 bis 159.]
Leonardy, Ernst: Georg Trakls Entwicklung zum lyrischen Dichter. Versuche zur Poetologie der »Gedichte« (1913). 2 Bde. Diss. Katholieke Universiteit Leuven 1975. [Masch.]
Lindenberger, Herbert: Georg Trakl. New York 1971. (Twayne's world authors series. 171.)
Sharp, Francis Michael: The poet's madness. A reading of Georg Trakl. Ithaca/London 1981.
Strohschneider-Kohrs, Ingrid: Die Entwicklung der lyrischen Sprache in der Dichtung Georg Trakls. In: Literaturwissenschaftliches Jahrbuch N. F. Bd. 1. Berlin 1960. S. 211–226.
Wölfel, Kurt: Entwicklungsstufen im lyrischen Werk Georg Trakls. In: Euphorion 52 (1958) S. 50–81.

VI. Untersuchungen der Entwürfe

Bolli, Erich: Georg Trakls »dunkler Wohllaut« (s. Abschn. III). S. 127–150.
Denneler, Iris: Konstruktion und Expression. Methodenkritische Untersuchungen zur Strategie und Wirkung der lyrischen Texte Georg Trakls und ihrer Varianten. Diss. München 1981. [Masch.]

Kemper, Hans-Georg: Varianten als Interpretationshilfe. Zur Genese von Georg Trakls »Melancholie«. In: Text + Kritik 4/4a (1969) S. 36–41.
– Georg Trakls Entwürfe. Aspekte zu ihrem Verständnis. Tübingen 1970. (Studien zur deutschen Literatur. 19.)
Killy, Walther: Über Georg Trakl. Göttingen 1960. 3., erw. Aufl. 1967. (Kleine Vandenhoeck-Reihe. 88/89/89a.)
– Die Entstehung von Georg Trakls Gedicht »Melancholie«. In: Text + Kritik 4/4a (1969) S. 33–35.
Koh, Wee-Kong: Der Wandlungsprozeß der Landschaftsgestaltung in der Lyrik Georg Trakls. Versuch einer Interpretation auf Grund der Varianten. (Diss. Tübingen 1979.) Bamberg 1979.
Wetzel, Heinz: Über Georg Trakls Gedicht »Nachtergebung«. Eine Untersuchung der fünf Fassungen. In: Text + Kritik 4/4a (1969) S. 17–29.

VII. Analysen sprachlicher und ästhetischer Phänomene

Blau, Anna Britta: Stil und Abweichungen. Einige syntaktisch-stilistische Merkmale in den Dichtungen Detlev v. Liliencrons, Georg Trakls und Ingeborg Bachmanns. Diss. Uppsala 1978.
Brinkmann, Richard: »Abstrakte« Lyrik im Expressionismus und die Möglichkeit symbolischer Aussage. In: Der deutsche Expressionismus. Formen und Gestalten. Hrsg. von Hans Steffen. Göttingen 1965. S. 88–114. (Kleine Vandenhoeck-Reihe. 208.) [Über Trakl S. 99–101.]
Calbert, Joseph P.: Dimensions of style and meaning in the language of Trakl and Rilke. Contributions to a semantics of style. (Diss. Indiana University 1972.) Tübingen 1974.
Casey, Timothy Joseph: Manshape that shone. An interpretation of Trakl. Oxford 1964. (Modern Language Studies.)
Coelln, Hermann von: Sprachbehandlung und Bildstruktur in der Lyrik Georg Trakls. Diss. Heidelberg 1960. [Masch.]
Denneler, Iris: Konstruktion und Expression. Methodenkritische Untersuchungen zur Strategie und Wirkung der lyrischen Texte Georg Trakls und ihrer Varianten. Diss. München 1981. [Masch.]
Dietz, Ludwig: Die lyrische Form Georg Trakls. Salzburg 1959. (Trakl-Studien. 5.)

Held, Wolfgang: Mönch und Narziß. Hora und Spiegel in der Bild- und Bewegungsstruktur der Dichtungen Georg Trakls. Interpretationsstudien. Diss. Freiburg i. Br. 1960. [Masch.]

Hellmich, Albert: Klang und Erlösung. Das Problem musikalischer Strukturen in der Lyrik Georg Trakls. Salzburg 1971. (Trakl-Studien. 8.)

Heselhaus, Clemens: Das metaphorische Gedicht von Georg Trakl. In: C. H.: Deutsche Lyrik der Moderne von Nietzsche bis Yvan Goll. Die Rückkehr zur Bildlichkeit der Sprache. Düsseldorf 1961. S. 228–257.

Himmel, Hellmuth: Über Verwandtschaft unter Gedichten von Georg Trakl. In: Studien zur Literatur des 19. und 20. Jahrhunderts in Österreich. Festschrift für Alfred Doppler zum 60. Geburtstag. Hrsg. von Johann Holzner [u. a.]. Innsbruck 1981. S. 141–151.

Maas, Heinz Dieter: Einige statistische Untersuchungen zum Werk Georg Trakls. In: Zeitschrift für Literaturwissenschaft und Linguistik 1 (1971) S. 43–50.

Magnuson, Karl: Consonant repetition in the lyric of Georg Trakl. In: The Germanic Review 37 (1962) S. 263–281.

Mautz, Kurt: Die Farbensprache der expressionistischen Lyrik. In: Deutsche Vierteljahrsschrift für Literaturwissenschaft und Geistesgeschichte 31 (1957) S. 198–240.

Philipp, Eckhard: Die Funktion des Wortes in den Gedichten Georg Trakls. Linguistische Aspekte ihrer Interpretation. Tübingen 1971. (Studien zur deutschen Literatur. 26.)

Pilhak, Liselotte: Das Adjektiv in den Dichtungen Georg Trakls. Untersuchungen zur Syntax, Wortbildung und Semantik. Diss. Innsbruck 1975. [Masch.]

Prawer, Siegbert: Grammetrical reflections on Trakl's »De Profundis«. In: German Life & Letters N. F. 22 (1969) S. 48–59.

Rogers, Michael: Trakl's imagery. In: Londoner Trakl-Symposion (s. Abschn. III). S. 33–41.

Rusch, Gebhard / Schmidt, Siegfried J.: Das Voraussetzungssystem Georg Trakls. Braunschweig/Wiesbaden 1983. (Konzeption Empirische Literaturwissenschaft. 6.)

Sakrawa, Gertrud M.: Problems of style and the role of religious imagery in the poetry of Georg Trakl. Diss. Columbia University 1962.

Schier, Rudolf Dirk: Die Sprache Georg Trakls. Heidelberg 1970. (Beiträge zur neueren Literaturgeschichte.)

– Büchner und Trakl. Zum Problem der Anspielungen im Werk Trakls. In: Publications of the Modern Language Association of America 87 (1972) S. 1052–64.

Schneider, Karl Ludwig: Der bildhafte Ausdruck in den Dichtungen Georg Heyms, Georg Trakls und Ernst Stadlers. Studien zum lyrischen Sprachstil des deutschen Expressionismus. Heidelberg 1954. (Probleme der Dichtung. Studien zur deutschen Literaturgeschichte. 2/3.) Nachdr. 1968.

Sharp, Francis Michael: The poet's madness. A reading of Georg Trakl. Ithaca/London 1981.

Steinacker, Eberhard: Zum Satzbau der Gedichte Georg Trakls. In: Literatur und Kritik 10 (1977) S. 373–381.

Wellmann, Hans: ›Dichtungssprache‹. Zur Beziehung zwischen Text, Grammatik, Wortschatz und Sprachbegriff in Trakls Lyrik. In: Untersuchungen zum »Brenner« (s. Abschn. II,3). S. 315 bis 345.

Wetzel, Heinz: Klang und Bild in den Dichtungen Georg Trakls. Göttingen 1968. (Palaestra. 248.) 2., durchges. und erg. Aufl. 1972.

VIII. Vergleiche und Einfluß-Forschungen

Bance, A. F.: The Kaspar Hauser Legend and its literary survival. In: German Life & Letters N. F. 28 (1974/75) S. 199–210.

Böschenstein, Bernhard: Wirkungen des französischen Symbolismus auf die deutsche Lyrik der Jahrhundertwende. In: B. B.: Studien zur Dichtung des Absoluten. Zürich / Freiburg i. Br. 1968. S. 127–149.

Bridgwater, Patrick: Georg Trakl and the first world war. In: Londoner Trakl-Symposium (s. Abschn. III). S. 96–113.

Dolei, Giuseppe: Trakl e Rimbaud. In: Annali. Sezione Germanica. Study Tedeschi 17 (1974) H. 1. S. 139–162.

– Georg Trakl e il circolo del »Brenner«. In: Studi Germanici Roma 13 (1975) [1976] S. 69–83.

Doppler, Alfred: Georg Trakl und Otto Weininger. In: Peripherie und Zentrum. Studien zur österreichischen Literatur. Hrsg. von Gerlinde Weiss und Klaus Zelewitz. Salzburg 1971. S. 43–54.

– »Der Brenner« als Kontext zur Lyrik Georg Trakls. In: Die andere Welt. Aspekte der österreichischen Literatur des 19. und

20. Jahrhunderts. Festschrift für Hellmuth Himmel zum 60. Geburtstag. Hrsg. von Kurt Bartsch [u. a.]. Bern/München 1979. S. 249–259.
– Georg Trakl als Vorbild für die Bestimmung des Dichters im »Brenner« nach 1945. In: Untersuchungen zum »Brenner« (s. Abschn. II,3). S. 122–129.
Fiedler, Theodore: Trakl and Hoelderlin. A study in influence. Diss. Washington University 1969. [Masch.]
– Hölderlin and Trakl's poetry of 1914. In: Friedrich Hölderlin. An early modern. Ed. by Emery E. George. Ann Arbor 1972. S. 87–105.
Furness, Raymond S[tephen]: A comparative study of the aesthetic and religious significance of the work of Rilke and Trakl, with special reference to the theme of death. Diss. Manchester University 1962/63.
– Trakl and the literature of decadence. In: Londoner Trakl-Symposion (s. Abschn. III). S. 82–95.
Grimm, Reinhold: Georg Trakls Verhältnis zu Rimbaud. In: Germanisch-Romanische Monatsschrift N. F. 9 (1959) S. 288–315. – Wiederabgedr. in: Zur Lyrik-Diskussion. Hrsg. von R. G. Darmstadt 1966. S. 271–313. (Wege der Forschung. 61.)
Hoefert, Sigfrid: Der Nachhall Trakls in der Lyrik von Johannes Bobrowski. In: Modern Austrian Literature 5 (1972) S. 7–13.
Killy, Walther: Der Tränen nächtige Bilder. Trakl und Benn. In: W. K.: Wandlungen des lyrischen Bildes. Göttingen 1956. S. 95–114. 5. Aufl. 1967. S. 116–135.
Methlagl, Walter: Wirkung und Aufnahme des Werkes von Georg Trakl seit dem Ersten Weltkrieg. In: Londoner Trakl-Symposion (s. Abschn. III). S. 13–32.
Metzner, Ernst Erich: Trakl, die moderne Lyrik und Eichendorff. Zum Thema Traditionsbestimmtheit im Spätwerk Georg Trakls und im Hinblick auf unerkannte Eichendorff-Anverwandlung. In: Aurora. Jahrbuch der Eichendorff-Gesellschaft. Bd. 36. Regensburg 1976. S. 122–150.
Müller, Joachim: Jahreszeiten im lyrischen Reflex. Zur Sprachgestalt einiger Gedichte Georg Heyms und Georg Trakls. In: Sprachkunst 3 (1972) S. 56–74.
Muschg, Walter: Trakl und Hofmannsthal. In: W. M.: Von Trakl zu Brecht. Dichter des Expressionismus. München 1961. S. 94–114.
Orendi-Hinze, Diana: Trakl, Kokoschka und Kubin. Zur Interde-

pendenz von Wort- und Bildkunst. In: Germanisch-Romanische Monatsschrift N. F. 21 (1971) S. 72–78.
– Wandlungen des Trakl-Bildes. Zur Rezeptionsgeschichte Georg Trakls. Diss. Washington University 1972. [Masch.]
– Heidegger und Trakl: Aus dem unveröffentlichten Briefwechsel Martin Heidegger – Ludwig von Ficker. In: Orbis Litterarum 32 (1977) S. 247–253.
Saas, Christa: Kandinsky und Trakl. Zum Vergleich der Abstraktion in der modernen Kunst und Lyrik. In: The turn of the century. German literature and art, 1850–1915. The McMaster Colloquium on German Literature (2). Ed. by Gerald Chapple and Hans H. Schulte. Bonn 1981. S. 347–375.
Schiller, Ingeborg: L'influence de Rimbaud et de Baudelaire dans la poésie préexpressionniste allemande, Georg Heym, Georg Trakl et Ernst Stadler. Diss. Paris 1968. [Masch.]
Schneider, Karl Ludwig: Georg Trakl und der Reihungsstil. (Mit Disk.) In: Salzburger Trakl-Symposion (s. Abschn. III). S. 115 bis 118.
Stieg, Gerald: Georg Trakl und Karl Kraus. In: Salzburger Trakl-Symposion (s. Abschn. III). S. 52–65.
Stix, Gottfried: Trakl und Wassermann. Rom 1968. (Letture di pensiero e d'arte.)
Theisz, Reinhard D.: Kaspar Hauser im zwanzigsten Jahrhundert. Der Außenseiter und die Gesellschaft. In: The German Quarterly 49 (1976) S. 168–180. [Über Trakls »Kaspar Hauser Lied« S. 172 bis 174.]
Walter, Jürgen: »Orientierung auf der formalen Ebene« – Paul Klee und Georg Trakl. Versuch einer Analogie. In: Deutsche Vierteljahrsschrift für Literaturwissenschaft und Geistesgeschichte 42 (1968) S. 637–661.

IX. Motivuntersuchungen

Bergsten, Gunilla: Georg Trakls traumatischer Kode. In: Studia Neophilologica 43 (1971) S. 333–351.
Eykman, Christoph: Die Funktion des Häßlichen in der Lyrik Georg Heyms, Georg Trakls und Gottfried Benns. Zur Krise der Wirklichkeitserfahrung im deutschen Expressionismus. Bonn 1964. 2., erw. Aufl. 1969.

Fritsch, Gerolf: Form und Sinn der Landschaft in der Dichtung Georg Trakls. Diss. Bonn 1958. [Masch.]
– Georg Trakl: »In den Nachmittag geflüstert«. In: G. F.: Das deutsche Naturgedicht: Der fiktionale Text im Kommunikationsprozeß. Stuttgart 1978. S. 107–109.
Goldmann, Heinrich: Katabasis. Eine tiefenpsychologische Studie zur Symbolik der Dichtungen Georg Trakls. Salzburg 1957. (Trakl-Studien. 4.)
Gorgé, Walter: Auftreten und Richtung des Dekadenzmotivs im Werk Georg Trakls. Bern / Frankfurt a. M. 1973. (Europäische Hochschulschriften. 1,83.)
Grimm, Reinhold: Die Sonne. Bemerkungen zu einem Motiv Georg Trakls. In: Deutsche Vierteljahrsschrift für Literaturwissenschaft und Geistesgeschichte 35 (1961) S. 224–246. – Mit unwesentlichen Änderungen u. d. T. »Georg Trakls Sonne« in: R. G.: Strukturen. Göttingen 1963. S. 146–171.
Hermand, Jost: Der Knabe Elis. Zum Problem der Existenzstufen bei Georg Trakl. In: Monatshefte 51 (1959) S. 225–236.
Heselhaus, Clemens: Die Elis-Gedichte von Georg Trakl. In: Deutsche Vierteljahrsschrift für Literaturwissenschaft und Geistesgeschichte 28 (1954) S. 384–413.
Kleefeld, Gunther K.: Das Gedicht als Sühne. Untersuchungen zur Beziehung von Poesie und Psychose bei Georg Trakl. Diss. Tübingen 1984. [Masch.] S. 193–617.
Lincoln, Peter: Religious dualism and aesthetic mediation in the work of Georg Trakl. In: Orbis Litterarum 32 (1977) S. 229–246.
Marson, E. L.: Whom the Gods love – a new look at Trakl's Elis. In: German Life & Letters N. F. 29 (1975/76) S. 369–381.
Migaud, Jean-François: Trakl et l'enfance angélique. In: Études Germaniques 27 (1972) S. 407–419.
– Le désir et la connaissance du mal chez Georg Trakl. In: Études Germaniques 28 (1973) S. 318–332.
Rölleke, Heinz: Die Stadt bei Stadler, Heym und Trakl. Berlin 1966. (Philologische Studien und Quellen. 34.) [Über Trakl S. 196–266.]
Schneider, Karl Ludwig: Das Bild der Landschaft bei Georg Heym und Georg Trakl. In: Der deutsche Expressionismus. Formen und Gestalten. Hrsg. von Hans Steffen. Göttingen 1965. (Kleine Vandenhoeck-Reihe. 208.) S. 44–62. [Über Trakl: S. 55–62.] – Wiederabgedr. in: K. L. Sch.: Zerbrochene Formen. Wort und Bild im Expressionismus. Hamburg 1967. S. 87–108.

Sharp, Francis Michael: The poet's madness. A reading of Georg Trakl. Ithaca/London 1981.

Weichselbaum, Hans: Die »Zivilisation« bei Georg Trakl. In: Londoner Trakl-Symposion (s. Abschn. III). S. 60–71.

X. Einzelinterpretationen

Abraham, Werner: Trakls »Trompeten«-Spiel mit Syndesen und Asyndesen. In: Jahrbuch für Internationale Germanistik. Bd. 11. Frankfurt a. M. 1979. S. 133–144.

Casey, Timothy John: Returning to Trakl: on re-reading a Trakl-poem. In: Londoner Trakl-Symposion (s. Abschn. III). S. 42–59. [Über »Passion«.]

Doppler, Alfred: »Psalm« von Georg Trakl. Versuch einer Interpretation. In: Österreich in Geschichte und Literatur 11 (1967) H. 1. S. 20–31.

Esselborn, Hans: Trakls Knabenmythos. [Über »An den Knaben Elis«.] In: Gedichte und Interpretationen. Bd. 5: Vom Naturalismus bis zur Jahrhundertmitte. Hrsg. von Harald Hartung. Stuttgart 1983. (Reclams Universal-Bibliothek. 7894 [5].) S. 176–184.

Fiedler, Theodore: Georg Trakl's »Abendland«: life as tragedy. In: Wahrheit und Sprache. Festschrift für Bert Nagel zum 65. Geburtstag. Hrsg. von Wilm Pelters [u. a.]. Göppingen 1972. S. 201–209. (Göppinger Arbeiten zur Germanistik. 60.)

Finck, Adrien: Georg Trakls »Abendländisches Lied«. In: Recherches Germaniques 4 (1974) S. 107–119.

Freese, Peter: Zu Herbstgedichten Georg Trakls. In: Literatur in Wissenschaft und Unterricht 1 (1968) S. 251–273.

Freund-Spork, Walburga / Freund, Winfried: Von der Klage zur Anklage. Gesellschaftskritisch-didaktische Überlegungen zu Georg Trakls Gedicht »Die junge Magd«. In: Diskussion Deutsch 6 (1975) S. 38–48.

Heselhaus, Clemens: Georg Trakl »Gesang des Abgeschiedenen«. In: Die deutsche Lyrik. Form und Geschichte. Interpretationen. Bd. 2: Von der Spätromantik bis zur Gegenwart. Hrsg. von Benno von Wiese. Düsseldorf 1956. S. 401–408.

Höllerer, Walter: Georg Trakl »Trübsinn«. In: Die deutsche Lyrik. Ebd. S. 409–418.

– Georg Trakl »Grodek«. In: Die deutsche Lyrik. Ebd. S. 419–424.

Jászi, Andrew / Kudszus, Winfried: Begriffene Literatur und Literatur als Prozeß: Trakls »Trompeten«. In: Jahrbuch für Internationale Germanistik. Bd. 11. Frankfurt a. M. 1979. S. 129–133.

Kemper, Hans-Georg: Gestörter Traum. Georg Trakl: »Geburt«. In: Silvio Vietta / H.-G. K.: Expressionismus. München 1975. 2., bibliogr. erg. Aufl. 1983. S. 229–285. (Deutsche Literatur im 20. Jahrhundert. Literaturwissenschaftliche Arbeitsbücher. 3. – Uni-Taschenbücher. 362.)

Kleefeld, Gunther K.: Die seelische Landschaft eines gefährdeten Daseins. Erläuterungen zu einem Gedicht Georg Trakls. In: Exempla 4 (1978) Bd. 2. S. 24–68. [Über »Landschaft«, 2. Fassung.]

Kux, Manfred: »De profundis« – aus dem Abgrund. In: Gedichte und Interpretationen. Bd. 5: Vom Naturalismus bis zur Jahrhundertmitte. Hrsg. von Harald Hartung. Stuttgart 1983. (Reclams Universal-Bibliothek. 7894 [5].) S. 167–174.

Lindenberger, Herbert: Georg Trakl's »Traum und Umnachtung«. In: Festschrift für Bernhard Blume. Aufsätze zur deutschen und europäischen Literatur. Hrsg. von Egon Schwarz [u. a.]. Göttingen 1967. S. 258–270.

Lösel, Franz: »In Venedig«. Erstarrung im Raum. – Eine Interpretation. In: Literatur und Kritik 10 (1977) S. 365–371.

Lüders, Detlev: Abendmuse. Untergang. Anif. Drei Gedichte von Georg Trakl. In: Wirkendes Wort 11 (1961) S. 89–102.

Marson, E. L.: Trakl's »Grodek« – towards an interpretation. In: German Life & Letters N. F. 26 (1972/73) S. 32–38.

Methlagl, Walter: Georg Trakl: »Schwesters Garten«. Interpretation aus dem Gesamtwerk. In: Germanistische Studien. Innsbruck 1969. S. 249–275.

Metzner, Ernst Erich: Die dunkle Klage des Gerechten – poésie pure? Rationalität und Intentionalität in Georg Trakls Spätwerk, dargestellt am Beispiel »Kaspar Hauser Lied«. In: Germanisch-Romanische Monatsschrift 24 (1974) S. 446–472.

Pauget, Michèle: Sémiotique d'un poème de Trakl: »Die Heimkehr«. In: Études allemandes. Recueil dédié à Jean-Jacques Anstett. Lyon 1979. S. 139–151.

Rainer, Ulrike: Georg Trakls Elis-Gedichte: Das Problem der dichterischen Existenz. In: Monatshefte 72 (1980) S. 401–415.

Rey, William H.: Georg Trakl: Die Nacht. In: W. H. R.: Poesie der

Antipoesie. Moderne deutsche Lyrik. Genesis. Theorie. Struktur. Heidelberg 1978. S. 232–242. (Poesie und Wissenschaft. 21.)

Saas, Christa: Georg Trakls »Am Abend«. Wandlungsprozeß und politischer Stellenwert. In: Texte und Kontexte. Studien zur deutschen und vergleichenden Literaturwissenschaft. Festschrift für Norbert Fuerst zum 65. Geburtstag. Hrsg. von Manfred Durzak [u. a.]. Bern/München 1973. S. 177–192.

Sakrawa, Gertrud M.: Georg Trakls »An die Verstummten«. In: Untersuchungen zum »Brenner« (s. Abschn. II,3). S. 430–444.

Schaefer, Joerg: Georg Trakl. Der Herbst des Einsamen. In: Gedichte der Menschheitsdämmerung. Interpretationen expressionistischer Lyrik. Mit einer Einl. von Kurt Pinthus. München 1971. S. 18–32.

Staiger, Emil: Zu einem Gedicht Georg Trakls. [»Der Spaziergang«.] In: Euphorion 55 (1961) S. 279–296. Wiederabgedr. in: E. St.: Spätzeit. Studien zur deutschen Literatur. Zürich/München 1973. S. 269–294.

Völker, Ludwig: Orpheus und Luzifer: Trakl. In: L. V.: Muse Melancholie – Therapeutikum Poesie. Studien zum Melancholie-Problem in der deutschen Lyrik von Hölty bis Benn. München 1978. S. 85–109.

Weber, Albrecht: Georg Trakl. Gedichte. Ausgew. und interpr. von Albrecht Weber. München. 1957. 3., erg. Aufl. 1970. (Dichtung im Unterricht. 3.)

Zeller, Rosmarie: Destruktion und Konstruktion in Trakls Gedicht »Trompeten«. In: Jahrbuch für Internationale Germanistik. Bd. 11. Frankfurt a. M. 1979. S. 144–148.

Ziegler, Klaus: Georg Trakls »Psalm«. In: Studien zur deutschen Sprache und Literatur. Hrsg. von der Abteilung für deutsche Philologie an der Universität Istanbul. Bd. 5. Istanbul 1966. S. 87–97.

XI. Zitierte Quellen und Forschungen zur Epochenproblematik

Brinkmann, Richard: Expressionismus. Internationale Forschung zu einem internationalen Phänomen. Stuttgart 1980. (Deutsche Vierteljahrsschrift für Literaturwissenschaft und Geistesgeschichte. Sonderbd.)

Dauthendey, Max: Gedichte. Ausw. und Nachw. von Gerhard Hay. Stuttgart 1969. (Reclams Universal-Bibliothek. 8325.)

Friedrich, Hugo: Die Struktur der modernen Lyrik. Von der Mitte des neunzehnten bis zur Mitte des zwanzigsten Jahrhunderts. [1. Aufl. mit dem Untertitel: Von Baudelaire bis zur Gegenwart. Hamburg 1956.] Erw. Neuausg. Reinbek bei Hamburg 1967 [u. ö.]. (rowohlts deutsche enzyklopädie. 25.)

Gedichte des Expressionismus. Hrsg. von Dietrich Bode. Stuttgart 1966 [u. ö.]. (Reclams Universal-Bibliothek. 8726 [3].)

Habermas, Jürgen: Erkenntnis und Interesse. Frankfurt a. M. 1968.

Hermand, Jost: Stadlers stilgeschichtlicher Ort. In: Der Deutschunterricht 17 (1965) H. 5. S. 21–33.

Höllerer, Walter (Hrsg.): Theorie der modernen Lyrik. Dokumente zur Poetik I. Reinbek bei Hamburg 1965 [u. ö.]. (rowohlts deutsche enzyklopädie. 231.)

Hoffmann, Paul: Zum Begriff des literarischen Symbolismus. In: Literaturwissenschaft und Geistesgeschichte. Festschrift für Richard Brinkmann. Redaktionskollegium: Jürgen Brummack [u. a.]. Tübingen 1981. S. 489–509.

– Symbolismus. München [i. Vorb.]. (Deutsche Literatur im 20. Jahrhundert. Literaturwissenschaftliche Arbeitsbücher. 2.)

Horkheimer, Max / Adorno, Theodor W.: Dialektik der Aufklärung. Philosophische Fragmente. Frankfurt a. M. 1971. (Fischer Taschenbuch. 6144.)

Kemper, Hans-Georg: Vom Expressionismus zum Dadaismus. Eine Einführung in die dadaistische Literatur. Kronberg i. Ts. 1974. (Scriptor Taschenbuch. 50.)

Knapp, Gerhard P.: Die Literatur des deutschen Expressionismus. Einführung – Bestandsaufnahme – Kritik. München 1979. (Beck'sche Elementarbücher.)

Lehnert, Herbert: Geschichte der deutschen Literatur vom Jugendstil zum Expressionismus. Stuttgart 1978. (Geschichte der deutschen Literatur von den Anfängen bis zur Gegenwart. 5.)

Lyrik des Jugendstils. Eine Anthologie. Mit einem Nachw. hrsg. von Jost Hermand. Stuttgart 1969 [u. ö.]. (Reclams Universal-Bibliothek. 8928.)

Mahal, Günther: Naturalismus. München 1975. 2. Aufl. 1982. (Deutsche Literatur im 20. Jahrhundert. Literaturwissenschaftliche Arbeitsbücher. 1. – Uni-Taschenbücher. 363.)

Nietzsche, Friedrich: Über Musik und Wort (1871). In: Sprache, Dichtung, Musik. Texte zu ihrem gegenseitigen Verständnis von

Richard Wagner bis Theodor W. Adorno. Mit einem Vorw. hrsg. von Jakob Knaus. Tübingen 1973. (Deutsche Texte. 25.) S. 20–32. [Zit. als: Nietzsche, 1871.]

– Die Geburt der Tragödie oder Griechentum und Pessimismus (1872/86). [1. Aufl. 1872 und 2. Aufl. 1874 (ersch. 1878) u. d. T.: Die Geburt der Tragödie aus dem Geiste der Musik. Neuaufl. 1886 mit dem beigegebenen »Versuch einer Selbstkritik«.] In: F. N.: Werke I. Hrsg. von Karl Schlechta. Frankfurt a. M. / Berlin / Wien 1972. (Ullstein Buch. 2907.) S. 7–134. [Zit. als: Nietzsche, 1872/86.]

– Also sprach Zarathustra. Ein Buch für Alle und Keinen (1883–85). In: F. N.: Werke II. Ebd. (Ullstein Buch. 2908.) S. 549–835. [Zit. als: Nietzsche, 1883–85.]

– Jenseits von Gut und Böse. Vorspiel einer Philosophie der Zukunft (1886). In F. N.: Werke III. Ebd. (Ullstein Buch. 2909.) S. 9–205. [Zit. als: Nietzsche, 1886.]

Philipp, Eckhard: Dadaismus. Einführung in den literarischen Dadaismus und die Wortkunst des ›Sturm‹-Kreises. München 1980. (Deutsche Literatur im 20. Jahrhundert. Literaturwissenschaftliche Arbeitsbücher. 4. – Uni-Taschenbücher. 527.)

Pütz, Peter: Friedrich Nietzsche. Stuttgart 1967. (Sammlung Metzler. 62.)

– Der Mythos bei Nietzsche. In: Mythos und Mythologie in der Literatur des 19. Jahrhunderts. Hrsg. von Helmut Koopmann. Frankfurt a. M. 1979. S. 251–262.

Stadler, Ernst: Der Aufbruch und andere Gedichte. Ausw. und Nachw. von Heinz Rölleke. Stuttgart 1967 [u. ö.]. (Reclams Universal-Bibliothek. 8528.)

Stuckenschmidt, Hans Heinz: Arnold Schönbergs musikalischer Expressionismus. In: Der deutsche Expressionismus. Formen und Gestalten. Hrsg. von Hans Steffen. Göttingen 1965. (Kleine Vandenhoeck-Reihe. 208.) S. 250–268.

Ulmer, Karl: Nietzsche. Einheit und Sinn seines Werkes. Bern/ München 1962. (Dalp Taschenbücher. 363.)

Vietta, Silvio / Kemper, Hans-Georg: Expressionismus. München 1975. 2., bibliogr. erg. Aufl. 1983. (Deutsche Literatur im 20. Jahrhundert. Literaturwissenschaftliche Arbeitsbücher. 3. – Uni-Taschenbücher. 362.)

Register der Briefempfänger

Gedichtüberschriften und -anfänge

Gedichtanfänge sind *kursiv* gesetzt. Ebenfalls kursiv erscheinen Zusätze der Herausgeber. Gedichte gleichen Titels sind durch römische Ziffern in eine chronologische Folge gebracht; ist diese unsicher, wird durch ein eingeklammertes Fragezeichen darauf hingewiesen (z. B.: Verfall).

Inhalt

Lyrik-Ausgaben

IN RECLAMS UNIVERSAL-BIBLIOTHEK

Deutsche Literatur · Auswahl

Barthold Hinrich Brockes. 2015
Clemens Brentano. 8669
Gottfried August Bürger. 227
Adelbert von Chamisso. 313 [2]
Deutsche Balladen. 8501 [7]
Deutsche Gedichte der sechziger Jahre. 8211 [4]
Deutsche Lyrik der Gegenwart. 7884 [3]
Deutscher Minnesang. 7857 [2]
Hilde Domin. 9955
Annette von Droste-Hülshoff. 7662 [2]
Joseph von Eichendorff. 7925 [2]
H. M. Enzensberger. 7674
Ferdinand Freiligrath. 4911 [2]
Gedichte des Barock. 9975 [5]
Gedichte des Expressionismus. 8726 [3]
Gedichte der Romantik. 8230 [5]
Stefan George. 8444
Johann Wolfgang Goethe. 6782 [3]
Yvan Goll. 8671
Franz Grillparzer. 4401 [2]
Andreas Gryphius. 8799 [2]
Johann Chr. Günther. 1295 [2]
Friedrich Hebbel. 3231
Johann Peter Hebel. 8294 [2]
Heinrich Heine. 8988 [2]
Georg Herwegh. 5341 [2]
Georg Heym. 8903
Friedrich Hölderlin. 6266 [3]
Christian Hofmann von Hofmannswaldau. 8889 [2]
Gottfried Keller. 6197
Karin Kiwus. 7722
Fr. G. Klopstock. 1391 [2]
Wilhelm Lehmann. 8255
Nikolaus Lenau. 1449
J. M. R. Lenz. 8582
Lyrik des Jugendstils. 8928
Lyrik für Leser. Deutsche Gedichte der siebziger Jahre. 9976 [2]
Meistersang. 8977 [2]
Conrad Ferdinand Meyer. 6941
Eduard Mörike. 7661 [2]
Alfred Mombert. 8760
Friedrich Nietzsche. 7117 [2]
Novalis. 7991 [4]
Martin Opitz. 361 [3]
August von Platen. 291 [2]
Rainer Maria Rilke. 8291
Friedrich Schiller. 7714 [2]
Theodor Storm. 6080 [2]
August Stramm. 9929
Georg Trakl. 8251 [4]
Ludwig Uhland. 3021
Johann Heinrich Voss. 2332
Georg Rudolf Weckherlin. 9358 [4]
Georg Weerth. 9807 [2]

Philipp Reclam jun. Stuttgart